컬트 3

Cult

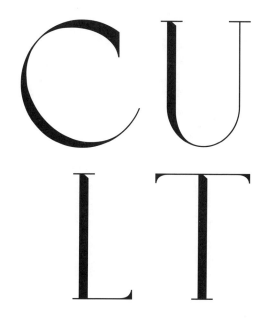

CULT

컬트

3

카밀라 레크베리, 헨리크 펙세우스 지음

김소정 옮김

어느날
갑자기

다른 사람들은 모두 회의실에서 나갔다. 빈센트는 홀로 남아 지도를 다시 살폈다. 손끝으로 지도를 짚고 기사의 여행이 지나가야 하는 길을 따라갔다. 살인범의 여정은 스톡홀름 인근 지역을 따라가고 있었다. 지금 우리는 무언가를 놓치고 있다. 그 사실을 빈센트는 느낄 수 있었다.

미나가 문 옆에서 무어라 말을 걸었다.

페데르가 지적한 내용이 빈센트의 머릿속에서 떠나지 않았다. 아이들을 납치한 날짜의 간격이 모두 달랐다. 그런 요소를 우연으로 했을 때 가장 곤란할 사람은 살인자일 것이다. 이 세상에서 일어나는 모든 일은 시간과 장소라는 두 가지 요소를 갖추고 있다. 그것도 특별한 시간과 특별한 장소여야 한다. 일어날 일에는 항상 언제와 어디서가 있다. 스톡홀름 지도 위에 나타난 패턴은 장소가 어디인지를 극단적일 정도로 분명하게 알려 주고 있었다. 그러나 그건 퍼즐의 한 조각일 뿐이었다. 그들은 패턴의 절반을 놓치고 있었다. 그들에게는 언제라는 시간이 없었다.

"빈센트?"

빈센트는 몸을 돌렸다. 미나가 문턱에 서서 대답을 기다리는 것처럼 그를 바라보았다.

"미안해요. 뭐라고 했어요?"

"갈 거냐고 물었어요."

빈센트는 기억을 돌이켜 미나가 한 말을 떠올려 보려고 했다. 하지만 미나의 목소리는 그의 생각에 파묻혀 들리지 않았다. 그가 찾을 수 있는 기억이 없었다. 빈센트는 미나의 말을 듣지 않았다는 사실을 들키지 않으려고 시선을 밑으로 내렸다.

"걱정하지 말아요. 듣지 않는다는 거 알았으니까."

미나가 말했다.

"내가 말하는 게 그거예요. 당신은 잠시 생각할 시간이 필요해요. 그러니까 따라와요."

목적지를 묻지 않은 채 빈센트는 미나가 잡아 준 문을 나와서 엘리베이터를 향해 걸었다. 왠지 마음이 불편했다.

"마리아에게 연락해서 늦게 간다고 해요."

엘리베이터 문이 열리는 동안 미나가 말했다.

"회의가 길어진다든지 다른 핑계를 대면 되겠죠."

"좋아요. 근데, 어디로 가는 건지 물어봐도 될까요?"

"우리 둘 다 머리를 조금 비울 필요가 있어요."

주차장이 있는 지하층의 버튼을 누르면서 미나가 대답했다.

"그래야 머리가 좀 더 잘 돌아가죠. 물론 당신이 더 잘 알 테지만."

엘리베이터 문이 열리자 빈센트는 잠시 기다리다가 내렸다. 그는 엘리베이터를 좋아하지 않았지만, 지하 주차장은 더욱 좋아하지 않았다. 일단 지하 주차장은 천장이 너무 낮았다. 하지만 그와 동시에 미나가 길가에 차를 주차해 두지 않아서 다행이라고 생각했다. 그랬다면 사우나에 들어가 달리고 있는 기분이 들었을 테니까. 목적지가 어디건 간에.

미나의 차에 오르려는 순간 빈센트는 조수석에 비닐 커버가 없음을 알았다. 그건 한동안 미나가 자기 차에 다른 사람을 태우지 않았다는 뜻이었다.

"정말 괜찮겠어요?"

빈센트가 물었다.

"보관함에 커버 있어요."

차에 시동을 걸면서 미나가 말했다.

"직접 깔아요."

"정말 남자가 환영 받는 기분을 느끼게 하는 재주가 뛰어나요."

말은 그렇게 했지만, 빈센트는 미나가 하라는 대로 했다. 두 사람은 상트 에릭스브론 다리를 건너 오덴플란으로 갔다. 그리고 시립 도서관 바로 앞에서 옆길로 빠져 주차장 건물로 들어갔다.

"경찰서에서 좀 멀긴 하죠? 사실 그래서 오는 거예요."

미나가 말했다. 주차장 밖으로 나오자 가까이에 간판이 붙은 출입문이 보였다. 간판에는 해골과 ROQ라는 글자가 새겨져 있었다. 안 그래도 미나의 행동을 전혀 이해하지 못했는데, 이젠 더한 미궁에 빠진 기분이었다. 도대체 지금 어디로 데려온 걸까?

"알아요."

간판을 바라보고 있는 빈센트에게 미나가 말했다.

"난 되도록이면 밴드가 연주하지 않는 시간에 여기 와요. 음악은 괜찮은데, 드럼을 칠 때 얼마나 많은 입자가 공중으로 떠오르는지 알아요? 드럼은 유리 상자에 들어가서 쳐야 해요."

빈센트는 미나를 따라 문으로 들어갔다. 밝은 햇살을 받던 눈이 희미한 내부 조명에 익숙해지는 데는 조금 시간이 걸렸다. 어둠에 적응한 빈센트의 눈에 당구대가 일렬로 늘어서 있는 커다란 방이 들어왔다.

"내가 포켓볼 잘한다는 말 했었죠? 당신 코를 납작하게 해서 겸손을 가르쳐 줄 필요가 있다는 생각이 들었어요. 당신이 잘난 체할 필요 없는 방식으로요. 기분 전환도 할 겸."

빈센트는 미나를 물끄러미 쳐다보았다. 어디에서 어떻게 시작해야 할지 감도 잡히지 않았다. 당구라고?

사람을 좋아하지 않고, 다른 사람이 박테리아라는 말을 쓰는 것만으로도 패닉 상태에 빠지는 여자 경찰이 당구장에 오다니, 쉽게 납득이 되지 않았다. 하지만 한편으로 생각해 보면 이곳은 거의 빈 곳이나 마찬가지였다. 게다가 아직 오후다. 실내도 깨끗하게 청소해 놓은 것 같았다. 아주 옛날 일이기는 했지만, 미나는 정말로 자신이 당구를 좋아한다고 말했었다.

"지금 당장은 그 아이들 사건에 어떤 진전도 없을 거예요."

미나가 말했다.

"우리가 머리를 벽에 세게 부딪혀 큰 충격을 받지 않는 한, 그 어떤 문제도 풀지 못할 거예요. 그러니까 잠시 다른 일에 집중하는 게 좋겠어요. 그럼 해야 할 일을 더 잘하게 될 거예요."

"안녕, 미나."

계산대 뒤에 있는 여자가 인사했다.

"안녕하세요, 알리스. 잘 지내죠?"

알리스라는 여자는 가슴 가득 당구장 로고가 그려진 흰색 상의에 검은색 조끼를 입고, 멋을 내려고 머리카락을 섬세하게 헝클어뜨리고 있었다. 알리스는 어깨를 으쓱했다.

"자기도 알잖아. 그 사람은 유독 고집을 부릴 때가 있다니까. 그럴 때는 그저 심호흡을 하고 기다려야지. 늘 쓰는 8번 당구대를 써."

알리스는 계산대 밑으로 몸을 숙이더니 세정제 한 통과 물티슈가 가득 든 철망 바구니가 놓인 쟁반을 꺼내 미나에게 내밀었다.

"나쁜 반쪽이 지나치게 행동하면 나한테 말해요. 그 사람에게 상식을 가르쳐 줄 동료들이 몇 명 있으니까."

미나는 쟁반을 받아 들고 8번 당구대로 걸어갔다. 빈센트에게는 따라가는 것 외에는 선택지가 없었다.

"그러면, 이제 어떻게 해야 하죠?"

빈센트가 물었다.

"그 나쁜 반쪽이라는 남자처럼 하고 싶지는 않지만, 먼저 공을 모두 닦을까요? 아니면 당구대 위에 비닐을 깔아야 하나요? 혹시 가방에 접을 수 있는 살균한 당구 큐가 있어요? 캐묻고 싶은 생각은 없지만 당신이 어떻게 당구를 할 수 있는지 모르겠어요. 수천 명이 이걸 만졌을 거예요. 맥주를 마신 사람, 담배를 들고 있는 사람, 라이브 음악에 맞춰 춤을 추면서 땀을 흘리는 사람……."

"그 정도로 충분해요. 고마워요."

미나가 말했다.

"공격적인 인지 행동 치료를 하고 있는 거예요?"

"내 일을 하려면 치료해야 해요. 알코올 중독 방지 모임에 나가는 대신 매주 여기에 와요. 어떤 때는 일주일에 여러 번 올 때도 있어요. 여긴 직장에서 아주 멀리 있어서 나를 아는 사람도 없어요. 여기 오면 혼자 있을 수 있어요. 어떤 면에서는 중독 방지 모임보다 이게 더 도움이 돼요. 내가 도착하기 전에 알리스가 항상 깨끗하게 치워 놔요. 큐랑 공도요. 그리고 맞아요. 청소는 비닐장갑을 끼고 해 달라고 부탁했어요. 그런데 전혀 이상하게 생각하지 않아요. 남편도 그렇기 때문에 알리스에게는 그저 완벽하게 평범한 일인 거예요. 알리스의 남편은…… 노출증 환자예요. 두 사람이 표현하는 대로라면요."

빈센트는 미나가 당구공들을 삼각형 틀에 넣고 정리하는 모습을 지켜보았다.

"그러니까, 공공장소에서 섹스를 하는 사람이라는 거죠? 보통은 경찰에게 잡히는 곳에서 하는 걸 즐기는? 정말 피곤하겠네요."

빈센트는 당구대가 얼마나 튼튼한지 살펴보았다. 당구대 위에서 벌어질 만한 일을 너무나 쉽게 상상할 수 있었다.

"멍청이."

빈센트의 표정을 보고 미나가 말했다.

"그게 내가 알리스에게 가장 처음 물어본 거예요."

미나는 빈센트에게 큐를 주고 삼각형 틀을 치웠다.

"당신이 퍼트려요."

게임은 정확히 미나의 말처럼 진행됐다. 미나는 무자비했다. 그리고 빈센트는 경이로울 정도로 엉망이었다. 시간에 관한 생각이 그의 뇌에서 사라지지 않았다. 뇌에 머물면서 집중력을 갉아먹고, 방해했다.

신중하게 목표를 정해 샷을 성공시켰다. 한 공을 치면 그 공이 다른 공을 쳤다. 마지막 한 공이 포켓으로 떨어질 때까지 여러 공이 연쇄적으로 서로 부딪혔다.

빈센트는 우뚝 멈춰 섰다. 그리고 머릿속에서 필름을 되감듯 생각들을 다시 돌려 보았다. 당구공들이 계속 짧아지는 거리에서 서로 부딪히는 방식에는 무언가가 있었다. 시간. 한 사건을 다른 사건으로 이끌고 가는 요소. 시간의 흐름. 공이 서로 부딪힐 때마다 각 단계에서 반응하는 시간은 짧아진다.

"미나."

빈센트가 입을 열었다. 미나는 큐를 치려고 몸을 숙이고 있다가 눈을 들어 빈센트를 보았다.

"혹시 오늘 저녁에 사람들을 모두 다시 경찰서로 부를 수 있을까요?"

"음, 오늘의 즐거움이 끝났다는 말이네요."

미나가 허리를 세우고 큐를 당구대에 기대어 세웠다.

"도저히 못 쉬겠어요?"

"당구는 아홉 살 때 한 번 쳐봤어요. 엄청나게 따분했고요. 그런데, 괜찮을까요? 사람들을 다시……."

"페데르의 아내는 당신을 갈기갈기 찢으려고 할 거예요. 율리아의 남편이 바로 그 뒤에 서서 자기 차례를 기다릴 거고요.

하지만 그것 말고는 아무 문제 없을 거예요. 왜 그러는데요?"

"가면서 이야기해 줄게요."

"그러니까, 나한테 지독하게 깨져서 이러는 건 아니라는 거죠?"

미나가 미심쩍다는 표정으로 빈센트를 빤히 쳐다보았다.

"아니에요. 맹세해요."

미나는 한숨을 쉬고 소지품을 챙겼다. 계산대로 가서 깜짝 놀란 표정을 짓는 알리스에게 아직 청소용품들이 남아 있는 쟁반을 내밀었다.

"오늘은 아주 빨리 끝났네요."

"갑자기 할 일이 생겨서요. 다음 주에 봐요."

빈센트는 밖으로 나와 미나의 차에 도착할 때까지 기다렸다가 말했다.

"우리가 당구를 칠 때 당구대를 보는 알리스의 표정을 봤어요? 알리스와 알리스 남편은 그 당구대를 이용하는 게 분명해요."

*

루벤을 제외한 동료들 모두 아직 경찰서에 있었기 때문에 미나는 팀원들을 빠르게 다시 집합시킬 수 있었다. 테이블을 둘러싼 얼굴들에서 보이는 피곤함과 암울함은 빈센트가 그들에게 가장 곤란한 인물임을 여실히 보여 주고 있었다. 미나는 다시 팀원을 소집한 사람은 빈센트임을 확실히 했다. 페데르조차 의욕이 바닥나 보였다. 미나도 그 이유를 이해했다. 미나는 빈센트에게 당구장에서 경찰서까지 걸어가라고 협박했다. 그가 한 말에 대한 벌이었다. 빈센트 때문에 미나는 다음 주에 당구장에 가면 당구대를 바꿔 달라고 요구해야 했다.

"다시 모이게 해서 미안해요."

빈센트가 말했다.

"전화로 말하기에는 너무 복잡한 내용이라서. 페데르가 했던 말에 대해 줄곧 생각했어요."

빈센트는 손목시계로 시간을 확인했다.

"두 시간 전에 한 말이요."

"그때부터 지금까지 둘이 대체 뭘 한 거야?"

루벤의 목소리는 시비를 거는 것처럼 들렸다. 옆에 아스트리드가 없으니 루벤은 평소의 모습으로 돌아와 있었다.

"그건 네가 알 바 아니야. 하지만 공은 금방 닦은 거 맞고, 빈센트는 열심히 치는 법을 알았다고만 말해 줄게."

미나가 대답했다. 크리스테르와 페데르가 죽어라고 웃음을 터트렸다. 그러나 얼굴까지 빨개질 정도로 화가 난 루벤은 도무지 대답할 말이 떠오르지 않는 것 같았다. 정말 근사한 일이었다. 마침내 미나가 되갚아 주었다. 그 오랜 세월 견뎌야 했던 루벤의 표정, 말, 빈정거림을 뒤로 하고 마침내 어린

남학생처럼 얼굴만 붉으락푸르락하게 만들어 준 것이다.

"이런 걸 물어도 되는지 모르겠지만, 혹시 당구장에 있었던 거야?"

아담이 주저하며 물었다. 크리스테르가 더 크게 웃었다.

"자, 자, 이제 그만 진정해요, 학생들."

율리아가 한숨을 쉬었다.

"진짜 별일도 아닌 것 가지고 야단법석을 떠는 초등학생들 같아. 그런 사람은 이미 우리 집에도 있으니까, 나는 더 필요 없어. 말도 더 의젓하게 한다니까."

미나는 율리아가 두 사람이 아니라 한 사람을 말한다는 걸 알았다. 토르켈은 완전히 율리아의 눈 밖에 난 것이 분명했다.

"그래, 왜 소집한 거야?"

율리아가 미나에게 물었다. 미나는 한 발 뒤로 물러서면서 빈센트를 향해 손을 흔들었다.

"부른 사람이 말해요."

빈센트는 헛기침을 하고 앞선 회의 때처럼 스톡홀름 지도 앞에 섰다.

"아까 회의 시간에 말했듯이, 내 가설대로라면 다음 시신은 여기서 발견될 거예요. 유고슈브룬스비켄만에서요. 문제는, 범죄 주체가 조직이든 사이비 종교 단체든지 간에, 범인이 언제 살인을 저지를 것인지 그 시기를 모른다는 거예요. 그런데

15

방금 내가 알아낸 것 같아요. 페데르가 옳아요. 살해 날짜는 당구공이 서로 부딪히는 것과 같아요. 하지만 가속도는 줄어들지 않고 늘어나고 있어요."

경찰들이 무슨 말인지 모르겠다는 표정으로 빈센트를 멍하니 바라보았다.

"그러니까 이 얘길 하려고 발렌투나에서 여기까지 달려오게 만든 거란 말이야?"

루벤이 중얼거렸다.

바로 이런 점이 미나가 가장 좋아하는 빈센트의 모습이었다. 생각에 잠겨 있을 때는 같이 있는 모든 사람을 잊어버리는 것. 생각을 할 때 그는 보디랭귀지도 바뀌었다. 훨씬 더 편안해졌고, 확신에 찼다. 보통 빈센트는 언제나 약간 경계하듯 긴장하고 있었다. 그러나 지금의 빈센트는 미나가 대신 방어해 줄 필요가 없는 빈센트였다.

"지금까지는 패턴을 보지 못하고 있었어요."

루벤의 딴지에 전혀 개의치 않고 빈센트가 말을 이었다.

"밀다가 파트부르 공원에서 찾은 시신이 두 달 정도 매장되어 있었을 거라고 했을 때도 패턴을 발견하지 못했죠. 하지만 그건 우연이라고 하기에는 너무 깔끔해요."

"도대체 뭐가 깔끔하다는 건데요?"

루벤이 한층 더 짜증을 냈다. 아담과 율리아는 다음 말을 기다리며 빈센트를 보았고, 크리스테르는 멘탈리스트의 말을 이해해 보려는 듯이 미간을 찌푸렸다. 페데르는 실망한 표정으로 텅 빈 비스킷 접시를 뚫어지게 쳐다보았다. 남은 비스킷은 루벤이 아스트리드에게 주려고 가져간 것이 분명했다.

"가속도 증가율은……."

빈센트가 화이트보드 앞으로 걸어갔다. 그리고 마커를 들어 화이트보드 위에 글을 쓰기 시작했다.

"보세요. 기사의 여행을 이용한다는 점에서 우리는 철저하게 수학적으로 행동하는 사람들을 상대하고 있다는 걸 알 수 있어요. 그런 사람들이 범죄를 저지르는 기간도 수학적으로 조정하지 않으리라는 법은 없죠. 릴뤼는 작년 6월 초에 사라졌어요. 빌리암은 올해 1월 말에 사라졌고요. 두 사건 사이의 시간 간격은 7개월이에요. 공원에서 찾은 아이가 밀다의 말처럼 2개월쯤 전에 매장된 거라면, 아이가 사라진 시기는 5월 중순일 거예요. 빌리암과의 시간 간격은 3개월 반이 되는 거죠. 그리고 8주 뒤에 오시안이 사라졌어요. 패턴이 보이시나요?"

빈센트가 화이트보드에 자신이 쓴 내용을 가리켰다.

릴뤼 → 빌리암, 7개월

빌리암 → 파트부르 공원의 아이, 3.5개월

파트부르 공원의 아이 → 오시안, 1.75개월(8주)

"범죄를 벌이는 시간 간격이 계속 반으로 줄고 있어요."

빈센트는 자신이 알아낸 사실을 다른 사람들이 이해할 수 있을 때까지 잠시 기다렸다.

"세상에."

크리스테르가 중얼거렸다.

"그렇다면 다음 아이가 사라지는 건 오시안이 사라지고부터 4주째 되는 날이겠네요."

율리아가 말했다.

"정확해요."

빈센트가 고개를 끄덕였다.

"잠깐만."

크레스테르가 끼어들었다.

"우리가 막지 않으면 살인 사건이 64번 일어난다고 했잖아? 체스 판에 있는 칸의 수만큼. 절반씩 줄어드는 접근법이라면, 그렇게 많은 살인이 일어날 것 같지는 않은데."

"맞아요. 좋은 지적이에요. 살인 사이의 시간 간격이 절반씩 줄어든다면 남은 살인은 최대 네 번이겠죠. 그 뒤로는 하루에 한 아이를 납치해야 할 테고, 그러다 한 시간에 한 아이를 납치해야 할 때가 올 텐데 그건 전혀 가능하지 않으니까요. 그러니까 여덟 번의 납치 뒤에 끝이 난다고 보는 게 자연스러울 거예요. 물론 살인 사건이 여덟 번 일어날 거라는 말은 아니에요. 그저 그럴 수 있다는 거죠. 일단 지금 집중해야 할 건 다섯 번째 살인이 일어나지 않도록 막는 거고요."

회의실에 있는 그 누구도 입을 열지 않았다. 모두 빈센트의 말을 심각하게 받아들이고 있었다. 심지어 루벤조차도 그가 한 말을 곰곰이 생각하는 것 같았다.

"그러니까 무슨 뜻이에요, 빈센트?"

율리아가 천천히 말했다.

"그럼 다음 살인까지 얼마나 남았다는 거죠?"

"여기 보이는 것처럼."

멘탈리스트가 화이트보드를 톡톡 쳤다.

"다음 납치는 오시안이 납치되고 4주 뒤에 일어날 거예요. 오늘은 일요일 오후니까, 돌아오는 수요일이면 오시안이 사라진 지 3주째 되는 날이고요. 따라서 10일 안에 사건을 해결하지 못한다면 스톡홀름의 어딘가에서 또 한 아이가 사라질 거예요."

넷째 주

"안녕."

가까이에서 들려온 목소리에 루벤은 깜짝 놀랐다. 누군가 다가오는 것을 눈치채지 못했다.

"아, 안녕."

루벤은 자동적으로 손을 들어 앞머리를 뒤로 쓸어 넘겼다. 이 특별한 화요일 아침에 루벤의 머리카락은 왠지 모를 이유로 계속 고집을 피우고 있었다.

"어떻게 돼 가고 있어?"

분석 팀의 사라가 물었다. 자료 분석을 위해 수사 팀에 파견 나와 있는 사라는 왜인지는 모르지만 루벤을 좋아하지 않았다. 옆자리에 앉는 사라에게서 섬유 유연제 냄새가 섞인 향수 냄새가 났다. 방의 열기에 전혀 영향을 받지 않는지 사라는 시원하고 산뜻해 보였다. 루벤은 자기 겨드랑이 냄새를 확인하고 싶은 충동을 꾹 눌러 참았다. 그 대신에 일에 집중했다.

"우리 일이 한없이 어려워지고 있어."

루벤은 컴퓨터 화면을 가리키면서 한숨을 쉬었다.

"언론 보도가 점점 더 많아지면서 부모들이 15분만 아이가 안 보여도 신고를 하고 있거든. 신고에 파묻혀 죽을 거 같아.

사람들은 경찰을 비난하고 있어. 그들은 우리가 일을 하지 않는다고 생각해. 공포에 질려서 아이들을 절대로 눈 밖에 두지 않으려고 하고."

"신고는 아주 많은 게 너무 적은 것보다는 낫지."

사라가 눈을 가늘게 뜨고 컴퓨터 화면을 보면서 대답했다.

"그걸로도 모자라서 지난 주말에는 살인자가 다음 주 수요일에 또다시 범행을 저지를 수도 있다는 걸 알게 됐어. 마우로 검거가 실수임이 드러난 뒤로 수사는 다시 원점으로 돌아갔고. 정말 말하기도 창피하지만, 조금도 진전이 없었어. 어제는 오시안의 실종과 관련된 사람들에게서 모은 정보를 다시 샅샅이 살펴봤는데 전혀 도움이 되지 않았어. 새로운 단서도 못 찾았고, 우리가 놓친 것도 없고. 이번 사건 살인자는 정말 유령 같아."

"내가 도와줄 일 없어?"

사라는 책상에 내려놓았던, 커피가 가득 든 머그잔에 손을 뻗으며 물었다.

"고맙지만 사실 지금은 뭘 부탁해야 하는지도 모르겠어. 그리고, 그거 저 커피머신에서 뽑아온 거라면 경고를 해 줘야겠다는 생각이 드네. 저기서 나오는 커피는 정말 쓰레기니까."

루벤의 말에 사라가 크게 웃었다. 깊게 공명하듯 울리는 음악 같은 웃음소리였다. 지금까지 그걸 몰랐다니, 놀라웠다.

"형편없는 미국 커피에 익숙해서 괜찮아."

사라는 커피를 한 모금 마셨다.

"스웨덴에서 가장 맛없는 커피도 미국 커피에 비하면 축복이야."

"그렇군. 그런데 어떻게 되고 있어? 내 말은, 미국 일 말이야. 당신이 영구 귀국할 거라는 소문이 있던데?"

"내가 이혼 절차를 밟고 있다는 소문을 들었단 말이네."

사라가 한숨을 쉬었다. 루벤은 완벽하게 굴곡진 사라의 몸을 애써 못 본 척했다. 사라의 남편은 정말 지독한 멍청이다.

"우리는 삶을 보는 관점이 서로 다르더라고. 그는 내가 주부가 돼서 자기한테 순종해야 한다고 생각해. 하지만 나는 …… 그럴 순 없으니까."

"그렇군."

루벤은 실종자 신고 보고서를 계속 살펴보면서 대답했다.

"지나치게 사적인 질문 같아서 미안하기는 한데, 그럼 아이들은 어떻게 되는 거지? 엄마가 다른 대륙에서 살게 되는 건데?"

사라가 놀랍다는 듯이 루벤을 바라보았다.

"이건 완전히 새로운 면이네. 나한테 아이가 있다는 사실을 알 거라고는 생각도 못했어."

루벤은 얼굴이 빨개졌지만, 살짝 허리를 세우고 똑바로 앉았다. 사라 말이 맞았다. 이건 루벤의 새로운 면이다. 새롭고도 새로운 면이었다. 루벤은 언제나 자상하고 사려 깊은 사람이었다. 그것이 자기 자신에 대한 평가였다. 그저 보살펴 주어야 할 사람이 많지 않았던 것뿐이다. 아니, 많기는 했지만 보지 못했던 것뿐이다. 제기랄, 상황이 또다시 엉망이 되고 있다. 하지만 엉망인 건 좋은 거라고, 정신과 의사 아만다는 늘 말했다. 엉망인 건 앞으로 나갈 수 있다는 의미라고 했다. 가끔은 아주 지칠 수도 있지만.

"얼마 전에 나에게 딸이 있다는 걸 알았어. 이름은 아스트리드이고, 열 살이야."

"우와, 정말 축하해!"

사라가 훨씬 더 놀란 표정으로 루벤을 보았다.

"그…… 기분이 어때?"

"놀라워."

루벤이 대답했다. 실제로 그런 기분이 들었으니까. 진심으로 그랬다. 루벤은 정말로 놀랍다고 생각했다. 아스트리드는 놀라운 아이였다.

"그 애의 어린 시절을 완전히 놓쳤다는 걸 생각하면 너무 아쉬워. 하지만 그건 바꿀 수 없는 사실이니까. 게다가 내가 그렇게 쓸모가 있었을지도 모르겠고. 그 애 엄마가 제대로 길렀어. 마음 깊은 곳에서는 아이 엄마가 날 배제한 게 옳았다는 걸 알아. 그래도 지금은 최선을 다하고 싶어. 최고의 아빠가 되고 싶어."

사라가 고개를 저으며 머그잔을 들어 올렸다. 그리고 커피를 물끄러미 보다가 머그잔을 내려놓았다.

"며칠 휴가를 내고 떠났다가 돌아왔더니 엄청난 사건이 생긴 거네. 하지만 당신에게는 멋진 사건이라고 생각해. 그리고 우리 아이들에 대한 당신 질문에 대답해 보자면, 그건……문제가 쉽지 않아. 난 여기서 살고 싶고, 가족과도 가까이 살고 싶어. 아이들이 여기서 자랐으면 하고. 남편은 반대지만. 미국 법은 어머니의 권리에는 그다지 신경 쓰지 않아. 그것도 국적이 미국이 아닌 어머니에게는. 아이들이 그 사람을 보러 가면 그 사람이 아이들을 다시는 보내 주지 않을까 봐 걱정이야. 그래서 당분간은 아이들을 보고 싶으면 여기로 오라고 했어. 우리 변호사들이 '논의' 중이고."

사라가 손가락으로 따옴표를 그렸다.

"제기랄이군."

루벤이 무심코 말했고, 사라는 고개를 끄덕였다. 그러고는 커피를 한 모금 마시고 얼굴을 찡그렸다.

"당신 말이 맞네. 이건 쓰레기야."

"내가 그랬잖아. 지난 몇 주간 실종됐다고 신고가 들어온 아이들 목록을 좀 살펴봐 줄래? 그 아이들 대부분이 이미 발견돼서 집으로 갔거나, 스스로 들어왔는데도 부모가 우리에게 결과를 알리지 않았을 거야. 그래서 일단 전화를 돌려 봤으면 좋겠어. 예상대로라면 범인은 다음 주까진 잠잠할 테니, 이걸로 범인을 잡으려는 건 아니야. 하지만 이 일도 어쨌든 끝내야 하니까."

"일리가 있네."

사라는 루벤 옆에 앉아 휴대폰을 꺼냈다.

"혹시 알아. 쓸 만한 정보를 건지게 될지. 기적의 시대가 반드시 끝날 필요는 없잖아."

루벤은 슬쩍 사라를 보았다. 어째서 전에는 이런 대화를 해 볼 생각을 하지 않은 걸까? 사라는 능력도 있고 재미있기도 했다. 기적의 시대라니, 그건 정말 좋은 표현이었다. 게다가 여전히 산뜻해 보였다. 루벤은 살며시 손을 들어 겨드랑이를 만졌다. 제기랄. 흥건히 젖어 있었다. 심지어 옅은 회색 티셔츠를 입고 있는데. 정말이지 이런 날은 검은 옷을 입고 왔어야 했다.

*

이제는 수염이 보기에 좋다는 이점을 훨씬 뛰어넘는 따끔함으로 자신을 괴롭히고 있다는 사실을 인정할 수밖에 없었다. 사실 수염을 기른 페데르가 너무나도 멋져 보인다고 생각하는 사람은 페데르 자신밖에 없다는 걸 알고 있었다. 심지어 아네트조차도 수염에 있어서는 적으로 돌아섰다. 그래도 이렇게 끊임없이 괴롭히는 간지러움만 아니라면 동료들의 압박 따위는 충분히 무시할 수 있었다. 하지만 너무 간지러워서 당장이라도 몸이 뒤틀릴 것만 같았다.

페데르는 몸을 긁으면서 그의 전매특허인 꼼꼼함으로 목록을 자세히 살펴보았다. 데이터 안으로 뛰어 들어가 상관관계를 파악하고, 통계적으로 이상이 있는 곳을 찾아내는 일이야말로 그에게는 극히 평온함을 느끼게 하는 작업이었다. 그는 건초 더미에서 바늘 찾기 수준의 어려운 도전을 사랑했다. 수사가 결론을 향해 나아갈 수 있게 해 줄 황금 열쇠를 찾는 일을 좋아했다. 그러나 이 목록은 달랐다. 실종 아동 명단은 익명의 데이터로 환원되지 않았다. 루벤과 사라가 이미 한 번 검토하면서 더는 실종 아동이 아닌 아이들을 명단에서 제외했다. 실종 신고가 된 아이들 대부분이 이제 더는 실종 아동이 아니었다. 하지만 아직도 몇 명이 남아 있었다. 그 몇 명도 너무 많았다.

아이들의 얼굴과 세부 사항이 들어가 있는 보고서를 접할 때마다 어쩔 수 없이 세쌍둥이의 모습이 떠올랐다. 세 아이가 이 세상에 온 뒤로 페데르의 온몸은, 그의 생명 유지 장치는 아이들과 직접 연결이 된 것 같았다. 그에게 아이들은 신화

속 생명의 나무 위그드라실이었다. 아이들은 그의 몸을 연결하는 정맥이고 모세혈관이며, 그를 숨 쉬게 하는 폐였다. 경찰의 데이터베이스에 있는 아이들에게도 최소 한 명의 숨이 쉬어지지 않는 부모가 있을 것이다.

아이들이 사라진 데는 대부분 그럴듯한 이유가 있었다. 한 아이는 친척이 데리고 외국으로 떠났다. 추방당할까 봐 아이를 숨긴 난민 가족도 있었고, 자발적인 의지 또는 수천 가지의, 그러나 똑같이 끔찍한 여러 이유로 부모나 위탁 가정, 보호 시설에서 도망친 아이들도 있었다.

하지만 그렇지 않은 아이들이 있었다. 사라질 이유를 도무지 모르겠는 아이들이 있었다. 도대체 왜 사라졌는지 알 수 없는 아이들이 있었다. 페데르의 관심을 끄는 것은 그런 아이들이었다. 페데르는 그 아이들을 하나하나 밀다가 기록한 파트부르 공원의 아이와 비교했다. 시신의 상태 때문에 많은 것을 알아내지는 못했지만 그래도 특징은 있었다. 그리고 밀다는 도움이 될 만한 세부 요소들을 알아내는 데 탁월한 재주가 있었다.

밀다의 보고서를 보면서 다시 파악한 내용을 정리했다. 신장: 120센티미터. 나이: 여섯 살 정도. 머리카락 색: 갈색. 성별: 남자아이. 아이의 대퇴골은 과거에 부러졌던 자국이 있었다. 밀다는 치유된 흔적으로 보아 2년쯤 전에 생긴 상처라고 했다. 아주 사소했지만, 그래도 중요한 단서였다.

천천히 화면을 내리면서 컴퓨터에 뜨는 모든 문서를 읽었다. 가끔은 스크롤을 멈추고 맞는 아이를 찾은 게 아닐까 생각했다. 하지만 매번 어긋나는 요소가 있었다.

마침내, 페데르는 마우스를 멈췄다. 화면에 뜬 문서를 읽고, 가지고 있는 목록과 비교했다. 두 번 비교했다. 그러고서 의자를 뒤로 밀었다.

그들에게는 새로운 단서가 절실했다. 살인범에게 한 걸음 다가가게 해 줄 무언가가 필요했다. 그리고 페데르가 방금 그 단서를 찾았다. 이제 그는 파트부르 공원의 아이가 누구인지 알았다.

*

"아빠, 이게 뭐야?"

레베카가 끔찍하다는 표정으로 커피 테이블 위에 있는 에피쿠라 소책자를 들췄다.

"이건 아빠하고 안 어울리는데. '에피쿠로스의 네 초석'?"

빈센트는 읽고 있던 책에서 눈을 떼고 고개를 들었다. 그는 미셸 드 세르토의 《일상의 발명》에 푹 빠져 있었다. 도시를 높은 곳에서 바라볼 때와 낮은 곳에서 바라볼 때의 차이점을 매혹적으로 기술한 책이었다. 빈센트도 시청 전망대에 서서 저자와 같은 생각을 했었다.

"에피쿠로스는 철학자야."

책을 덮으면서 빈센트가 말했다.

"내 동료인 노바라는 사람이 시골 휴양지에 사람들을 모아서 그의 철학을 가르쳐. 오늘 밤에는 집에 있는 거야? 드니하고는 아무 문제 없는 거지?"

"노바는 화끈하지."

소파 끝에서 베냐민이 말했다.

"우리 과에도 그 사람 인스타 팔로우하는 애들 많아."

"드니는 친척 집에 갔어. 그리고, 끔찍해 베냐민. 노바는 나이가 두 배나 많은 사람 아니야?"

레베카가 말했다.

"그래서? 나이가 많다고 화끈하지 않은 건……."

아스톤이 자신에게만 들리는 음악을 들으면서 침실에서 나왔다. 아스톤은 노래를 부르며 트월킹 춤을 추고 있었다. 도대체 저런 춤은 어디서 배운 건지 물어봐야겠다는 생각이 들었다.

"너무우우우 더워어어어!"

아스톤이 퀸의 '더 쇼 머스트 고 온'의 음에 맞춰 소리를 질렀다. 아스톤의 개인 차트에서 '라디오 가가'가 1위 자리를 빼

앗긴 것이 분명했다.

"너무우우우 더워어어어!"

정말 아이들은 커 갈수록 이해하기 힘들어진다.

마리아는 문자를 주고받느라 정신이 없었다. 문자 상대가 누구인지는 굳이 멘탈리스트가 아니어도 알 수 있었다. 그런데 마리아가 갑자기 고개를 들었다.

"그러니까 그 화끈하다는 노바를 당신이 안다는 거야? 얼마나 잘 아는데?"

마리아가 물었다.

"이미 말했잖아. 오래된 동료라고. 가끔 오가다 만날 때가 있기는 해. 이번에는 수사를 함께 하게 돼서……."

자신이 실수하고 있다는 사실을 깨달은 빈센트는 즉시 입을 다물었다.

하지만 너무 늦었다.

마리아의 얼굴에서 핏기가 가셨다.

"당신이랑 그 경찰처럼? 미나 맞지? 그런데 이번에는 또 다른 여자네. 솔직히 말해서 빈센트, 당신은 어쩜 그렇게 염치가 없는지 모르겠어. 경찰 수사? 허, 픽이나."

마리아가 일어섰다. 분노로 가득 찬 것 같았다. 케빈에게 문자를 보내려던 건 완전히 잊어버린 게 분명했다.

"난교를 하려는 거겠지."

마리아가 내뱉었다.

"마리아!"

베냐민과 레베카가 동시에 소리쳤다.

"나아아아안교오오오오오!"

아스톤이 거실 어항 앞에서 트월킹을 추면서 즐겁게 노래
했다.

빈센트는 두 손에 얼굴을 묻었다. 어항 속 물고기가 충격
을 받든 말든 상관없었다. 손목시계로 시간을 확인했다. 예블
레에 강연을 하러 가기 위해 탈 기차 시간에 늦을 뻔했다. 공
연이 끝났다는 사실에 너무 기뻐서 다른 걸 잊어버린 것이다.
어쨌거나 강연은 쉽다. 허리띠로 목을 조를 필요도 없으니까.

"그런 단어는…… 음…… 너희 엄마가 설명해 줄 거야."

빈센트가 말했다.

"난 지금 가야 해. 오늘 밤 10시 기차로 돌아올 거야. 그때
깨어 있으면 보자, 아스톤."

빈센트는 노트북 가방을 들고 복도로 향했다. 마리아가 따
라왔다. 그는 마지막 호통을 들을 각오를 했다. 그런데 마리
아는 전혀 뜻밖의 말을 했다.

"강연 잘하고 와. 나를 잊지 말고."

마리아가 작은 목소리로 속삭였다.

깜짝 놀라서 마리아를 돌아봤다. 냉소적인 표정을 짓고 있

거나 말속에 가시가 숨겨져 있을 줄 알았다. 그러나 동그랗게 뜬 마리아의 눈은 살짝 반짝이고 있었다. 정말 말 그대로의 의미로 말한 것 같았다. 심지어 조금 슬퍼 보이기까지 했다.

"그게······ 내가 집에 없을 때 그럴 거 같아? 당신을 잊는다고?"

이건 새롭게 알게 된 사실이었다. 빈센트는 이 사실이 함축하는 의미를 생각해 보았다. 부부 상담 치료에서도 두 사람은 이렇게까지 가까워지지는 못했다. 마리아의 말은 많은 것을 설명해 주었다. 마리아의 공격적인 행동, 조롱하는 태도. 빈센트는 당연히 그것이 방어 기제라고만 생각했다. 마리아가 이런 식으로 말하는 건 들어 본 적이 없었다. 자신의 아내가 그렇게 느끼고 있다는 사실이 마음 아팠다.

"빈센트 발데르. 마스터 멘탈리스트."

마리아가 남편의 셔츠에 붙은 머리카락 한 가닥을 떼어 내며 대답했다.

"모두가 원하는 남자. 당신과 비교할 수 있는 사람이 누가 있겠어. 당신도 그거 알지?"

"당신이 공연이나 강연을 보러 와야 해. 그럼 모두가 안전하게 떨어진 거리에서 바라보기만을 바라는 남자라는 걸 알 수 있을 텐데. 둘 사이엔 차이가 있어."

빈센트는 노트북 가방을 바닥에 내려놓고 두 손으로 마리아의 얼굴을 감쌌다.

"잊는다니. 완전히 반대야. 난 늘 분명하게 생각해. 일 때문에 밖에 나가 있을 때 내가 조금이라도 정상이라고 느끼게 해 주는 유일한 건, 당신이 이곳에 언제나 있을 거라는 사실이야. 무슨 일이 있어도 말이야. 나에게는 나를 집으로 돌아올 수 있게 해 주는 당신이 있어. 당신과 아이들이 없다면, 나는 아무것도 아니야."

마리아는 몇 차례 눈을 깜빡이더니 살며시 웃었다. 하지만 곧 마리아의 얼굴에 그늘이 드리웠다.

"그러니까, 미나를 만나기 전에는 그랬다는 거지?"

빈센트는 한숨을 쉬고 가방을 들었다. 두 사람은 한때 정말 가까웠었다. 다음에 이야기하자. 거실에서 아스톤이 큰 소리로 외치는 난교라는 단어를 들으며 빈센트는 밖으로 나왔다.

*

"도무지 모르겠네…… 어떻게 그 애가 파트부르 공원에 있게 된 걸까? 거기 벤델라도 있었습니까?"

토마스 욘스마르크는 메이크업 아티스트의 손을 밀어 내고 루벤을 바라보았다. 경찰이 이 위대한 배우와 만날 약속을 잡는 데는 며칠이 걸렸다. 하지만 루벤과 페데르는 욘스마르크의 매니저에게 자세한 내용을 알려 주지 않았다. 그 소식은 토마스가 제일 먼저 들어야 한다고 생각했기 때문이다.

"10분 뒤에 촬영 시작합니다."

토마스의 조수가 겁을 먹은 목소리로 말했다.

"기다리라고 해."

풍성한 검은 머리카락을 손으로 쓸면서 토마스가 퉁명스럽게 대답했다.

루벤은 토마스의 숱 많은 머리카락을 보면서 질투를 느꼈다. 루벤도 오랫동안 자신은 여자들이 바라는 남자라고 생각해 왔지만, 토마스 욘스마르크 앞에 서니 존재 자체가 지워질 정도로 하찮을 뿐이었다. 토마스는 스웨덴 방송계와 영화계의 최고 스타였을 뿐 아니라 모든 여자가 꿈에서도 그리는 남자였다.

지난 수십 년간 잡지의 연예인 가십난에는 그와 스캔들에 휩싸인 여자들 이야기가 빠지지 않았다. 그 여자들은 유명 인사이기도 하고, 알려지지 않은 일반인이기도 했다. 덱스테르는 그의 아이였다. 그의 유일한 아이였다고, 루벤은 고쳐 생각했다. 잠시 가슴이 찌릿해졌다.

루벤의 눈앞에 아스트리드의 얼굴이 나타났고, 몇 초간 딸에게 무슨 일이 생길지도 모른다는 생각을 하자 갑자기 아무런 보호 장비 없이 자유 낙하를 하고 있는 듯한 기분이 들었다. 그 감각을 떨쳐 버리려고 루벤은 몸을 흔들었다. 이런 감정은 그로서는 알지 못했던 심연이었다. 그 심연을 다루는 법을 루벤은 조금도 몰랐다.

"유감이지만, 아직 선생님의 전 부인은 찾지 못했습니다. 혹시 선생님이 그분께 연락해 보실 수 있을까요?"

페데르가 말했다.

"전 여자친구지."

토마스가 페데르의 말을 정정해 주었다. 루벤은 그의 눈길이 페데르의 수염에 가닿는 것을 보았다.

"벤델라와 나는 결혼하지 않았으니까. 덱스테르는…… 솔직히 말해서 벤델라와 나는 그저 잠깐 즐긴 것뿐이오. 덱스테르는 사고였고. 적어도 내 입장에서는 그랬지."

토마스는 말이 의미가 되어 공기 중으로 퍼져 나갈 때까지 기다렸다. 낯선 이야기는 아니었다. 타블로이드 신문과 삼류 잡지에서 많이 다루었던 기사 제목이 떠올랐다. 토마스와 벤델라의 관계는 처음부터 순탄치 못했고, 두 사람 모두 혹독한 비난에 시달려야 했다. 벤델라의 정신 건강 문제가 상황을 더욱 악화시켰지만, 오히려 그 때문에 두 사람의 이야기는 훨씬 더 유명해졌다.

"우리는 영화 촬영장에서 만났소. 그녀는 내가 〈황혼의 피〉에서 맡은 역할에 대해 자문해 주러 왔었지. 들어 봤을 거요. 그 영화로 내가 굴드바게 상을 탔으니까."

토마스가 다시 손으로 머리카락을 쓸었다. 루벤은 고개를 끄덕였지만 사실 그 영화도, 영화로 받았다는 상에 대해서도 아는 것은 없었다. 그는 브루스 윌리스나 톰 하디, 드웨인 '더 록' 존슨이 나오는 영화가 아니면 보지 않았다.

"벤델라는 아주, 아주 예뻤소. 그리고 강한 사람이었어. 그래서 더욱 부서지기 쉬웠고. 그 사람을 보는 순간 빠져 버렸지."

헤드셋을 쓴 젊은 여자가 문가에 나타났다.

"곧 올라가셔야 해요."

토마스가 손을 젓자 여자가 급히 문을 닫았다.

"벤델라와 덱스테르가 사라졌을 때의 이야기를 해 주시겠습니까? 적어도 선생님이 알고 계시는 대로요."

페테르가 물었다.

"글쎄, 우리는 같이 살진 않았소. 같이 산 적이 아예 없었지. 벤델라가 병원에 실려 갔을 때, 덱스테르는 그 사람 어머니 집으로 갔어요. 얼마 되지 않아 벤델라는 퇴원했소."

"걱정하셨나요?"

루벤이 물었다. 토마스는 손끝을 만지작거리며 잠시 생각에 잠겼다.

"아니, 그렇지는 않았던 것 같소. 벤델라는 항상 극적인 걸 좋아했거든. 수년간 여러 번 자살을 시도했지. 그건 진짜라기보다는…… 쇼에 가까운 거였지만."

"이번에는 어떤 협박을 했나요? 목숨을 끊겠다고 했나요?"

루벤이 다시 물었다.

"음, 그래, 아마 문자나 그런 걸 받았던 것 같소. 내 새 여자 친구에 관한 기사를 읽은 것 같았지. 브라질에서 온 화끈한 모델이야. 늘 그랬지만, 그 사람은 이번에도 불같이 화를 냈어. 하지만 오랜 경험으로 그럴 때는 무시하는 게 상책이라는 걸 알고 있었지."

토마스가 질렸다는 듯 손을 내저었다. 그의 이마에 머리카락이 흘러 내려왔다. 루벤은 여성들이 왜 그에게 그렇게 열광하는지 알 수 있을 것 같았다.

"혹시 두 사람이 사라지던 날에 평소와 다른 점은 없었나요?"

페데르가 수염을 긁으면서 물었다. 루벤은 어떻게 하면 이제는 그 흉한 것을 밀어 버릴 때가 됐다는 걸 말할 수 있을지 고민했다.

"아니, 없었소. 그저 벤델라의 어머니가 전화해서 덱스테르가 어린이집에 가지 않았다고, 벤델라도 연락이 되지 않는다고 했을 때에야 걱정이 되더군. 그런 일은 없었으니까."

"그리고 아파트에서 그 편지를 찾았고요?"

페데르가 말했다.

"그렇소. 벤델라의 어머니에게 열쇠가 있어서 들어갈 수 있었지. 편지는 식탁에 있었소. 음, 편지라고는 하지만, 사실 '잘 있어요'가 전부였소. 다른 말은 없었고."

"그 편지를 진지하게 받아들이셨나요?"

갑자기 들리는 노크 소리에 루벤은 펄쩍 뛸 정도로 놀랐다. 문을 두드리자마자 엄격한 얼굴의 나이 많은 여인이 문을 벌컥 열었다.

"이제 정말 올라가셔야 해요."

"경찰이야. 덱스테르를 찾았대."

토마스가 퉁명스럽게 대꾸했다. 여인의 얼굴이 하얗게 질렸다. 그리고 고개를 끄덕였다.

"필요하신 만큼 대화 나누세요. 촬영 팀에게는 그렇게 말씀 전할게요."

"경찰 양반 질문에 답하자면, 아니었소. 그때는 심각하게 생각하지 않았어요."

처음으로 배우가 쓰고 있는 가면이 조금은 벗겨지는 것 같았다. 루벤은 배우의 얼굴에서 진심으로 슬퍼하는 감정을 느꼈다. 그러나 배우는 곧 가면을 다시 썼다. 인생은 자신이 연기해야 하는 배역 그 이상도 이하도 아니라는 듯이.

"밤이 되어도 돌아오지 않는 걸 보고서야 무슨 일이 일어난 게 분명하다고 생각했소. 그래서 경찰에 신고를 한 거지. 그 다음은 당신들이 아는 대로요. 벤델라가 마지막으로 목격된 건 탈린으로 가는 여객선이오. 벤델라를 봤다는 사람은 벤델라가 성인 표 한 장만 끊었는데 남자아이까지 데리고 탔다고 했소. 그런데 탈린에서 하선한 사람들 중에 두 사람은 없었어."

토마스는 다시 머리카락을 만지작거렸다.

"선생님을 찾아오기 전에 그 증인들을 만나 봤습니다. 지금은 벤델라가 어린 소년과 있었는지 확실하지 않다고 하더군요. 저희는 벤델라가 혼자 여객선에 승선했다고 추정하고 있습니다. 도중에 여객선에서 뛰어내린 것 같고요. 하지만 덱스테르는 벤델라와 함께 있지 않았습니다."

페데르는 새로운 소식이 들릴 때마다 메이크업 의자 밑으로 점점 더 깊게 가라앉는 것 같은 토마스를 안타까운 표정으로 바라보았다. 토마스의 메이크업이 마무리되어 갔고, 루벤은 파우더로 덮인 피부와 아이브로펜슬로 채운 눈썹을 가까이에서 볼 수 있었다. 텔레비전 화면으로는 알 수 없는 특징들이었다.

"무엇 때문에? 어떻게? 도대체 왜 파트부르 공원에 있었던 걸까?"

토마스가 물었다.

"아직은 밝혀내지 못했습니다."

루벤이 대답했다.

"아이가 살해되었다는 소식을 전하게 되어 유감입니다. 범인이 누군지는 알아내지 못했습니다. 벤델라가 범인일 가능성을 배제할 수는 없지만, 지금은 말씀드릴 수 없는 이유로 경찰은 선생님의 전 부, 아니 전 여자친구분이 아들을 죽였을 것 같지는 않다고 추정하고 있습니다."

"그 아이들."

토마스는 무덤덤하게 말했지만, 베이지색 컨실러에 가려진 얼굴은 하얗게 변했다.

"뉴스에서 아이들 이야기를 들었소."

"말씀드린 것처럼, 아직은 아무 말도 해 드릴 수가 없습니다."

페데르가 말했다. 두 경찰이 일어섰다.

"혹시 무언가 두 사람 실종과 관련해서 생각나시는 게 있으면, 언제든 연락해 주세요."

페데르가 배우의 어깨에 살며시 손을 얹었다 뗐다. 문을 나서는 루벤의 옆으로 의자를 돌려 거울을 보고 앉는 토마스가 보였다.

*

"여기서 세워요."

나탈리가 말했다.

"너무 가까이 가면 안 돼요."

칼이 고개를 끄덕이고는 모퉁이에 차를 세웠다. 나탈리의 집이 있는 린네가탄에서 두 블록 떨어진 칼라베겐이었다. 이 정도 거리라면 보는 눈 없이 다녀올 수 있었다.

"같이 가 줄까?"

이네스가 물었다.

"그건 좋은 생각이 아닌 거 같아요. 나 혼자 가는 게 나아요. 두 분은 여기서 기다리세요."

나탈리는 배낭을 들고 자동차에서 내려 모퉁이를 돌아 융프루가탄으로 걸어갔다. 문제는 아빠의 경호원들이 어느 정도까지 알고 있느냐였다. 아빠가 나탈리가 사라졌다는 말을 했을까? 그랬다면 그들은 나탈리를 발견하는 즉시 아빠에게 연락을 할 것이다. 하지만 거기까지는 나탈리가 할 수 있는 것이 없었다. 어쨌거나 집으로 가려면 그 다리를 건너는 수밖에 없었다. 나탈리는 린네가탄으로 접어들었다. 정문 앞에 검은색 승용차가 서 있었다. 다른 거주민이 세워 둔 차일 수도 있지만, 아빠의 경호 차량일 수도 있다. 어차피 알아낼 방법은 없었다. 거리를 지나 건물 안으로 들어올 때까지 사람은 보이지 않았다.

나탈리는 엘리베이터를 타지 않고 걸어서 4층까지 올라갔다. 엘리베이터를 타면 격자 철문이 닫히면서 큰 소리를 낼 테고, 그 소리를 아빠가 들을 가능성이 있기 때문이다. 아파트로 들어가는 커다란 현관문 앞에 서서 안에서 나는 소리에

귀를 기울였다. 주방에서 아빠가 요리를 하고 있는 듯한 소리가 들렸다. 아빠는 혼자서 밥을 먹을 때도 쓸데없이 거창한 요리를 만들어 먹었다. 어째서 저렇게 먹는 것에 목을 매는지, 나탈리는 이해할 수가 없었다.

조심스럽게 자물쇠 구멍에 열쇠를 꽂고 천천히 돌려 문을 연 다음, 안으로 들어갔다. 현관 앞에서 아빠의 뒷모습이 조금 보였다. 그는 어깨에 수건을 두른 채 여러 종류의 신선한 고추로 만들었을 소스를 맛보고 있었다. 집에서 직접 기른 토마토를 손질하면서 훈제한 고기의 온도도 체크했을 것이다. 요리하는 걸 저렇게 좋아하는데 왜 식당을 열 생각을 하지 않는 건지, 나탈리는 다시 한번 이해가 되지 않았다.

나탈리는 조용히 방으로 들어갔다. 작은 해적 상자는 옷장 맨 위에 있었다. 검은색 도자기로 만든 상자 뚜껑에는 은색 해골과 교차된 뼈다귀 장식이 있었다. 나탈리는 상자 뚜껑을 열어 안을 보았다. 할머니에게 말한 1만 크로나보다 훨씬 많아 보였다. 상자를 배낭에 넣으며 행복해할 할머니를 생각하니 가슴이 벅찼다. 옷장 맨 위 서랍을 열어 깨끗한 속옷과 양말을 꺼냈다. 청바지도 가져갈까 생각했지만, 필요 없을 것 같았다. 속옷을 제외한 나머지 옷은 모두 할머니가 주었으니까. 휴대폰 충전기도 잊지 않고 챙겼다. 욕실에서 세면도구까지 가져와서 챙긴 물건을 모두 배낭에 넣었다.

들어왔을 때처럼 살며시 복도를 지나 현관으로 향했다. 부엌에서는 프라이팬에 담긴 음식이 끓고 있었고, 나탈리는 위장이 아플 정도로 배가 고팠다. 부엌으로 통하는 복도 끝에 섰다. 몇 미터 떨어진 곳에 아빠가 있었다. 아빠에게 다가갈수도 있었다. 나탈리를 보면 아빠는 크게 기뻐할 것이다. 그리고 나탈리는 먹고 싶은 만큼 마음껏 먹을 수 있을 것이다.

나탈리는 손을 내려다보았다. 아직도 손가락을 가로지르는 희미한 빨간 선이 보였다. 부엌에서는 정말로 근사한 냄새가 났다. 이전의 생활로 돌아가기는 너무나도 쉬웠다. 그저한 걸음만 떼어 문지방을 넘으면 됐다.

하지만 그렇게 되면 다시는 할머니를 보지 못하게 될 것이다. 이네스에게는 나탈리가 필요했다. 공동체 사람들에게는 나탈리가 필요했다. 이제는 그들이 가족이었다. 부엌에 있는 남자는 나탈리의 가족이 아니었다.

발소리를 죽여 현관으로 걸어가 밖으로 나왔다. 그리고 아주 살며시 문을 닫았다.

*

"와, 영광이네요! 그렇지 않아도 오늘 오시지 않을까 했어요. 토요일이잖아요."

식당 지배인은 밝게 웃었고, 크리스테르는 침을 꿀꺽 삼켰다. 이건 나쁜 생각일지도 모른다. 그것도 아주, 아주 나쁜 생각. 아직 마음을 바꿀 시간은 있다. 몸을 돌려 나가면 된다.

하지만…… 이미 들어와 버렸다. 어쩔 수 없으니 청어와 필스너를 먹고, 그 다음에 나가면 될 것이다.

"따라오시겠어요? 늘 앉는 자리가 비어 있어요. 드시던 걸로 드릴까요?"

지배인이 앞장서서 커다란 홀을 가로질러 가기 시작했다. 주변에서 점심을 먹는 손님들이 낮은 목소리로 대화하고 있었다. 울라 빈블라드 레스토랑에서는 아주 조용히 말해야 한다고, 크리스테르의 어머니는 말했었다.

어머니를 생각하니 숨이 턱 막혔다. 어머니는 크리스테르의 머릿속에서 끊임없이 맴도는 생각을 받아들이지 않았다. 밤낮으로, 계속 돌고 또 도는 그 생각을 받아들이지 않았다. 그 어떤 것도 받아들이지 않았다. 하지만 이제 어머니는 없다고, 크리스테르는 자신을 타일렀다. 어머니는 어머니의 견해를 자신만의 것으로 간직하면 된다. 그에게는 그가 원하는 대로 인생을 살아갈 권리가 있었다.

그저 충분히 용감해지면 되는 거였다.

크리스테르는 한 발 뒤로 물러나 창문 밖을 보았다. 오늘은 보세가 함께 왔다. 이 일 때문에 계속 가구들을 희생시키다가는 결국 파산하고 말 것 같아서였다. 보세는 그늘에 있는 자전거 고정대에 묶여 있었다. 그 옆에는 물그릇을 두고 왔다. 그래도…… 여전히 너무 더울 것 같았다. 정말 식당에서 나가는 것이…….

"자요. 다 준비해 두었습니다. 메뉴판, 필요하세요?"

크리스테르가 머뭇거리며 식탁에 앉자 지배인이 안 그래도 햇살을 받아 찬란한 방을 더욱 밝아지게 하는 미소를 지었다.

"청어로 줘요."

식탁보를 뚫어지게 보면서 크리스테르가 중얼거렸다.

"필스너하고."

"언제나처럼요. 혹시 제 의견을 물으신다면, 그게 최상의 조합이라고 말씀드리겠어요. 이미 최고를 택하셨는데 다른 걸 선택해서 위험을 자초할 필요가 있나요? 그런 건 젊은이들이나 하라고 해야죠."

적어도 어떤 젊은이들은 그렇단 말이지. 크리스테르는 생각했다. 지배인의 웃음소리가 벽에 맞고 되돌아와 크리스테르의 위장에 매듭을 지었다. 왠지 그의 마음을 읽고 있는 것만 같았다. 크리스테르는 고개를 들었고, 조금 떨리는 목소리로 말하기 시작했다.

"젊은 사람들 이야기가 나와서 말인데, 당신이 맞아요. 그러니까, 지난주에 한 말, 말이에요."

식당 지배인이 크리스테르가 선명하게 기억하고 있는 그 표정을 지으며 눈을 가늘게 떴다. 온몸이 따뜻해진 크리스테르는 심호흡을 했다.

"전에 물어봤었죠? 맞아요. 우리는 만난 적이 있어요. 사실, 그냥 만나기만 한 것이 아니라……."

갑자기 공포가 밀려와 말문이 막혔다. 지금 뭘 하고 있는 거지? 크리스테르가 벌떡 일어나는 바람에 식탁이, 의자가 엎어질 뻔했다.

"아, 미안해요. 일 때문에 가 봐야겠어요."

크리스테르는 전원을 끈 것이 분명한 휴대폰을 흔들면서 말했다.

"경찰 일 때문에요."

다시 한번 사과를 하고 서둘러 밖으로 나왔다. 등에 꽂히는 식당 지배인의 눈길을 엄청나게 의식하면서.

*

커다란 모자를 쓴 페데르는 땀을 뻘뻘 흘리고 있었다. 일요일 오후였고, 카스페르의 생일 파티는 이제 절정에 달해 있었다. 두 살 반인 세쌍둥이와 이제 다섯 살이 되는 카스페르를 비롯한 열 명의 아이들이 눈에 의심을 가득 품고 페데르를 쳐다보았다.

아이들이 케이크를 다 먹자, 커다란 마술사 모자를 쓰고 수염을 파랗게 염색한 페데르가 등장했다. 그는 자신은 페데르가 아니라 페데르의 비밀 형제인 페드로라고 소개했다. 아이들은 그것을 재미있어했다. 아이들이 그가 페데르가 맞다고 우길수록 페데르는 자신은 절대 페데르가 아닌 페드로라고 우겼고, 아빠의 파란색 수염을 보면서 세쌍둥이는 숨이 넘어갈 듯이 깔깔거리며 웃어 댔다.

아이들이 즐거워하는 소리가 너무나도 사랑스러워서 페데르는 터져 버릴 것만 같았다. 하지만 그와 동시에 너무나도 불안했다. 일주일 전 그 회의가 끝난 후로, 또 다른 아이가 납치될 거라는 빈센트의 경고가 페데르의 머릿속에서 사라지지 않았다. 그가, 파트부르 공원의 아이가 누구인지를 알아낸 페데르가 수사에 중요한 진전을 이룬 것은 사실이었다. 수사 팀은 실종된 아이들 목록을 두 번, 세 번 검토해 더는 실종된 상태인 아이들이 없다는 것도 확인했다. 아담은 팀이 셉스홀멘에서 찾은 정보 모두를 예리한 눈으로 샅샅이 점검했다. 그와 동료들은 할 수 있는 모든 준비를 하면서 그 한 주를 보냈다.

하지만 그럼에도 수사 팀은 수요일에 어떤 일이 벌어질지 알지 못했다. 어디를 수색해야 하는지도 몰랐다. 스톡홀름에 있는 모든 어린이집을 지키기에는 경찰 인원이 부족했다. 공공연하게 경고 방송을 할 수도 없었다. 그랬다가는 어린아이를 키우는 모든 부모가 공포에 질릴 것이다. 그리고 조만간 누군가는 타격을 입게 될 것이다.

진퇴양난에 빠진 것 같았다. 어느 쪽으로도 갈 수 없었다. 그러나 아무것도 하지 않는다면 3일 안에 또 한 아이가 사라져 버릴 것이다.

그건 카스페르가 될 수도 있고, 세쌍둥이가 될 수도 있다. 이 생일 파티에 참가한 아이들 가운데 한 명일 수도 있다. 어떤 아이든 사라질 수 있었다. 그러니 페데르는 모든 아이를 구해야 했다. 문제는 어떻게 해야 하는지 모른다는 것뿐이었다.

그리고 지금은 여기 서 있었다.

마술을 하면서.

빨간 공을 사라지게 하는 마술로 시작했다. 아이들은 미적지근한 반응을 보였다. 그 다음에는 카스페르를 위해 종이로 모자를 접었다. 그러자 세쌍둥이가 다른 아이들에게 윙스에서 요정들에게 어떤 일이 일어났는지를 이야기하기 시작했다. 종이 모자는 너무 작아서 카스페르의 머리에 들어가지 않았다.

카오스가 펼쳐지고 케이크 전쟁이 일어나기까지 고작 몇 초밖에 남지 않았다. 드디어 비장의 무기를 사용할 시간이었다. 빈센트가 알려 준 마술 기술. 시간이 없어서 실제로 해 보지는 못했다. 그저 지시대로 해낼 수밖에 없었다. 이젠 어쩔 수 없는 일이었다.

"마지막으로 가장 위험한 마술을 보여 줄 거야!"

페데르는 윙스의 모험을 이길 수 있을 만큼 큰 소리로 말했다.

"이 마술을 처음 시도했을 때 내 수염이 파란색이 되었지."

페데르의 입에서 '위험'이라는 말이 나오자 아이들은 조용해졌다. 아이들의 관심을 끈 것이다. 아주 잠시 동안. 페데르는 지시 내용을 슬쩍 보고 노란 손수건을 두 장 꺼내 하나로 묶었다.

"자, 여기 커다란 손수건이 두 개 있어."

페데르가 진지한 말투로 말했다.

"페데르, 에, 아니 이 페드로가 이제 이 손수건 두 장을 단단히 묶을 거야. 지금부터는 누구든 이 손수건을 가지고 장난치지 못하도록 잘 보관하는 게 중요해. 다행히도 나는 손수건을 숨길 수 있는 아주 좋은 장소를 알고 있지."

페데르는 매듭 부분을 바지 안으로 넣고, 손수건 두 장의 끄트머리가 허리띠 옆으로 삐져나오게 했다.

"에에에, 바지에 넣었어!"

한 아이가 소리쳤고, 다른 아이들은 웃음을 터트렸다. 불현듯 페데르는 자신이 정말로 즐거워하고 있다는 사실을 깨달았다. 빈센트가 말한 것, 마술을 하는 것이 중요한 게 아니라

재미있게 해 주는 것이 중요하다는 것은 이런 뜻이었던 거다. 페데르는 지시 내용을 다시 확인하고 이번에는 자신이 할 수 있는 가장 극적인 몸짓으로 세 번째 도구인 빨간색 손수건을 꺼냈다. 큰 아이들이 킥킥 웃었다. 페데르는 빨간 손수건을 커다란 모자 안에 넣고 모자를 머리에 썼다.

"자, 이제 너희가 크게 주문을 외워 줘야 해. '아브라카다브라!' 그러면 모자에 있던 빨간 손수건이 사라지고, 노란색 손수건 중간에 묶일 거야."

페데르가 엄숙하게 말했다.

"내 바지 속에서!"

아이들이 또 웃었다.

"아브라카다브라. 다 같이!"

"아브라카다브라!"

아이들이 목이 터져라 외쳤다. 페데르는 자신감과 자부심이 뿜어 나오도록 우쭐대며 웃었다. 그리고 노란 손수건을 양손에 한 장씩 잡고, 바지 밖으로 잡아당기면서 양쪽으로 팔을 활짝 벌렸다.

"짜란!"

페데르가 소리쳤다.

침묵이 흘렀다. 그리고, 빵! 웃음이 터졌다. 카스페르는 몸을 구부리고 눈에서 눈물을 흘릴 정도로 크게 웃어 댔다.

"페데르!"

아네트가 깜짝 놀라 소리쳤다. 그러나 페데르의 아내도 웃고 있었고, 그 옆에 있는 페데르의 처형도 행복한 표정을 짓고 있었다.

정말로 빈센트는 전문가였다. 페데르는 깜짝 놀란 표정으로 손수건을 쳐다보았다. 노란색 손수건 사이에 낡은 팬티가 끼어 있었다.

세쌍둥이가 틀림없이 어린이집에 가서 아빠가 아이들 파티 시간에 팬티를 벗었다는 이야기를 할 테니, 자신이 어린이집 선생님들에게 해명을 해야 할 운명에 처해졌다는 걸 페데르는 알았다. 하지만 충분히 그럴 가치가 있었다. 페데르는 아이들에게 영웅이 되었다. 지금 이 순간, 세상에 악은 없었다. 그가, 페데르가 악을 정복했다.

파티가 끝나갈 때까지도 아이들의 웃음소리는 오랫동안 페데르의 귓가에서 사라지지 않았다.

다섯째 주

베냐민이 밖에서 우편물을 가져다 놓았다. 부엌 식탁 위에 레고 클럽에서 보낸 아스톤의 잡지, 마리아에게 온 영수증 몇 통, 빈센트에게 온 카드 봉투가 놓여 있었다. 월요일치고는 많지 않은 양이었다. 휴가철이 분명하고도 착실하게 시작되고 있었다.

빈센트는 봉투를 보자마자 알아보았다. 6개월이나 일찍 도착했지만. 그는 봉투를 봉하고 있는 산타 스티커를 떼고 테트리스처럼 생긴 종잇조각들을 식탁에 쏟았다. 다른 퍼즐을 받았을 때 느꼈던 불안이 번개처럼 빠르게 빈센트를 급습했다. 심지어 이번에는 그 강도가 더 셌다. 어째서 지금 온 거지? 이 한여름에? 뭐가 다르기에?

크리스마스카드를 펼쳤을 때는 흠칫 놀랐다. 앞의 두 통과는 달리 이번에는 빈 종이가 아니었다. 손으로 직접 쓴 글이 적혀 있었다.

도무지 배우는 게 없는 것 같아서, 이젠 기다리는 것도 지치네. 그래서 오시안이 오메가가 되는 거야. (너무 뻔한 표현이지만, 시적인 의미가 있지.)

그리고 비난할 사람은 당신이라는 거 기억해. 당신은 다른 경로를 택할 수도 있었어. 하지만 그러지 않았지.

그래서 우리가 당신의 오메가에 닿은 거야.

당신 종말의 시작에.

추신. 왜 지금 퍼즐을 받은 건지 궁금할 테지. 당신도 알다시피 오메가가 그리스 알파벳의 24번째 글자이기 때문이야. 24를 당신과 나, 둘로 나누면 12야. 24/12. 크리스마스 이브인 거지. 미리 메리 크리스마스.

목덜미가 따끔거렸다. 모공을 따라 벌레가 기어 다니는 것 같은 느낌이었다. 오메가라. 율리아가 오시안 사건에 대해 기자 회견을 했을 때 빈센트가 떠올렸던 것과 불쾌할 정도로 비슷한 생각이었다. 그때 빈센트는 오메가는 종말의 날이라고, 모든 것이 끝나는 날이라고 생각했었다. 그리고 마지막에 크리스마스를 언급한 그 계산법. 그가 다른 생각을 하고 싶을 때면 쓰는 방식과 정확히 일치했다. 그의 마음이 작동하는 방식과 너무나도 닮은 사람이었다. 마치 그의 머릿속에 살면서 그의 생각에 직접 접근하는 것 같은 사람이었다. 당신과 나라니. 빈센트는 몸이 부르르 떨렸다.

걱정이 내면의 그림자를 깨웠다. 그건 빈센트에게 가장 필요 없는 것이었다. 그 어둠을 받아들인다면 그는 아무 쓸모도 없어질 것이다. 그래서 퍼즐을 푸는 데 집중했다. 전두엽을 활성화하고, 감정을 불러일으키는 편도체를 억눌렀다. 감정에 압도될 수는 없었다. 지금은 아니었다.

이번에는 종잇조각을 맞추는 것이 더 힘들었다. 아마 온몸에 스트레스 호르몬과 아드레날린이 넘쳐나 이성적으로 생각하는 능력이 억제되고 있다는 경고 신호일 것이다. 침을 삼켰다. 목이 바짝 말라 있었다.

결국 빈센트는 불규칙한 모양의 퍼즐을 완성했다. 앞의 두 퍼즐처럼 구멍이 여기저기 나 있고, 다른 퍼즐들처럼 문장을 담고 있었다.

젠장할 새장 죽어 가는 의례들!

의례.

의식.

노바는 살인에 의식적인 측면이 있다고 했었다. 기사의 여행의 동기는 분명히 의식적인 행동이었다. 혹시 퍼즐은 그 살인자가 보낸 것일까?

젠장할 새장이라고?

살인자는 빈센트를 덫에 빠뜨리려고 덤비고 있는 것일까?

첫 퍼즐부터 도전이었던 걸까? 빈센트의 우편함에 봉투가 처음 도착한 것은 첫 번째 희생자인 릴뤼 발견보다 이른 6개월 전이었다.

끔찍한 생각이 빈센트를 압도했다. 릴뤼, 빌리암, 덱스테르, 오시안이…… 그저 그에 대한 도전이면 어떻게 하지? 살인자가 그의 추종자여서 신문에서 그에 관한 기사를 읽고 그가 풀기 어려운 궁극의 수수께끼를 던진 거라면? 그가, 빈센트가, 네 아이의 죽음의 원인이라면? 그저 크리스마스 인사를 진지하게 받아들이지 않았다는 것이 그 이유라면?

생각만으로도 너무나 끔찍했다.

크리스마스카드에 적힌 글은 사적인 감정을 명확하게 드러내고 있었다. *그리고 비난할 사람은 당신이라는 거 기억해. 당신은 다른 경로를 택할 수도 있었어.* 누군가가 빈센트에게 실망한 것이 틀림없었다.

크리스마스카드에 적힌 문장의 필체를 보았다. 필적학자라면 끝이 뾰족한 글씨는 강렬하고 매우 지적인 사람임을 알 수 있게 해 주며, 기울어진 정도는 공격성에 가까운 강렬한 감정을 드러내고 있다고 말할 것이다. o를 완벽하게 닫아 쓰는 것은 내성적임을 보여 주며, l을 가늘게 쓰는 것은 의식적인 자제력이 뛰어남을 의미했다.

따라서 이 카드를 보내온 사람은 엄청나게 영리하고 내성적인 사람으로, 자제력을 발휘하려고 하지만 감정이 터져 나오기 직전인 누군가였다.

빈센트는 물을 한 잔 가져와서 다시 퍼즐이 드러내는 글자를 읽었다. *젠장할 새장 죽어 가는 의례들!* 이번에는 풀어내야 했다. 테이프를 가져와 종잇조각들이 움직이지 않도록 조심스럽게 이어 붙였다. 서재에서 다른 퍼즐들도 가져와 종잇조각을 맞추고 역시 테이프로 붙였다. 수수께끼를 담고 있는 세 글을 나란히 놓았다.

팀은 두려워 노화를 부정했다.
마리아는 새끼 백조를 때렸다.
젠장할 새장 죽어 가는 의례들!

빈센트는 물을 벌컥 마셨다. 차가운 액체가 들어가니 호흡이 한결 쉬워졌다. 한 문장에 열두 글자. 각 문장의 글자 수는 같았다. 코로 숨을 쉬었다. 이제는 의심의 여지가 없었다. 중요한 건 철자 바꾸기였다. 그곳에 문제를 풀 열쇠가 있었다. 유일한 질문은 진짜 메시지가 무엇이냐는 것이다. 그것은 빈센트의 눈앞에, 이 글자들 사이에 분명히 있었지만 빈센트에게는 보이지 않았다.

빈센트는 물을 조금 더 마시고 시간을 확인했다. 마리아는 케빈과 있었다. 레베카와 베냐민, 아스톤은 수영을 하러 갔다. 음, 적어도 아스톤은 수영을 할 것이다. 레베카의 예쁜 친구 둘도 함께 갔다는 걸 생각해 보면 베냐민이 물에 들어가 있을 것 같지는 않았다. 어쨌든 누군가 집으로 돌아와 빈센트에게 뭘 하고 있는 거냐고 물을 때까지 적어도 한 시간은 남았다.

아스톤의 침실로 가서 스크래블 게임 상자를 가지고 왔다. 상자에 든 글자 조각을 모두 식탁에 붓고 종잇조각의 문장들을 이루는 알파벳을 모두 골랐다. 알파벳 열여덟 개. 그 알파벳 글자들로 만들 수 있는 조합은 6,402,373,705,728,000개였다.

처음엔 가능한 조합의 수를 암산해 보려 했지만, 곧 머리가 너무 아파졌다. 그래서 컴퓨터 앱을 써서 계산했다. 그리고 인터넷으로 이 숫자를 어떻게 읽어야 하는지 검색했다. 6천조가 넘는 수였다. 고작 열여덟 개의 스크래블 글자 조각으로 만들 수 있는 조합의 수는 6천조가 넘었다. 머리가 아플 수밖에 없었다.

물론 의미 있는 단어를 조합하는 방법은 그렇게까지 많지 않았다. 그래도 수십만 개는 됐다. 특정 언어로만 한정한다면 거기서 또 조금은 줄어들었다. 그 단어들이 의미 있는 구문을 형성하려면 그 수는 또 적어졌다. 게다가 빈센트 개인에게 의미가 있는 단어들로 조합한다면 그 수는 더 적어졌다. 그러니까 빈센트가 이 퍼즐을 풀 수 있는 가능성이 작지만은 않은 거였다. 이론적으로 보자면 말이다.

문장을 이루는 알파벳들을 무작위로 배열해 보았다. 먼저 아주 짧고 단순한 단어들부터 시작했다.

게임

분노

끝났다

끝나는 시간들

'끝나는 시간들'을 이루는 글자는 여섯 개였다. 나쁘지 않았지만 스크래블 게임이라면 몇 점을 얻은 정도일 뿐이었다. 게다가 빈센트의 직감은 이것이 옳은 조합이 아니라고 말하고 있었다. 짧은 단어를 다시 조합했다.

미치광이

자석

마술

무언가가 나왔다. '마술'. 이 단어는 빈센트와 관계가 있을 것이다. 다른 짧은 단어와 조합하면 어떻게 될까?

마술
끝났다

빈센트는 애써 침을 삼키면서 글자들을 뚫어지게 쳐다보았다. 갑자기 나머지 단어들이 무엇일지 깨달았다. 그러나 그런 의미이면 안 됐다. 빈센트는 그런 의미는 원치 않았다.

그 오랜 시간 동안 빈센트는 알고 있었다. 그가 옳았다. 해결책은 이 일을 전적으로 빈센트만의 사적인 일로 끌어들이는 것이었다. 6천 개가 넘는 가능한 방법 가운데 해결책은 단 하나였다. 빈센트에 관한 것 하나뿐이었다. 어렸을 때 호수에서 올라온 그림자가 빈센트 위로 불쑥 솟아오르더니 지평선을 가득 채웠다. 그 그림자는 언제라도 빈센트를 덮치리라고 위협하고 있었다. 테이프로 이어 붙인 퍼즐을 쓰레기통에 던져 버리고 싶었다. 그런 퍼즐 따윈 원래부터 없었던 것처럼 외면하고 싶었다. 하지만 알아야 했다. 다시 서재로 가서 루벤이 2년 전에 전해 준 연갈색 A4 봉투를 찾았다. 어머니의 죽음을 다룬《할란드스포스텐》의 기사가 들어 있는 봉투였다.

빈센트는 이 기사를 루벤에게 보낸 사람이 예인이라고 생각했었다. 그에게 혐의를 뒤집어씌우기 위해서. 그러나 그 기사 이야기를 예인에게 했을 때 예인은 영문을 모르겠다는 표정을 지었다. 이제야 누나가 왜 그랬는지 알았다.

지평선을 가득 채운 그림자가 귀가 먹을 정도로 포효하고 있었다.

빈 위장 속에 찬 두려움도 그에 호응하며 공명하고 있었다.

그는 신문을 꺼내 스크래블 글자 조각 옆에 놓았다. 그리고 조각들을 한 번에 하나씩 신문 위에 넓게 펼쳐진 굵은 헤드라인 위에 놓았다. 빈센트의 손이 떨렸다. 글자는 신문 기사의 제목과 완벽하게 일치했다. 세 퍼즐의 글자들은 그가 다시는 보고 싶지 않았던 문장을 만들고 있었다.

비극으로 끝난 마술!

이것이 우연일 가능성은 전혀 없었다. 지난 크리스마스 때부터 이 뜨거운 한여름까지 빈센트에게 퍼즐을 보낸 사람은 2년 전에 루벤에게 신문 기사를 보낸 사람과 동일인이었다. 그때도 다른 누구보다 빈센트를 잘 아는 사람이 보냈을 거라 생각했었다.

그러나 그 사람은 예인이 아니었다.

짐작이 가는 사람이 없었다. 빈센트는 다시 필체를 들여다보았다.

그래서 우리가 당신의 오메가에 닿은 거야. 당신 종말의 시

작에.

그의 종말의 뭐라고? 오메가는 언제나 알파, 시작과 함께한다. 그의 오메가가 이거라면 그의 알파는 뭐지? 그의 시작이 무엇이기에 살인자는 이제 그걸 끝내고 싶어 하는 걸까? 그걸 모른다면 빈센트는 자신을 지킬 수 없을 것이다. 빈센트 안에 존재하는 어둠이 그에게 시간이 많지 않다고 말하고 있었다.

*

기분 전환을 하려고 경찰서 구내식당에서 점심을 먹었다. 에어컨 바람이 이 열기를 뚫고 외부 식당으로 나가겠다는 욕구를 이겼다. 게다가 오늘은 화요일이니, 점심 특선으로 감자 팬케이크가 나올 것이다. 루벤이 두 번째로 맛있다고 꼽는 음식이었다. 베이컨과 월귤 잼을 곁들이는 경우에는 말이다. 사과 콤포트도 같이. 어느 식당들처럼 참새우 같은 이상한 걸 추가하는 건 당연히 안 된다. 이미 완벽한데 개선이라는 핑계로 망칠 이유는 없으니까.

팀원들 모두 다가오는 수요일을 기다리며 불안해하고 있었다. 내일이면 또 아이가 사라질지도 모른다. 그들이 막지 못할 거라면 차라리 빈센트가 틀린 것이어야 한다고, 간절히 바랐다. 모든 것이 끝난 것이기를 바랐다.

　루벤에게 점심시간은 도무지 진전이 없는 수사의 좌절감에서 조금은 벗어날 수 있는 휴식 시간이었지만, 마음 편히 숨 쉴 수 있을 것 같던 기분은 기동대의 군나르 무리를 보는 순간 사라져 버렸다. 그들을 못 본 척할 기회도 가까이 오라는 군나르의 손짓에 날아가 버렸다. 조용히 욕설을 내뱉으면서 그곳으로 다가가 식탁에 쟁반을 놓았다.

　"딸이 있다며?"

　루벤이 자리에 앉자 군나르가 키득거렸다.

　"야, 진짜 생각도 못 했다."

　소문은 정말 들불처럼 빠르게 번진다. 아마도 페데르에게 들었을 것이다. 같은 팀에 아빠가 또 있다는 사실에 정말 기뻐했으니까.

　"맞아. 아스트리드야. 열 살이고."

　루벤이 대답했다. 그리고 바삭거리는 소리를 들으면서 감자 팬케이크를 잘랐다. 조금 물렁한 부분이 있기는 했지만, 그 정도는 괜찮았다. 이게 아니라면 30도의 날씨에 밖에서 걸어야 했다. 물렁한 감자 팬케이크를 택하는 게 훨씬 나았다.

　"젠장, 루벤. 아이라니."

　군나르가 말했다.

　"피임 안 했어? 아니, 그건 그거고. 껍질도 없는 바나나를 참아 주는 사람이 있단 말이야?"

루벤은 대답을 하지 않으려고 재빨리 커다란 베이컨 조각을 입에 밀어 넣었다. 포크에서 월귤 잼이 떨어져 흰 셔츠를 물들였다. 제기랄. 군나르는 이 정도로 끝내지 않을 것이다.

"열 살이라고? 와."

군나르가 계속 키득거렸다.

"이제 5년만 있으면 집으로 친구를 데리고 오겠네. 집에 맛난 간식을 준비해 놔야겠어."

루벤은 베이컨을 삼키고 참을성 있게 웃었다.

"네 아들처럼?"

"뭐?"

군나르가 이해하지 못하겠다는 표정을 지었다.

"음, 필립이 열여섯 살, 맞지?"

조심스럽게 월귤 잼을 포크로 떠 올리면서 루벤이 대꾸했다.

"아들이랑 그 애 친구들을 여기로 데려오지 그래? 걔 보고 입맛 다실 여자들이 많을 텐데. 하긴, 남자들도 있지. 성적 지향성이 그렇게 중요한 건 아니니까."

"무슨 개소리야?"

군나르의 얼굴에서 웃음이 사라지고, 이내 벌겋게 달아올랐다. 곁눈으로 보니 다른 경찰들은 손을 놓고 두 사람을 쳐다보고 있었다. 저 녀석들은 팝콘이 없는 걸 아쉬워하고 있을 것이다. 루벤은 군나르를 순진한 표정으로 쳐다보았다.

"왜?"

영문을 모르겠다는 말투였다.

"나는 네가 농담을 하길래, 같이 해 준 것뿐인데?"

"그게 이거랑 같아? 필립은…… 우리 애는…….'"

"정확히 같은 거야."

루벤이 일어서서 쟁반을 들었다.

"엿이나 먹어, 군나르."

몸을 돌려 식탁에서 떠났다. 등 뒤에서 들려오는 침묵이 루벤의 귀를 막았다.

아스트리드에게 호신술을 배우게 해야겠다는 생각이 들었다. 크라브 마가 같은 무술이 좋겠다. 이 세상에는 군나르 같은 놈이 너무 많았다.

*

그 사람을 때리고 도망가려고 했지만, 할 수 없었어. 그 사람이 내가 소리치지 못하게 입을 막았거든. 내가 그 사람을 세게 깨물었어. 정말로 아팠는지 진짜 나쁜 말들을 내뱉었어. 쌤통이었어.

그런데 그 사람이 나를 붙잡은 뒤에 우리를 쫓아오는 사람은 없었어. 어쩌면 있었는지도 몰라. 거긴 사람이 아주 많았으니까. 많은 사람이 우리를 봤어. 하지만 그 사람이 빨리 달렸어. 다리를 차고 바둥거렸지만, 그 사람은 나를 잡고 달렸어. 그리고 나를 차 안에 집어넣었어.

차 안에서는 세게 부딪칠까 봐 무서웠어. 자동차가 달릴 때는 무슨 일이든 생길 수 있으니까. 죽을 수도 있잖아⋯⋯. 그래서 비명을 질렀어. 계속 질렀어. 그 사람은 운전을 하느라 내 입을 막지 못했어. 하지만 자동차를 멈추지는 않았어. 목이 거의 쉬었어. 그래도 계속 비명을 질렀어.

그 사람 차를 타고 있으면 안 되는 거였어. 나는 아이스크림을 사러 가고 있었어. 손에 엄마가 준 돈을 쥐고 있었어. 아이스크림을 사고 나서 엄마에게 거스름돈을 줘야 했어. 조금 있다가, 너무 목이 아파서 더는 비명을 지를 수가 없었어. 그래서 잠깐 가만히 있었어.

"무서워할 필요 없어, 빌마." 그 사람이 말했어.

"아저씨 누군지 알아요." 내가 앞을 보고 있는 그 사람에게 말했어.

그 사람이 파르르, 몸을 떨었어.

"내가 누군지⋯⋯ 안다고?"

"알아요. 아이들을 훔쳐 가는 사람이잖아요. 나쁜 납치범."

"뭐라고? 아니, 아니야. 절대로 그렇지 않아." 그 사람은 무서워하는 것 같은 표정을 지었어. "널 다치게 하지 않을 거야. 오히려 그 반대야. 넌 다시 태어나게 될 거야."

"다시 태어나고 싶지 않아요!" 내가 소리쳤어. "재미없게 다시 아기가 되고 싶지 않아요! 집에 데려다줘요. 지금 당장."

너무 화가 나서 그 사람을 때리기 시작했어. 운전대를 치고, 그 사람의 팔과 다리도 때렸어. 갑자기 그 사람이 나한테 소리를 질렀어. 정말로 크게 질렀어. 너무 무서워서 나는 울었어. 내가 싼 오줌이 바지를 적셨어.

*

율리아는 앞으로, 뒤로 왔다 갔다 하며 계속 복도를 걸었다. 오늘은 수요일이었다. 빈센트가 또다시 아이가 납치될 거라고 말한 그날. 팀원들 모두 숨도 크게 쉬지 못했다. 그리고 언제나처럼 율리아는 토르켈에게만 특화된 단호한 말투로 목소리를 한껏 낮춘 채 통화를 하며 실랑이를 벌이고 있었다.

"그러니까, 자기 말은 이거지? 드디어 하뤼가 잠들었는데 당신은 혼자서는 잠이 안 온다는 거? 자기야, 잠깐만 조용히 입을 다물어 봐. 어디서 작은 바이올린 소리 안 들려?"

"율리아, 나는⋯⋯."

"아니, 조용히 하라고. 바이올린 소리에 귀를 기울여."

복도를 달려오는 미나가 보였다. 가쁜 숨을 내뿜고 있는 것으로 보아 엘리베이터를 타지 않고 계단으로 뛰어 올라온 것이 분명했다. 긴급 상황이 발생했다는 뜻이었다. 율리아는 끝인사도 하지 않고 전화를 끊었다.

"분석 팀 사라 전화야."

수첩을 흔들면서, 미나가 헉헉거렸다.

"또 일어났어. 빈센트 말이 맞았어."

"확실해? 낯선 사람이 아이를 납치해 간 것 같다는 제보가 수백 통이 왔어. 대부분은 자기 할아버지랑 가는 거였잖아."

"완전히 망상인 경우도 있었지. 신문에 이름을 올리고 싶은 사람들이 보낸 제보도 있고. 하지만 사라는 그런 제보는 기가 막히게 걸러 내잖아. 그런 제보를 정확하게 파악하고 제외하는 법을 알아. 이번 제보는 다르대. 제보한 사람 말이 선글라스를 쓰고 수염이 있는 금발 남자가 외스테르말름에 있는 펠퇴베르스텐 쇼핑몰 바깥쪽 인도에서 갑자기 아이를 안아서 차에 넣더니 출발해 버렸대. 여자아이가 비명을 지르고 저항했는데 남자가 너무 빨랐대. 근처에 어른들이 많았는데, 아빠가 떼쓰는 딸아이를 데리고 가는 줄 알았나 봐. 그게 아니라는 걸 깨달았을 때는 이미 차가 떠난 뒤였고."

율리아는 미나를 뚫어지게 바라보았다. 그녀의 남편이 호소하는 가장 큰 문제는 기껏해야 아들과 수면 패턴이 달라서 잠을 못 잔다는 것뿐이었다. 정말이지 그 사람은 여기 와서 율리아가 처한 상황을 경험해 볼 필요가 있었다.

"부모는 옆에 없었대?"

"그게 사라의 심증을 굳힌 거야. 그 제보가 오고 곧 실종 신고가 들어왔어. 어느 부부가 한 건데, 옌스 요세프손과 야니나 요세프손. 그 쇼핑몰 바로 위층에 사는데, 딸이 처음으로 혼자서 아이스크림을 사러 나갔대. 별문제 없을 거라고 생각했대. 집에서 아이스크림 가게까지 10미터 정도밖에 떨어져 있지 않아서. 그런데 돌아오지 않은 거야. 두 사람은 아이가 넋을 잃고 쇼핑몰 벤치에 앉아 있거나 쇼핑몰 안에서 길을 잃은 줄 알고 찾으러 나갔는데, 아이가 없었대. 시간대로 보면 남자가 아이를 데리고 사라진 시간이랑 일치해."

어지러웠다. 납치범은 숨어서 기다린 것이다. 매복해 있었던 것이다. 시간이 되기를 기다린 것이다. 어떻게 그런 정신 병자들이 이 세상에 있을 수 있을까?

"차량 모델은 확보했어. 빨간색 르노 클리오. 하지만 자기 모습을 드러내는 걸 꺼리지 않은 걸로 봐서는 머리카락과 수염은 가짜일 가능성이 있어. 차도 어딘가에 버렸을 수도 있고."

율리아는 바닥에 주저앉았다. 벽에 머리를 대고 눈을 감았다.

"30분 전에 일어난 일이라고? 그런데 왜 이렇게 대처가 늦은 거야? 이렇게 심각한 상황이면 28분 전에는 출동했어야 하는 거 아니야?"

"알다시피 긴급 출동 요구도 많고, 전화 접수도 불이 나고 있잖아."

미나가 율리아 옆에 앉으면서 말했다.

"제보가 들어올 때마다 즉각 반응할 수는 없어. 그럴 만한 인력과 자원이 없잖아. 이게 악몽 같은 상황이라는 거 알아. 범인은 이걸 노린 걸 수도 있어. 우리 주의를 돌리려고 엉뚱한 제보를 계속 넣었을 수도 있고."

율리아가 천천히 고개를 끄덕였다.

"일반 경보를 발령해야겠어. 이번에는 그 망할 놈을 잡고 말 거야. 어디에도 숨지 못하게."

"크리스테르에게 우리 데이터베이스에 그런 남자가 있는지 찾아보라고 할게."

일어서면서 미나가 대답했다.

"변장일 수도 있지만, 그래도 모르는 거니까."

"아담과 루벤에게 가서 아이의 부모님을 만나 보라고 해."

"당연하지."

율리아가 미나의 팔을 잡았다.

"아이, 아이 이름이 뭐야?"

"빌마."

*

　자신이 그다지 쓸모가 없다는 사실이 빈센트는 너무 싫었
다. 그는 체스 판 위에서 여행하는 기사의 움직임을 쫓아 아
이들이 발견된 장소의 패턴을 찾아냈다. 다음 아이가 발견될
장소까지 예측했다. 하지만 범행을 막을 수 없다면 그런 예측
이 무슨 소용이지? 그저 뒤처리만 해야 하는데? 빈센트는 여
전히 이런 일을 벌이는 진범을 밝히지 못했다. 도대체 왜 아
이들을 죽이는 것인지, 서로 다른 요소들이 어떤 식으로 연결
되어 있는 것인지도 알지 못했다.

　그래서 어제 오후에 빌마가 사라진 것이다. 그가 충분히 정
보를 찾아내지 못했기 때문에.

　그러니까 그의 잘못이었다.

　빌마가 사라진 건 미나의 전화로 알았다. 그리고 율리아는
그에게 와 달라는 부탁을 하지 않았다. 빈센트는 그 이유를
이해했다. 그들은 다른 아이가 납치되지 않게 해 주기를 그에
게 바랐던 것이다. 미나는 그를 믿었다. 그러나 그는 그들을
실망시켰다.

　베냐민이 부엌으로 들어왔다. 손에는 노바에게서 받은 소
책자를 움켜쥐고 있었다. 엄청난 생각에 몰두하고 있는 것처
럼 베냐민의 눈에는 초점이 없었다.

"아빠, 잠시 시간 돼?"

베냐민이 마리아를 흘끔 보면서 말했다. 빈센트는 고개를 끄덕였다. 베냐민은 고갯짓으로 자기 방으로 오라는 신호를 보내고 방으로 돌아갔다.

마리아는 연필 끝을 씹으면서 골똘히 생각에 잠겨 있었다. 온라인 쇼핑몰에서 쓸 로고를 만드는 데 열중하느라 완전히 다른 세상에 가 있었다. 마리아는 빈센트가 아들을 따라 거실을 나가는 것도 눈치채지 못했다.

빈센트가 방에 들어가자 베냐민이 방문을 닫았다.

"왜 그래? 비밀로 해야 할 말이 있는 거야? 그리고, 아침밥은 안 먹을 거야?"

"일찍 먹었어."

베냐민이 대답했다.

"아빠는 밤새 안 잔 거 같네. 무슨 일이 있는 거야?"

빈센트가 고개를 끄덕였다.

"그 이유는 곧 알게 될 거야."

"알았어. 아무튼…… 우리가 노바 이야기를 하는 걸 마리아가 싫어하는 건 아는데, 이걸 읽어 봐."

베냐민은 소책자에 실린 글을 가리켰다. 빈센트가 백 번은 더 읽은, 에피쿠로스 철학에 대해 욘 벤하겐이 쓴 글을 에피쿠라에서 인용한 부분이었다.

에피쿠로스의 가르침은 언제나와 마찬가지로 새로운 세대에도 옛 세대들에게 그렇듯이 당연히 적용할 수 있다. 사람들의 그 불안은 혜성과 같아야 한다. 그보다 거대한 별 스치는. 너무나도 빨라 감지할 수 없는 고요한 인생은 삶을 정화한다. 아무것도 소망하지 말아야 한다. 우리는 고통은 피하고 그 무엇도 소망하지 말아야 한다. 소망하는 삶은 고통이고, 우리가 바라는 삶은 무고통의 삶이라는 것은 자명하다. 우리는 위대한 성공을 주는, 성공을 허락하는 삶을 소망한다. 세상에 존재하는

욘 벤하겐

빈센트는 욘이 의도적으로 보이는 것보다 훨씬 더 깊은 뜻이 있는 것처럼 내용을 가공한 것이 아닐까 생각했다. 욘이 말하는 에피쿠로스의 철학에 본질적으로 잘못된 부분은 없었지만, 그의 표현과는 달리 에피쿠로스 철학이 그렇게까지 비밀스러운 철학은 아니었다.

"그래, 쓸데없이 모호하게 쓰기는 했지. 하지만 그 메시지에 담긴 뜻을 사람들이 자의적으로 해석하면 할수록 그의 주장에 동의할 가능성이 커져. 고전적인 마케팅 전략이지만 난 그런 전략을 좋아하지는 않아."

"아니, 이 텍스트 자체를 봐."

베냐민이 다시 인용문을 가리키면서 말했다.

"의미 같은 건 잊어버리고, 여기 마지막 단어를 대문자로 썼어. 마침표도 찍지 않았고, 계속 이게 이상하다고 생각했거든."

빈센트는 베냐민의 책상 의자 위에 놓인 《최고의 주식 최적의 타이밍》을 치우고 앉았다.

"이런 소책자는 교정을 제대로 보지 않을 때가 많아. 게다가 이건 노바의 아버지가 쓴 글이잖아. 그것도 90년대에. 그 사람한테 경의를 표하려고 오타도 그대로 실었을 거야."

"그럴 수도 있겠지. 홈페이지에도 그대로 실려 있었으니까. 아무튼, 그래서 이 글을 자세히 들여다봤어. 아빠도 알겠지만…… 그 체스 문제 말이야…… 아빠가 고민하고 있는. 체스는 칸이 몇 개지?"

빈센트는 주식 시장에서 성공하게 해 주겠다는 책의 책장을 휘리릭 넘겼다. 베냐민이 어떤 단락에 중요 표시를 해 두었는지 궁금했다. 빈센트에게 주식 시장은 언제나 완전히 미지의 세계였다.

"너도 잘 알잖아."

책을 훑어보면서 빈센트가 대답했다.

"체스 판의 칸은 64개지."

"정확해. 그리고 이 글도 64개 어절로 되어 있어."

빈센트는 책을 덮고 아들을 바라보았다.

"다시 한번 짚어 보자. 일단 난 체스 문제를 푸는 게 아냐. 아이들을 대상으로 한 연쇄 살인을 해석하려 하는 거지. 체스 전략을 활용한 살인 같아 보인다는 건 사실이야. 하지만 같아 보인다고 말한 것뿐이야. 뭐든 체스와 관계가 있다고 해서 무작정 이번 살인 사건과 관계가 있을 거라고 결론지으면 안 돼."

그렇지 않아도 빈센트는 자신의 가설 때문에 경찰과의 관계가 살얼음판이 되어 가는 중이었다. 그들은 빈센트의 가설이 추정이나 다름없는 정황 증거를 기반으로 한다는 걸 알았다. 그가 자신을 그 토끼 굴로 더 깊이 파고들도록 내버려 둔다면, 결국 크고 요상한 은박지 모자를 뒤집어쓴 바보가 되어 반대쪽으로 기어 나오는 신세가 되고 말 것이다. 미나가 다시는 그에게 말을 걸지 않을 것은 물론이다.

"냉동실 문을 열었는데 얼음 조각이 마침 64개 있을 수도 있어. 텔레비전에서 왕과 여왕이 나오는 쇼를 볼 수도 있고. 그렇다고 그런 것들이 살인과 관계가 있다고 생각하지는 않잖아."

"무슨 말인지 알아."

베냐민이 노트북을 들고 침대에 앉으면서 대답했다.

"상관관계와 인과 관계는 같지 않지. 그건 나도 알아."

"정확한 말이야. 몇 년 전에 어떤 사람들이 5G 기지국이 건강에 해를 끼친다고 주장하면서, 전국에서 유병 비율이 가장 높은 곳에 5G 기지국이 가장 많다는 것을 보여 주는 지도를 그 '증거'로 내세운 적이 있어."

베냐민이 고개를 끄덕였다.

"그런 지도는 개가 가장 많은 장소, 고양이가 가장 많은 장소, 심지어 건강한 사람이 가장 많은 장소를 가지고도 만들수 있지. 왜냐하면 그런 곳은 다시 말해 그냥 사람이 가장 많이 사는 곳이니까."

베냐민이 말을 이었다.

"당연히 기억해. 하지만 그런 것들이 관계가 있는 척할 수는 있잖아. 아주 잠시 동안만이라도. 이게 아빠 쇼라고 생각해 봐."

베냐민의 눈이 반짝였다. 아들을 막을 방법은 없었다. 빈센트는 한숨을 쉬고 항복의 의미로 두 팔을 활짝 폈다. 아들이 마음껏 생각을 펼치게 두는 게 나을지도 모른다. 빈센트 자신이 그게 사실이 아님을 아는 한은 해가 될 게 없으니까.

빈센트는 베냐민이 노트북을 열어 구글 검색창을 띄우는 것을 지켜보았다.

"그 글을 쓴 사람은 욘 벤하겐이니까, 먼저 그 사람부터 검색해 보는 게 좋겠어."

빈센트의 말에 베냐민이 검색창에 '욘 벤하겐'을 입력했다. 그리고 빈센트가 볼 수 있게 노트북을 돌렸다. '욘 벤하겐'으로 찾은 검색 결과는 7만 1,000개였다. 욘 벤하겐 뒤에 '에피쿠라'

를 붙였다. 여러 블로그 글, 에피쿠라의 이념을 공유한 자기 계발 사이트, 노바의 책을 인용한 자료가 조금 남았다. 그러나 그 중에 어떤 것도 욘 자체에 대해 설명하는 자료는 없었다.

"욘 벤하겐 스톡홀름'이라고 쳐 봐."

빈센트가 말했다. 5만 700개의 검색 결과가 나왔다.

"좀 낫네. 하지만 별다른 건 없어."

베냐민이 대답했다.

"시골에 무슨 땅을 가지고 있지 않았나? 거기 이름 알아?"

빈센트는 고개를 저었다. 신문에 실린 내용 외에는 노바의 어린 시절에 대해 아는 것이 거의 없었다. 되도록 그런 정보에 의존하지 않는 것이 그의 원칙이었다.

"토끼 굴을 끝까지 내려가 보려고 하는 거 같은데, 그건 그다지 추천하고 싶지 않네. 이건 어떨까? 그냥 한번 해 보는 거지. 어차피 더 할 건 없으니까. 우리한테는 노바의 아버지가 쓴 64개 어절로 된 글이 있어. 64칸짜리 체스 판에서 일어나고 있는 네 건의 살인 사건이 있고. 그러니까……"

베냐민이 입력 창에 '욘 벤하겐 체스'라고 쳤다.

다양한 지역 체스 클럽에서 발행한 잡지와 소식지에 실린 사진이 화면에 나타났다. 그중에는 《스웨덴 체스 저널》이라는 잡지도 있었다. 전국에 배포되는 잡지 같았다.

잡지 표지에는 엄청난 수염을 기른 남자가 활짝 웃고 있었다. 남자는 트로피를 움켜쥐고 있었다. 기사 제목은 '새로운 지역 챔피언, 욘 벤하겐'이었다.

"이게 내 주장을 입증해 주네."

빈센트가 말했다.

"검색을 너무 오래 하다 보면 모든 게 연결된 것처럼 보여. 네가 노바의 아버지와 같은 이름을 가진 체스 선수를 찾았다고 해서 그것이 반드시……."

빈센트는 입을 다물었다.

그리고 화면에 뜬 사진을 뚫어지게 쳐다보았다.

욘 벤하겐은 한 손으로는 트로피를 들고, 다른 손으로는 어린아이를 잡고 있었다.

검은 머리카락에 벌써부터 매혹적으로 반짝이는 눈을 가진 여자아이였다.

조금도 의심할 여지가 없었다.

이 아이는 예시카 벤하겐이었다.

지금은 노바로 알려진 아이.

"그 사람 아버지야."

빈센트가 알아듣기 힘든 목소리로 말했다.

"이런. 진짜로 체스를 했었네. 그것도 아주 잘. 그래도 이게 아무것도 입증하진 않는다는 걸 명심해야 해. 하지만…… 토끼 굴에 온 걸 환영한다, 작고 하얀 토끼야."

베냐민이 큰 소리로 웃었다.

"내가 앨리스인 거 같은데. 스트레스로 가득 찬 토끼는 아빠랑 더 어울리잖아. 이제 그 글을 다시 봐야 하지 않겠어?"

빈센트는 그저 고개를 끄덕였다. 전혀 믿기지 않는 사실이었다. 아니, 믿고 싶지 않은 사실이었다. 단지 자신과 아들이 우연일 뿐인, 그 이상도 이하도 아닌 무언가를 발견한 것이기를 바랐다. 그런 우연은 사람들이 생각하는 것보다 훨씬 많이 일어났다. 물론 절대로 일어날 것 같지 않은 우연이 일어날 확률은 극단적으로 낮지만, 통계는 그런 우연도 그저 일어날 수 있다고 한다. 그것도 상당히 많이. 빈센트는 이 일도 그런 우연이었으면 했다.

하지만 오스카 극장 대기실에서 노바가 했던 말이 떠올랐다. 그녀의 아버지는 특정한 수의 어절만을 사용한다는 규칙을 지키며 이 글을 썼다고 했다.

체스를 하는 욘 벤하겐은 64개의 어절을 고른 것이다. 그 이상도, 그 이하도 아닌 딱 64개 어절을 사용한 것이다. 체스판처럼.

베냐민이 옳았다.

욘 벤하겐의 글이 열쇠였다.

무언가 끔찍하게 잘못됐다는 느낌이 빈센트 안에서 끓어오르기 시작했다. 그리고 그는 그 느낌이 사라지기도 전에 그

것이 훨씬 더 끔찍해지리라는 사실을 알아 버렸다.

아들에게서 노트북을 가져와 새 문서를 열고 가로 여덟 칸, 세로 여덟 칸인 표를 그린 다음 한 칸에 한 어절씩 입력했다.

에피쿠로스의	가르침은	언제나와	마찬가지로	새로운	세대에도	옛	세대들에게
그렇듯이	당연히	적용할	수	있다.	사람들의	그	불안은
혜성과	같아야	한다.	그보다	거대한	별	스치는.	너무나도
빨라	감지할	수	없는	고요한	인생은	삶을	정화한다.
아무것도	소망하지	말아야	한다.	우리는	고통은	피하고	그
무엇도	소망하지	말아야	한다.	소망하는	삶은	고통이고,	우리가
바라는	삶은	무고통의	삶이라는	것은	자명하다.	우리는	위대한
성공을	주는,	성공을	허락하는	삶을	소망한다.	세상에	존재하는

"그러니까 체스 판의 한 칸이 한 어절을 뜻하는 거였어. 8 곱하기 8. 다음은 뭐지?"

베냐민이 생각에 잠긴 듯이 말했다.

"기사의 여행."

"이런. 좋아. 그러면 어떤 어절이, 아니, 어떤 칸이 아빠가 찾은…… 아이들하고 관계가 있는 거야?"

아들의 입에서는 아이들이라는 말이 쉽게 나오지 못했다.

"h1, g3, e2, f4."

빈센트의 목이 갑자기 말라 버렸다. 너무나도 바짝 말랐다. 부엌에 가서 물을 한 잔 가져오고 싶었지만, 그는 이것이 베냐민의 컴퓨터에서 언제 나타날지 모를 불쾌한 사실을 피하려는 심리적인 반응에 지나지 않는다는 것을 알았다. 그러니 집중해야 했다.

"이제 이동한다면 다음에는 h5로 가야 해. 스톡홀름 지도에서는 유고슈브룬스비켄만이 있는 곳이야. 이 문제를 풀지 못하면 이틀 뒤에는 그 근처에서 빌마의 시신을 찾게 될 거야."

"좋아. 그럼 가장 밑에 있는 h1부터 읽어 볼게."

베냐민은 빈센트가 불러 준 칸에 적힌 글자를 굵은 글씨로 바꾸었다.

에피쿠로스의	가르침은	언제나와	마찬가지로	새로운	세대에도	옛	세대들에게
그렇듯이	당연히	적용할	수	있다.	사람들의	그	불안은
혜성과	같아야	한다.	그보다	거대한	별	스치는.	너무나도
빨라	감지할	수	없는	고요한	인생은	삶을	**정화한다.**
아무것도	소망하지	말아야	한다.	우리는	**고통은**	피하고	그
무엇도	소망하지	말아야	한다.	소망하는	삶은	**고통이고,**	우리가
바라는	삶은	무고통의	삶이라는	**것은**	자명하다.	우리는	위대한
성공을	주는,	성공을	허락하는	살을	소망한다.	세상에	**존재하는**

"정화한다, 고통은, 고통이고, 것은, 존재하는. 음, 잠깐만 생각해 볼게……. 아, 맞아. 어쩌면 토끼 굴은 그렇게 깊지 않을지도 몰라."

베냐민이 말했다. 빈센트는 노트북 화면에 떠 있는 글자들을 뚫어지게 응시했다.

"그러니까⋯⋯."

빈센트가 베냐민의 어깨를 손으로 짚으며 말했다.

"'존재하는'의 시작이 대문자인 건 오타가 아니구나. '존재하는'은 문장의 끝이 아니었어. 그게 시작이었지. 어절을 내가 말해 준 순서대로 읽어 봐. 아이들이 살해된 순서대로."

베냐민이 손가락으로 컴퓨터 화면의 칸을 짚으면서 글자를 읽었다.

"존재하는⋯⋯ 것은⋯⋯ 고통이고⋯⋯ 고통은⋯⋯ 정화한다. 세상에."

"그래, 존재하는 것은 고통이고, 고통은 정화한다."

빈센트가 고개를 끄덕였다.

"노바의 아버지가 말했다는 걸로 유명한 인용문이지. 대문자로 시작해서 마침표로 끝나. 이보다 더 분명할 수는 없어. 심지어 복잡하지도 않아. 다섯 단계가 전부야. 미나에게 전화해야겠다."

체스 잡지 표지에서는 여전히 욘 벤하겐이 환하게 웃고 있었다. 갑자기 어린 소녀를 잡고 있는 손이 더는 사랑스러워 보이지 않았다. 그 손은 어린 여자아이를 결박하는, 강철로 만든 악력기처럼 느껴졌다.

*

　미나는 전화를 끊었다. 빈센트가 하는 말을 도무지 알아들을 수가 없었다. 그는 그의 표현대로라면 "지난 몇 주 동안 인지적으로 불완전했던 거 미안하다"며 계속 사과했다. 공연 때 무언가를 했는데 그것 때문에 자주 산소가 결핍되어 선명하게 생각할 수가 없었다고 했다. 그리고 경찰서로 가기 전에 미나에게 보여 주고 싶은 중요한 게 있다고 했다. 너무 복잡해서 전화로는 설명할 수 없다고 했다. 그래서 지금 가고 있는 중이라고 했다. 미나의 집으로.

　미나는 아파트를 둘러보았다. 2년쯤 전에 빈센트가 다녀간 뒤로 바뀐 점이라고는 벽을 연한 회색으로 다시 칠한 것뿐이었다. 물론 그 전에도 벽은 연한 회색이었지만, 지금은 더 깨끗해졌다. 빈센트가 서재에 팬티와 민소매 상의, 청소용품이 쌓여 있는 걸 보면 깜짝 놀랄 것이다. 미나는 단기간의 세계 대전이나 팬데믹 봉쇄에도 대처할 수 있을 만큼 충분한 물품을 확보해 두었다. 빈센트가 그걸 알아야 할 이유는 없었다. 서재 문은 닫아 둘 것이다.

　문제는 미나가 준비가 되었는지 확신할 수 없다는 것이었다. 밖에서 빈센트를 만나는 건 좋았지만, 다시 집으로 들이는 것은 완전히 다른 문제였다. 이곳은 미나가 세상에 맞서는 요새였다. 그러나 빈센트는 미나에게 안 된다고 말할 기회를 주지 않았다.

시계를 보았다. 빈센트가 도착할 때까지 10분쯤 남았다. 적어도 빠르게 샤워할 시간은 있었다. 원래 미나는 박테리아를 씻어 내려고 가장 높은 온도로 샤워를 했다. 하지만 이렇게 더운 날에는 뜨거운 물을 참을 수가 없었다. 그래서 얼음처럼 차가운 물로 샤워했다. 빈센트가 오기 전에 다시 땀이 나지 않기만을 바랄 뿐이었다.

샤워를 하고 서재로 가서 민소매 상의와 팬티를 가지고 왔다. 가능한 한 몸의 냉기가 오래가도록 나머지 옷은 천천히 입었다. 그리고 소독제로 문손잡이와 의자 뒤와 집에 있는 모든 탁자를 닦았다.

손으로 이마를 문질렀다. 물기가 조금 묻어났다. 젠장. 시계를 보았다. 다시 샤워를 할 시간은 없었다. 빈센트에게 속옷만 입고 있는 모습을 보이고 싶은 게 아니라면.

아니, 지금 무슨 생각을……

미나는 입술을 깨물었다. 어떻게 속옷을 입은 자신과 빈센트를 함께 떠올릴 수 있지? 미나는 소독제를 손에 덜고 문질러 닦았다. 그리고 또다시 소독제를 손에 묻혀 이마와 겨드랑이를 닦았다. 겨드랑이에서 시큼한 냄새가 났다. 하지만 별수 없었다. 나중에 다시 샤워를 하는 수밖에.

초인종 소리에 미나는 펄쩍 뛸 정도로 놀랐다. 계속 이렇게 바보처럼 굴면 안 된다. 어차피 빈센트 혼자뿐이었다. 미나는 사실 자신이 빈센트를 너무나도 보고 싶어 했음을 스스로에게 상기시켰다.

마지막으로 재빠르게 아파트 내부를 둘러보고 나서, 멘탈리스트에게 문을 열어 주었다.

"반가워요."

빈센트가 인사하고 아파트 안으로 들어왔다. 그는 현관 앞에 있는 작은 도어 매트 위에 조심스럽게 올라서더니 신발을 벗었다. 그런데 그의 바지가 이상했다. 평소에 입는 바지와 달리 펄럭거릴 정도로 헐렁했다.

"빈센트, 혹시…… 잠옷 바지를 입고 왔어요?"

아래를 내려다보는 빈센트의 얼굴이 빨갛게 변했다.

"아, 이런…… 너무 급하게 나오느라."

빈센트가 말을 더듬었다.

"아침을 먹으려고 하는데, 베냐민이……."

미나를 바라보는 빈센트는 풀이 죽어 보였다.

"당신도 잠옷 바지를 입으면 어떨까요? 그러면 덜 민망할 것 같은데……."

또 나왔다. 빈센트와 속옷이. 둘이 너무 가까웠다. 미나는 빈센트를 아직 제대로 들어오게 하지도 않았다. 그녀의 머릿속 생각이 얼굴에 드러났는지, 빈센트는 작은 도어 매트에서 한 걸음 물러나 두 팔을 활짝 펼쳤다.

"미안해요. 그런 말을 하려는 게 아니었는데. 내 잠옷을 보여 주려고 온 건 아니에요. 이 바지는 양복바지나 뭐 그런 걸로 생각해 줘요. 그나마 반바지를 입지 않은 게 다행이네요. 손 소독제 어딨어요?"

미나는 소독제를 두고 온 욕실을 가리켰다.

빈센트가 욕실로 향했다.

그는 단 한 번도 미나의 위생 절차를 특이하게 생각한다는 내색을 하지 않았다. 그냥 적응했을 뿐이다. 그런 사람은 이 세상에 빈센트밖에 없었다. 그래서 미나도 그저 빈센트에게 적응했다. 그 때문에 멘탈리스트의 구불구불한 생각의 흐름을 이해하려는 노력을 해야 하지만 말이다. 무대 위에서 아무리 박수갈채를 받는다고 해도, 거기에 미나와 같은 노력을 하려고 애쓰는 사람은 없을 것이다.

빈센트가 손에 소독제 병을 들고 나왔다.

"욕실이 너무 추운데요. 요즘에는 찬물로 씻어요?"

아무렇지도 않게 방금 자신이 손댄 욕실 안쪽 문손잡이를 소독제로 닦고 있는 빈센트를 보니 눈물이 나오려고 했다. 미나는 꾹 눌러 참으며 고개를 끄덕였다.

"찬물 샤워에 관심을 갖는 사람이 많나 봐요. 빔 호프라는 모험가도 극한의 추위 참기로 정말 유명해졌잖아요. 찬물 샤워가 생리적으로나 정신적으로 좋은 효과를 낸다는 연구 결과가 아주 많아요. 스트레스에 저항하는 능력을 길러 주고, 집중력도 강화해 주고, 그 밖에 여러 가지로요. 하지만 그런 효과들은 몸이 좋아하지 않는 행동으로 몸에 충격을 준 결과들이죠. 몸을 차갑게 식히면 코르티솔, 그러니까 스트레스 호르몬 수치가 증가한다는 건 한편으로는 코르티솔에 대한 내성이 커진다는 뜻이에요. 극단적인 추위는 더 깊이 호흡하게 하기 때문에 혈액과 뇌에 더 많은 산소를 공급해요. 그렇게 되면 적어도 잠시 동안은 뇌 기능이 활성화되겠죠. 집중력도요. 차가운 물로 샤워를 하는 것이 결단력에도 영향을 준다는 건, 단순히 몸이 원하지 않는 충격을 가하는 과정에 그것이 필요하기 때문에 생기는 거예요. 그러니까 실제로 찬물 샤워에 어떤 마법과 같은 효과가 있는 게 아니라 그저 자극에 대해 몸이 반응하는 한 방식이 나타난 것일 뿐이죠. 자극을 준다는 의미에선 발에 못을 박는 거나 마찬가지인 거예요. 어떤 목표가 있어서 하는 거죠? 그러니까, 찬물 샤워 말이에요."

미나는 빈센트에게서 소독제를 받아 들었다.

"내가 할 말은 두 가지예요, 빈센트. 첫째, 당신은 너무 말이 많아요. 지금쯤이면 나한테서 입 다무는 법을 배웠을 거라고 생각했는데 말이에요. 둘째, 내가 찬물 샤워를 한 이유는 밖이 덥기 때문이에요. 무척 간단한 이유죠. 아주 급한 일이라는 게 뭐예요?"

빈센트가 쓸쓸하게 웃었다.

"당신이 봐야 할 게 있어서 왔어요. 수사 팀 모두에게 보여 주기 전에 먼저 당신에게 보여 주고 싶었어요. 어쩌면 내가 미쳤다고 생각할지도 몰라요. 그런데 그걸 보기 전에, 혹시 빌마에 관한 다른 정보를 찾았나요?"

미나는 고개를 저었다. 그리고 빈센트를 거실로 안내했다.

"어제 아담과 루벤이 빌마의 부모님을 만났어요. 오시안의 부모님과 같아요. 넋이 나가 버렸어요. 협박을 받은 적도 없고 그 사람들에게 앙심을 품은 친척도 없어서, 도대체 그런 일을 할 만한 사람을 떠올릴 수가 없대요. 단서가 없어요. 사진을 한 장 가져오기는 했어요. 하지만 기자 회견을 열 수 있을지는 모르겠어요. 기자들이 우릴 가만두지 않겠죠. 그러니까, 그게 뭐든 보여 줘요. 수사에 도움이 될 만한 게 필요해요. 설사 당신이 미쳤다고 해도요."

미나가 소파에 털썩 주저앉았고, 빈센트도 그 옆에 앉았다. 빈센트는 에피쿠라의 소책자와 스톡홀름 지도, 흑백으로 인쇄한 잡지 표지, 투명 필름에 직접 쓴 글을 꺼냈다.

"이건 에피쿠라에서 발행한 소책자예요. 이 책에는 여기, 내가 직접 필름에 쓴 인용문과 똑같은 글이 실려 있어요. 다른 점은 내가 줄을 바꾸었다는 것뿐이에요. 이 글은 노바의 아버지가 교통사고가 나기 직전에 쓴 거예요. 그 사람은 아주 재능 있는 체스 선수였더군요."

빈센트는 잡지 표지에 실린, 트로피를 들고 웃고 있는 수염 난 남자 사진을 툭툭 쳤다. 잡지 기사 제목에는 욘 벤하겐이라고 적혀 있었다. 노바의 아버지가 틀림없었다. 빈센트가 펜을 들더니 지도에 점을 찍기 시작했다. 경찰서에 붙어 있는 지도처럼 격자무늬로 줄을 그어 놓은 지도였다.

"릴뤼, 빌리암, 덱스테르, 오시안은 여기, 여기, 여기, 여기에서 발견됐어요. 기사의 여행에 따르면 빌마는 여기서 발견되어야 해요. 유고슈브룬스비켄만에서."

빈센트는 투명 필름을 지도 위에 올려놓고, 점이 찍혀 있는 곳에 겹쳐진 칸에 있는 어절들에 동그라미를 쳤다. 그리고 미나가 쉽게 읽을 수 있도록 어절들을 선으로 연결했다.

"존재하는 것은 고통이고, 고통은 정화한다."

미나가 큰 소리로 읽었다.

"이게 무슨……."

"그렇게 반응할 수밖에 없을 거예요. 욘 벤하겐은 적어도 30년 전에 이 글을 썼어요. 의도적으로 64개 어절로 글을 쓰면서 이 메시지를 숨겨 두었죠. 우리의 살인자가 아이들 시신을 유기하는 곳과 완벽하게 일치하는, 보이지 않는 메시지를

요. 정말 미친 소리처럼 들리겠지만 우리가 찾는 살인범은 노바의 아버지예요. 노바의 아버지는 아주 오래전부터 이 살인을 계획하고 있었던 거예요."

미나는 무슨 말을 해야 할지 알 수가 없었다. 언제나 빈센트가 너무 많은 정보를 준다고 투덜거렸지만, 지금은 그가 문을 활짝 열어젖히고 있는데도 그녀는 도저히 그 뒤에 있는 것을 볼 수가 없는 상태에 처한 것 같았다. 이런 감정을 느껴야 한다는 것이 싫었다. 게다가, 빈센트의 말이 옳을 리가 없었다.

미나는 그곳에서 답을 찾으려는 듯이 흑백 사진에 실린 사람들을 뚫어지게 보았다. 욘 벤하겐은 그저 웃어 보일 뿐이었다.

"내 말에 기분 나빠 하지 않았으면 좋겠는데, 진심으로 당신이 과로 때문에 잘못 생각하고 있는 거면 좋겠어요. 내가 이해한 게 맞는다면 욘이 30년 전에 쓴 글에 숨겨 둔 구호대로 아이들을 배치했다는 거잖아요. 그 사실을 알아내려면 욘만큼 체스에 능해야 하는 거고요. 설득력 있는 추론이에요. 가능성이 없다는 것만 빼면요. 살인은 지금, 여기서 벌어지고 있어요. 노바의 아버지는 그 글을 쓴 직후에 죽었고요."

"확실해요? 그 사람 시신은 못 찾았어요. 노바가 경찰이 수색했지만 결국 발견하지 못했다고 했어요. 거기엔 이유가 있을지도 몰라요. 그리고 이게 지금까지 생각했던 것과 달리 욘 벤하겐이 살아 있을지도 모른다는, 상당히 신빙성 있는 증거

일 수도 있다고 생각해요."

미나가 빈센트를 물끄러미 쳐다보았다. 갑자기 몸이 얼음처럼 차가워졌다. 찬물 샤워는 할 필요도 없었다. 당시 미나는 너무 어려서 사건 자체는 기억에 없지만, 나중에 경찰이 된 뒤에 관련 기사는 읽어 보았다. 농장에 불이 났고, 그 직후에 발생한 교통사고에서 물에 가라앉는 자동차에 갇혀 있던 어린 소녀를 구했다는 비극적인 이야기였다. 운전자는 결국 발견되지 않았다. 다들 익사한 뒤에 파도에 휩쓸려 갔을 것이라고 생각했다. 하지만 빈센트의 말처럼 시신이 발견되지 않은 데에 다른 이유가 있을 수도 있었다. 자동차 사고로 죽지 않고 숨어 있는 것일 수도 있었다. 때를 기다리면서. 만약 그렇다면 빈센트의 결론에 완벽하게 맞아떨어졌다.

"이런 세상에."

미나가 고개를 끄덕였다.

"당신 말이 맞아요. 욘 벤하겐은 살아 있어요. 노바도⋯⋯ 노바도 알고 있었을까요?"

"꼭 그렇다고는 볼 수는 없을 것 같아요. 노바에게도 연락하지 않고 떨어져 지냈을지도 모르니까요. 이 사건에 노바가 관여한 걸 생각해 보면 그렇게 하는 게 현명한 결정이었을 테고요. 특히 에피쿠라에서의 그녀의 역할로 봤을 때, 그의 행동을 노바가 용납했을 것 같진 않아요."

미나는 숨을 내쉬었다. 그럴 수도 있다. 그런데 나탈리가 거기 있었다. 나탈리의 상태를 파악해야 했다. 모든 것이 괜찮다는 사실을 확인해야 했다. 가장 쉬운 방법은 나탈리의 아버지에게 전화를 하는 것이다. 하지만 미나가 그에게 뒤로 물러나 있으라고 했다. 그건 할머니와 함께 캠프 여행을 떠나버린 딸을 찾을 책임이 미나에게 있다는 뜻이었다.

"욘은 그 오랜 시간 어떻게 들키지 않고 숨어 있을 수 있었을까요?"

"욘처럼 자원이 풍부한 사람에게는 그리 어렵지 않은 일일 수 있죠. 적어도 그 사람 아버지 정도의 재산이 있다면요. 죽은 걸로 알려진 사람이 남들의 눈에 띄지 않고 살아가는 건 어렵지 않아요."

미나는 고개를 저었다. 지금 들은 정보를 소화하느라 힘이 들었다.

"다른 사람들에게도 말해야 해요."

미나의 말에 빈센트가 고개를 끄덕였다.

"아직 빌마를 구할 수 있는 기회가 있어요. 드디어 범인을 알아냈으니까. 이제 우리가 알아내야 하는 건 그가 어디에 있는가뿐이에요."

빈센트가 대답했다.

*

한참 동안 차를 타고 있었어. 차는 도시에서 나와서 숲으로 들어갔어. 거의 잠이 들려고 할 때 오두막 같은 곳에 도착했어. 차에서 나와서 도망치려고 했는데 누군가 나를 붙잡았어. 그래서 아주아주 세게 그 손을 깨물었어. 그 사람이 비명을 지르면서 손을 놓았어. 그런데 도망치기 전에 다른 사람에게 붙잡혔어. 발로 차고 주먹을 휘둘렀지만 그 사람들이 나를 끌고 오두막으로 올라가 방에 가두었어. 그 사람들을 사다리 밑으로 떨어뜨리려고 했는데 실패했어. 도망가려면 혼자 몰래 사다리를 내려갈 수밖에 없어.

오늘 아침에는 그 사람들이 나한테 아침 먹을 거냐고 물어봤어. 배가 너무 고팠어. 근데 그 사람들이 주는 끔찍한 음식은 먹고 싶지 않았어.

그 사람들은 나에게 조용히 있으라고 했어.

그리고 엄마 아빠랑 잘 아는 사이라고 했어.

하지만 그건 거짓말이라는 걸 알아.

"거짓말!" 그 사람들이 얘기할 때마다 그렇게 말했어. "싫어! 집에 갈 거야!"

그 사람들은 더 이상 나에게 다가오지 않았어. 나는 너무 화가 났어. 그리고 무서웠어. 그래도 화를 내야 했어. 안 그러면 슬퍼지고 더욱 무서워질 테니까. 난 무섭고 싶지 않았어.

바닥에 있는 매트리스에서 잤어. 전혀 폭신하지 않을 것 같 았는데, 폭신했어.

매트리스 위에 웅크리고 누워서 베개를 베고 울었어. 베개 밑에 딱딱한 게 있었어. 꺼내 봤더니 아이패드였어. 나를 데 리고 온 사람이 아이패드 얘길 했던 게 기억났어. 나한테 마 음대로 아이패드를 가지고 놀 수 있게 해 준댔어. 아이패드를 벽에 집어 던졌는데 깨지지 않았어. 그래서 액정이 깨질 때까 지 바닥에 내리찍었어.

"쌤통이다! 당장 집에 데려다줘! 안 그러면 죽여 버릴 거 야!" 내가 소리쳤어.

아주 크게 소리쳤으니까, 그 사람들은 분명히 들었을 거야.

우리 아빠가 크게 화를 내면서 나를 찾으러 올 거야.

아니면 엄마가 올 거야. 빠른 자전거를 타고.

하지만 아무도 오지 않았어.

아무도.

*

수사 팀은 빈센트가 하는 말을 조금도 받아들이지 않겠다 는 듯이 벽만 뚫어져라 쳐다보고 있었다. 그러나 그보다 확실

하게 정보를 전달할 수는 없었다. 빈센트는 미나에게 이야기
할 때보다 훨씬 더 공을 들여, 논리적으로 설명했다. 크리스
테르의 도움을 받아 경찰서 창고 선반에 있던 오래된 빔 프로
젝터까지 가지고 왔다. 그 기계를 회의실로 끌고 들어올 때는
루벤이 큰 소리로 웃기도 했다.

하지만 커다란 스톡홀름 지도 위에 투명 필름에 쓴 욘의 글
을 올려놓고, 욘의 메시지를 모두 설명해 준 지금은 침묵만이
흘렀다. 수사 팀의 눈은 지도 위의 선을 따라 움직이면서 욘
의 메시지를 읽고 있었다. 여러 번을 거듭해서 읽고 또 읽었
다. 단 한 번만 더 읽으면 문장이 바뀌기라도 할 것처럼.

"젠장."

마침내 루벤이 정적을 깨트렸다.

"욘 벤하겐이란 말이지."

크리스테르가 중얼거렸다.

"그가 정말로 살아 있다면 수십 년 동안 그의 사이비 종교
는 더욱 공고해졌겠네. 지금까지 아무도 그를 찾지 못했잖아.
아마 이름도 지금은 욘이 아닐 수도 있어."

"그게 무슨 말이에요? 사이비 종교라니?"

루벤이 물었다.

"그때 돌았던 소문 기억 안 나? 그 사람들 다 같이 모여 살
았잖아. 다들 한곳에 모여서. 뉘네스함으로 가는 길목의 중간

쯤이었지. 사실 사이비 종교 같은 곳이라고는 했지만, 정확히 어떤 단체인지는 아무도 규정하지 못했어. 사고 후에는 모두 흩어졌고. 노바가 재빨리 자기 성을 버린 건 충분히 이해할 만한 일이야. 스스로 사이비 종교라면 경험이 아주 많다고 하는 건, 본인이 직접 경험해 봤기 때문이겠지. 왜 노바가 사람들을 사이비 종교에서 벗어나게 하는 데 열심이겠어?"

"이럴 수가."

페데르가 무슨 이유인지는 모르겠지만 파란색으로 물들인 수염을 두드리면서 말했다.

"그때 욘이 사이비 종교 단체를 운영했고, 지금까지도 비밀리에 활동하고 있다면…… 수십 년 동안 새로운 신자들을 포섭하고 세뇌해 왔다는 거잖아."

모두 빈센트를 쳐다보았다. 경찰들의 이마에 깊게 주름이 잡혔다. 미나만 빼고. 미나는 이미 알고 있는 이야기였다.

"젠장이군."

크리스테르가 중얼거렸다. 그는 테이블 위에 비닐봉지를 올려놓더니 그 안에 든 전동 선풍기를 팀원들에게 나누어 주었다. 고마워하며 선풍기를 받아 들고 나서야 빈센트는 보세가 보이지 않는다는 사실을 깨달았다.

"오늘은 집에 있을 거야."

텅 빈 개 밥그릇을 보고 있는 빈센트에게 크리스테르가 말했다.

"집이 조금 더 시원하니까. 내가 아는 그 녀석이라면 분명히 찬물로 목욕도 하고 있을걸."

커다란 골든 레트리버가 욕조에 들어가 행복하게 첨벙거리고 있는 모습을 떠올리니, 빈센트는 절로 웃음이 나왔다. 녀석은 향긋한 거품 목욕까지 할 수 있을 것 같았다.

"욘 벤하겐에 대한 정보를 최대한 많이 모아야 해. 그것도 아주 빨리."

율리아가 어두운 목소리로 말했다.

"이미 시작했어."

페데르가 노트북을 열면서 대답했다.

"우리가 자기 아버지를 쫓고 있다는 걸 노바에게 알려야겠군."

크리스테르가 말했다. 그러다 곧 입을 다물었다.

"혹시…… 혹시 노바도 범죄에 가담하고 있다고 생각하나? 에피쿠라도 한통속이라고?"

테이블에 앉은 사람 누구도 대답하지 않았다. 미나는 빈센트를 보았다. 검색을 하느라 휴대폰을 뚫어지게 쳐다보고 있었다. 방금 떠오른 생각의 사슬에 빠져 주변에서 오가는 이야기를 듣지 못하고 있는 게 분명했다.

미나가 고개를 저었다.

"아버지를 잃은 이야기를 했을 때 노바는 정말 슬퍼하는 것 같았어요. 게다가 나는 에피쿠로스 철학은 잘 모르지만, 그게 아이를 죽이는 일과 관계가 없다는 건 알아요. 그 철학을 수행하는 사람들은 대부분 냉정을 유지하고, 노바가 뭐라고 했는지는 기억이 잘 나지 않는데, 고요하게 사는 데 집중한대요. 우리가 자기 아버지를 쫓는다는 사실은 충격일 거예요. 노바에게는 내가 말할게요."

율리아가 눈썹을 추켜세웠지만, 아무 말도 하지 않았다.

"그럼 유일한 문제는 욘이 왜 이런 일을 하는가겠군."

전동 선풍기를 켜는 데 실패한 듯한 아담이 말했다.

"아니, 그건 문제가 아니야."

율리아가 단호하게 말했다.

"그건 나중에 알아낼 거야. 지금 우리가 해결해야 할 문제는 어디를 찾아야 하는가야. 빌마를 찾을 수 있는 시간은 오늘과 내일뿐이야. 욘이 72시간 규칙을 반드시 지켰다는 걸 생각해 보면. 근데 이건 물어봐야겠어, 페데르. 도대체 왜 수염이 파란색이 된 거야?"

얼굴이 빨개진 페데르가 고개를 숙였다.

"아, 아이들 파티를 했거든. 염색약이 금방 빠질 줄 알았는데, 아니었어……."

페데르는 갑자기 회의실에 뛰어 들어온 밀다를 보고 입을 다물었다. 밀다도 수사 팀을 보고 발을 멈추었다.

"아, 안녕하세요. 모두 여기 있었네요."

밀다가 놀라서 말했다.

"사실 당신을 찾아온 거예요, 미나. 방에 없어서. 아이들에 관한 새로운 소식이 있거든요. 정확하게 말하면 아이들 몸에서 찾은 것에 대한 소식이지만."

"섬유 말하는 거예요?"

미나가 물었다. 크리스테르가 밀다에게 전동 선풍기를 던졌고, 밀다는 능숙하게 받아 냈다. 빈센트는 밀다가 어렸을 때 구기 종목 스포츠를 많이 했을 것이라고 생각했다.

"고마워요. 맞아요, 미나. 처음에는 그 섬유의 정체를 파악하지 못했어요. 모직물이라는 것 외에는요. 그래도 계속 조사했는데, 세균을 찾아냈어요. 모든 섬유에 피부 방선균인 데르마토필루스 콘골렌시스가 있어요. 그러니까, 그 섬유들이 동일한 장소에서 왔을 거라는 추정을 뒷받침해 주는 거예요."

"그게 무슨 세균이에요?"

율리아가 물었다.

"이름이 말해 주는 것처럼 이 세균은 말, 소, 양 같은 여러 동물의 피부에 병을 일으켜요. 방선균증이라는 피부병이요. 세균이 피부를 마르게 해서 갈라지면 그 안으로 들어가서 피부를 딱딱하게 만들어요. 드물기는 하지만 가끔 사람에게도 옮기는 동물 매개 질병이기도 해요. 사람에게 옮을 때는 동물과 직접 접촉해서 옮기도 하고, 축축한 딱지에서 방출된 세균이 동물의 털을 빗어 주던 빗이나 말 담요에 붙어서 옮기도 해요."

밀다는 선풍기를 켜기 위해 잠시 말을 멈추었다.

빈센트는 이해할 수가 없었다. 아이들 모두 목에 섬유가 있었다. 그런데 그 섬유가 동물에서 온 거라고? 무언가 놓치고 있는 기분이었다.

"어째서 모직물에 그 세균이 있는 거죠?"

빈센트가 묻자 밀다가 빙긋 웃었다. 나오기를 바라던 질문이었던 게 분명했다. 밀다의 선풍기가 살며시 윙윙거리는 소리를 내며 돌아가기 시작했다.

"그 섬유가 붙어 있던 모직물이 감염된 동물과 직접 접촉했던 게 틀림없어요. 그 모직물은 아이의 얼굴을 덮을 정도로 컸을 거고요. 확실히 아이 머리까지 감쌌을 거예요. 그래서 그 섬유를 들이마실 수밖에 없었던 거죠. 입안으로 밀어 넣은 흔적은 발견하지 못했어요. 따라서, 내 최선의 추측은, 그러니까 이건 순전히 내 추측인데, 그 모직물은……."

"그게 뭔데요?"

율리아가 참지 못하고 물었다.

"난 그게 말 담요의 섬유라고 생각해요."

빈센트의 생각이 꼬리에 꼬리를 물고서 완벽한 원을 그리며 빙글빙글 돌아갔다. 말이라니. 모든 것이 수수께끼 같은 말에서 시작되고 끝이 났다.

"어, 여러분⋯⋯."

페데르가 입을 뗐다. 밀다가 이야기하는 동안 페데르는 내 내 노트북을 들여다보고 있었다.

"혹시 90년대에 욘이 운영했던 농장 아시는 분? 누군가 불 태웠다고 하는?"

"알아. 거기 있던 동물들이 모두 산 채로 불에 타서 죽었다고 했잖아."

율리아가 대답했다.

"그 기사 내용 기억나는 거 같아. 정말 비극이었어."

"그냥 동물이 아니었어."

페데르는 다른 사람들이 화면을 볼 수 있도록 노트북을 돌렸다. 작은 방목장 옆에 수염을 기른 남자가 웃으며 서 있었다. 남자 옆에는 당당히 근육을 자랑하는 동물들이 있었다.

"말이었어."

페데르가 말했다.

"욘 벤하겐은 이 나라에서 가장 유명한 말 농장 가운데 하나를 운영했어. 여기서 고작 50킬로미터 떨어진 곳에 있었어. 소룬다에. 그리고 그거 알아? 구글 어스로 보면 그 뒤로 조금 개조된 부분이 보여."

회의실에 있는 모든 사람이 페데르를 쳐다보았다. 그리고 벌떡 일어섰다.

*

율리아는 크리스테르에게 사무실을 지키면서 욘 벤하겐에
관해 찾아낼 수 있는 건 모두 찾아 달라고 부탁했다. 다른 팀
원들은 모두 차로 달려갔다. 다들 경찰차에 올라탔지만 미나
는 자기 차를 탔다. 율리아가 미나에게 출동하면서 기동대를
호출하라고 했다.

미나는 거침없이 달렸다. 소룬다로 가기 위해 뉘네스베겐을
달리는 동안 빈센트는 옆에 앉아 손잡이를 최대한 꽉 붙잡았
다. 적어도 차의 에어컨은 제대로 작동했다. 미나의 머릿속은
욘 벤하겐과 그의 농장에서 찾게 될 것들에 대한 생각으로 정
신이 없었지만, 그래도 잠시 동안 시원함은 누릴 수 있었다.

"조용하네요."

빈센트가 말했다.

"집중하는 거예요."

미나가 도로에서 눈을 떼지 않으면서 대답했다.

"소룬다가 소룬다 타르트 덕분에 알려졌다는 거 알아요?"

빈센트가 다른 말을 꺼냈다.

"그 타르트는 상징성이 아주 커요. 윗면을 영원과 다산을

상징하는 모양들로 꾸미거든요. 안에는 보통 사과와 말린 자두를 넣는데, 장례식에서 낼 때는 말린 자두만 넣어서 색을 더 어둡게 만들어요. 그래도 영원이라는 상징은 생명과 조화를 상징하는 물이라는 노바의 생각과 잘 어울리죠. 그리고……."

"빈센트."

"네?"

"지금 횡설수설하고 있는 거 알아요?"

빈센트는 입을 다물었다.

미나는 빈센트가 말을 해야 하는 이유를 이해했다. 그도 미나만큼 신경이 곤두서 있는 거였다. 농장에서 무엇을 발견하게 될지 몰라 긴장하고 있는 것이다. 또 다른 아이들의 시신? 욘 벤하겐 본인? 그러나 그의 방어 기제가 말하는 것이라면 미나의 방어 기제는 침묵이었다. 그리고 그것을 빈센트와 나눌 필요가 있었다. 특히 지금은 말이다. 다행히도 빈센트는 이해한 것 같았다.

"당신 말이 맞아요."

빈센트는 옆 창문으로 고개를 돌렸다.

"미안해요. 우리가 제빵사를 찾으러 가는 건 아니니까요."

잠깐 입을 다물더니 빈센트가 곧 다시 말하기 시작했다.

"그런데, 몇 년 전에 스웨덴 교통국이 소룬다로 가는 교통 표지판을 모두 없앤 거 알아요? 이제는 그냥 스퐁브로라고만 적혀 있어요. 원래는……."

미나가 엄한 표정으로 빈센트를 쳐다보았다. 빈센트가 어색하게 웃었다.

"알았어요."

미나가 빈센트의 어깨를 세게 쳤다.

"그러니까, 내가 당신 말을 들어 줬으면 좋겠어요?"

"허? 나는, 어…… 그건 아닌데……."

빈센트는 말을 더듬으며 몸을 꼼지락거렸다.

"전에도 허세가 좀 있다고 얘기했던 것 같은데요, 빈센트."

머리끝까지 빨개진 빈센트 때문에 자동차 안의 온도까지 올라간 것 같았다. 미나는 빈센트가 영원과도 같은 몇 초 동안 괴로워하게 내버려 두었다.

"농담이에요."

마침내 미나가 말했다. 빈센트는 열기구를 하나 가득 채울 만큼 긴 숨을 내뱉더니, 미나가 스코다 한 대를 추월하는 동안 큰 소리로 웃었다.

"내가 졌어요. 하지만 솔직하게 말해 보자면…… 당신이 틀린 건 아니에요."

빈센트는 잠시 말을 멈추고 심호흡을 했다. 무슨 말을 하려는지는 몰라도, 그에게서 쉽게 나올 수 있는 말은 아닌 것 같았다.

"2년 전에 정말 끔찍한 일이 너무 많이 일어났지만, 그때만큼 살아 있다는 기분을 느낀 적은 없었던 것 같아요. 그건 대부분 당신 덕분이었어요. 그 뒤로는 잊고 살아가려고 노력했는데, 그런데…… 그게, 잘 안 됐어요."

미나는 빈센트를 흘깃 쳐다보고는 다시 도로로 시선을 돌렸다.

"정말로 지금 우리가 그 이야기를 해야 하는 거예요?"

미나가 물었다.

"해야 해요."

빈센트가 대답했다.

"우리는 지금 살인자를 잡으러 가고 있어요. 이 사건이 곧 종결될 수도 있는 거죠. 하지만 나는…… 나는 앞으로도 내 인생에 당신이 있었으면 좋겠어요, 미나. 그냥 그게 다예요. 당신의 인생에 대해 아는 건 없지만 당신은 데이트를 시작했고, 그래서 나한테 내 줄 시간이 없을 수도 있다는 건 알아요. 하지만 그래도, 이 일이 끝난 후에, 다시 만날 수…… 있을까요? 혹시 새로운 친구를 받아들일 여유는 없는 건가요?"

새로운 친구라고 표현하다니. 마치 미나에게 다른 친구들이 있다는 듯이. 미나는 비명을 지르면서 운전대를 마구 치고 싶었다. 아, 빈센트. 빈센트는 미나를 너무나도 잘 알았지만 너무나도 모르기도 했다. 어째서 다시 돌아와서 그녀가 견고하게 만들어 놓은 방패를 부수려고 하는 걸까? 미나는 그 누구도 필요로 하고 싶지 않았다. 그럼에도 빈센트가 필요했다. 망할 빈센트. 정말 망할 빈센트였다.

미나는 빈센트의 몸이 옆으로 쏠릴 정도로 급하게 스퐁브로 쪽으로 방향을 틀었다.

"노바하고 만나는 게 더 낫지 않겠어요?"

미나가 말했다.

"노바요? 내가 왜……? 나는, 노바의 깊고도 전문적인 지식에는 감탄해요. 지금 위치에 도달하기까지 쏟아부었을 노력에도 감명을 받았고요. 대중 순회강연 분야에서 이름을 날리는 동료이기도 하죠. 하지만 그것뿐이에요. 동료. 그녀는, 그녀는…… 당신이 아니에요."

미나는 아무 말도 하지 않고 고개를 끄덕였다.

"나는 언제든 당구도 가르쳐 줄 수 있을 테고요."

미나가 말했다. 빈센트도 고개를 끄덕였다.

"봐요!"

빈센트가 훨씬 밝은 목소리로 소리쳤다.

"저기, 출구에 스퐁브로라고 써 있죠? 소룬다가 아니라. 내가 그랬잖아요."

*

정말로 목이 아팠어. 소리를 너무 많이 질러서. 그래도 난 계속 화를 내고 싶었어. 누가 오자마자 때려 줬어. 발로 차 줬어. 그래도 싸니까. 난 그 사람들이 미웠어. 어른들은 다 미워. 숲에 있는 것도 너무 싫어.

그 사람들이 나를 집에 데려다주지 않으면 나 혼자 걸어갈 거야. 아까는 여기 아무도 없었어. 그래서 빨리 밖으로 나왔는데 아무도 나를 못 봤어. 오두막 안에서 소리가 들렸어. 모두 여기 있었어. 내가 도망가지 않을 거라고 생각한 게 분명해. 여긴 동물 같은 냄새가 나. 동물 똥 같은 냄새. 이 세상에서 제일 더러운 냄새야.

오두막 앞에 섰어. 아무도 나오지 않았어. 좋아. 그건 내가 집에 갈 수 있다는 뜻이야. 나는 자갈길을 따라 걸어갔어. 그런데 뒤에서 문이 열리는 것 같은 소리가 끼이익 났어. 하지만 뒤돌아보지 않았어. 그냥 계속 걸었어.

"빌마!"

그 사람이었어. 나를 여기 데리고 온 사람. 그 나쁜 납치범. 그 사람이 뒤에 있었어. 난 신경 쓰지 않았어.

"빌마! 어디 가는 거야?"

뛰기 시작했어. 발밑에서 자갈이 요란한 소리를 냈어. 그 사람이 쫓아오는 소리가 들렸어. 더 빨리 뛰었어. 최선을 다해 뛰었어.

"빌마! 기다려!"

납치범은 뛰면서 말을 하느라 숨이 차는 것 같았어. 그렇게 뚱뚱하니까, 당연하지. 하지만 그 사람은 다리가 길어. 내 다리는 짧고. 도랑을 뛰어넘어 숲으로 달렸어. 숲으로 들어가면 나를 못 찾을 수도 있으니까. 그런데 숲에 도착하기 직전에 누군가 나를 붙잡았어. 세게 발로 찼지만, 너무 힘들었어.

"빌마." 그 사람이 말했어.

그 사람은 숨을 헐떡이면서도 크게 웃었어. *"그렇게 뛰어갈 필요 없었어. 어차피 넌 여기서 떠날 거니까."* 그 사람을 믿지는 않았지만, 거짓말 같지 않았어. 나는 발로 차는 걸 멈추었어.

우리는 다시 오두막으로 돌아왔고, 밖이 너무 더운데도 그 사람은 내 어깨에 담요를 둘렀어. 지독한 말 냄새가 나는 담요였어. 다른 사람들도 모두 거기 있었어. 그런데 사람들이 다시 사다리를 타고 밑으로 내려가려고 했어. 무슨 일이 벌어질 것 같았어. 내가 좋아하지 않는 일이.

"기분이 어때, 빌마?" 나쁜 납치범이 물었어. *"네가 태어났을 때를 기억하니?"*

*

아스팔트 길이 사라지고 자갈길이 나타났다. 두 사람은 숲

한가운데 있었다. 커브를 돌다 뭐가 튀어나올지 모르는 그 좁은 길을 그토록 빨리 달릴 수 있다니, 빈센트는 도무지 이해가 되지 않았다. 하지만 미나보다 앞서 아담과 루벤, 율리아, 페데르가 달려가고 있었다. 길에서 무슨 일이 벌어졌다면 그들에게 먼저 일어났을 것이다.

숲 가운데 나 있는 자갈길이 1킬로미터쯤 이어지다가 갑자기 공터가 나왔다. 공터의 오른쪽에는 커다란 방목장이 있었고, 왼쪽에는 욘 벤하겐의 농장이 있었다. 아니, 농장이었던 곳이 있었다. 빈센트는 가장 가까이에 있는 건물 터가 예전 숙소 자리였을 거라고 추측했다. 원래 어떤 모습이었는지는 알아볼 수 없었다. 건물은 흔적조차 남지 않을 정도로 불에 타 사라져 버렸고, 그나마 남은 벽체는 길게 자란 풀에 덮여 있었다. 숲은 지난 수십 년의 시간을 자신의 영토를 되찾는 데 할애했다. 그 뒤에 있는 커다란 건물이 아니었다면 폐허는 눈에 띄지도 않았을 것 같았다.

마구간이었던 곳처럼 보이는 큰 건물의 상태도 마찬가지로 좋지 않았다. 숙소였던 건물과 달리 마구간은 지붕과 벽이라고 할 수 있는 부분이 남아 있기는 했지만, 지붕은 움푹 꺼졌고 시커멓게 타 버린 벽은 벽이라기보다는 뾰족한 나무 기둥들이 서 있는 것처럼 보였다. 마구간에는 풀도 없었는데, 그 때문에 뒤쪽 나무숲의 초록빛과 대비되어 새까만 들보가 더욱더 유령처럼 보였다. 빈센트는 페데르가 보여 준 위성 사진 속의 모습을 찾아보려고 주위를 두리번거렸지만, 보이는 것이라고는 폐허뿐이었다.

"저기예요!"

미나가 마구간 뒤에 있는 숲을 가리키며 말했다. 그녀의 말이 옳았다. 나무 사이로 밝은 빨간색과 흰색이 분명히 보였다. 자갈길을 따라 잡목림을 돌자 그나마 새 건물인 듯한 마구간이 나왔다. 그 앞에는 차가 두 대 서 있었다. 그중 하나는 빨간색 르노 클리오였다. 빌마를 태우고 간 차와 동일 기종이었다.

"여기 온 지 얼마 안 됐어요."

미나가 말했다.

"그걸 어떻게 알죠? 몇 달 동안 서 있었을 수도 있잖아요."

"저 차를 봐요. 나뭇잎이 하나도 떨어져 있지 않아요. 새똥도 없고, 흙먼지도 뒤집어쓰지 않았고요. 그렇게 오랫동안 여기 서 있었다고 하기에는 너무 깨끗하잖아요. 관찰 전문가는 내가 아니라 당신 아니에요?"

아담이 주차된 자동차들 뒤에 차를 세우고 아담의 뒤에 율리아가 차를 대서, 두 차가 빠져나가지 못하게 했다.

"내가 아니라 당신이 관찰하는 게 더 재미있으니까요. 이제 어떻게 되는 거죠?"

빈센트가 물었다. 다른 경찰들은 이미 차에서 내려 마구간으로 가고 있었다. 미나는 율리아의 차 뒤에 차를 세웠다.

"그 녀석을 잡아야죠."

미나가 대답했다.

두 사람은 동료들을 따라갔다. 빈센트는 주위를 둘러보면서 미나보다 살짝 뒤에서 걸었다. 숲에는 귀가 먹을 정도로 무거운 침묵이 내려앉았다. 앞으로 일어날 일을 지켜보고 있는 것처럼 새들도 숨을 죽이고 있었다.

루벤이 앞장섰다. 미나는 손을 이마에 대고 햇빛을 가리더니 얼굴을 찡그렸다.

"왜 그래요?"

빈센트가 물었다.

"모르겠어요. 저쪽 자갈길에 뭔가 있는 거 같아요."

그때 갑자기 마구간 문이 열리더니 한 남자가 나왔다. 남자는 활짝 웃고 있었다. 금발이고 독특한 콧수염을 가지고 있었다. 빌마 납치범의 인상착의와 일치했다. 자기 모습을 바꾸거나 변장할 생각조차 하지 않은 것이다. 그건 욘의 추종자들에겐 절대로 잡히지 않는다는 확신이 있다는 뜻이었다.

그러나 경찰을 보자마자 남자의 얼굴은 웃음이 사라지고 하얗게 질렸다. 누군가 다른 사람을 기다리고 있었던 것이 분명했다.

남자는 재빨리 몸을 돌려 마구간으로 뛰어 들어갔다. 그제야 경찰은 남자 뒤에 서 있던 여자아이를 발견했다. 어깨에 넝마를 두른 그 아이는 잔뜩 당황한 얼굴로 경찰들을 보고 있었다.

빌마였다.

"멈춰!"

루벤이 남자를 쫓아 뛰면서 소리쳤다. 페데르가 루벤을 따라갔고, 율리아도 함께 뛰면서 아담에게 빌마를 가리키며 아이를 챙기라고 지시했다. 아담은 넝마를 덮고 있는 아이에게 다가가 그 앞에 무릎을 꿇고 앉았다.

"아저씨는 경찰이야. 우리가 널 엄마와 아빠에게 데려다줄 거야. 집에 가고 싶지?"

빌마가 열심히 고개를 끄덕였다.

"혹시 저 남자가 널 아프게 했니? 네가 싫어하는 일을 했어?"

"아니요."

빌마가 대답했다.

"근데 거짓말을 했어요. 여긴 말이 없는데. 나한테 말을 많이 준다고 했어요. 그래 놓고 더러운 담요만 줬어요."

빌마는 울음을 터트리면서 아담을 끌어안았다. 아담은 빌마를 안아 들고 경찰차로 향했다.

"미나, 도와줘."

아담이 큰 소리로 미나를 부르더니 경찰차를 향해 고갯짓했다.

미나가 빌마 쪽으로 가는 동안 루벤과 율리아, 페데르는 여섯 사람을 앞세우고 밖으로 나왔다. 금발의 남자, 중년 여자, 나이 든 남자, 20대 중반으로 보이는 여자 셋이었다. 땅만 쳐다보고 있는 그 사람들은 저항할 의지는 없어 보였다. 빈센트는 100퍼센트 확신하지는 못했지만, 저들이 릴뤼와 빌리암, 덱스테르, 오시안, 빌마를 납치한 범인들일 거라고 생각했다.

"이게 전부야."

루벤이 말했다.

"욘은 여기 없어. 하지만 이 멍청이들이 저기서 의식 같은 걸 준비하고 있었던 걸로 봐서는 곧 오지 않을까 싶어."

이때 잡목림을 돌아 들어오는 자동차 소리가 났고, 모두 뒤돌아보았다. 수백 미터쯤 떨어진 자갈길에서 파란색 아우디가 급하게 멈춰 서면서 흙먼지가 일었다.

"이런, 저기 있다!"

루벤이 소리쳤다.

빈센트는 지금의 욘이 어떻게 생겼는지 보고 싶었다. 체스 잡지 표지에서 본 모습 이후로 30년이 흘렀다. 그러나 자동차 창문에 반사된 햇빛 때문에 차 내부는 보이지 않았다.

루벤이 자동차 쪽으로 두 걸음을 내딛자마자 아우디는 흙먼지를 일으키며 한 바퀴를 돌았다. 욘은 올 때만큼이나 재빠르게 멀어져 가 버렸다.

"젠장."

루벤이 자갈을 걷어차며 욕설을 내뱉었다.

"번호 본 사람 없지? 빈센트, 숫자 같은 거 잘 기억하지 않아요?"

"너무 멀었어요."

"힘 빼지 마."

페데르가 수염을 툭툭 치면서 말했다. 그러고는 여전히 땅을 쳐다보고 있는 여섯 사람을 보며 웃었다.

"새로 생긴 우리 친구들이 어디 있는지 말해 줄 테니까."

"당신들이 무슨 말을 하는 건지 모르겠어요."

한 여자가 말했다.

"우린 모두 우리의 자유 의지로 한 거예요."

"그러시겠지."

율리아가 응수했다.

*

"모두 잘했어."

율리아가 활짝 웃으며 말했다.

"빌마는 다친 곳도 없고 건강해 보여. 아직 집에 보내 주지 않아서 화가 많이 나 있긴 하지만. 카롤린스카 병원에서 철저하게 검진을 받고 거기서 부모님을 만날 거야. 여러분이 아니었으면 완전히 다른 결말을 맞았겠지. 엄청 나쁜 결말을."

율리아는 한 사람, 한 사람을 제대로 쳐다보면서 동료들을 쭉 둘러보았다. 모두 진이 빠진 것 같았다. 사건을 해결하면 흔히 보이는 모습이었다. 온몸을 감싸던 긴장감과 아드레날린이 사라져 버렸다. 지치지 않고 열심히 일한 모든 사람에게 피로가 젖은 담요처럼 내려앉았다. 미나는 바람 빠진 풍선이 된 것 같았다. 평소라면 그건 위험이 지나갔음을 의미하는 즐거운 감각이었다. 그러나 안도할 수 있는 시간은 금방 지나갈 것이다. 빌마는 무사했지만, 욘 벤하겐이 아직 잡히지 않았다. 나탈리도 돌아오지 않았다.

"크리스테르, 욘의 배경에 관해 찾은 정보들이 있죠? 어떤 내용을 찾았는지 알려 주시면 도움이 될 거 같아요. 그 사람 인생의 어떤 측면이 이런 일을 벌이게 한 건지 알아봐야겠어요."

크리스테르가 고개를 끄덕이며 종이 꾸러미를 꺼냈다.

"맞아. 우린 진짜 선수를 상대하고 있어. 욘은 부잣집에서 태어났어. 부동산 갑부 발차르 벤하겐의 아들이야. 말 그대로 금수저를 물고 태어난 녀석이라서 바라는 게 아무것도 없었지. 그것 말고는 어린 시절 정보는 많지 않아. 하지만 그의 아버지가 에피…… 에피…….”

“에피쿠로스 철학.”

미나가 대신 말했다. 크리스테르는 미나의 말을 못 들은 체
하고 계속 말했다.

“그런데 20대 초반에 욘이 해외로 나가. 인도로. 거기서 어
떤 사이비 종교 단체에 가입했는데…….”

크리스테르는 눈을 찡그리며 종이를 바라보았다.

“라즈니시 운동. 나중에 그 단체가 미국 오리건주로 옮겨
갈 때 욘도 거기 사람들을 따라갔어. 그 사람들이 그 끔찍한
짓들을 저질렀던 곳 말이야. 살인은 물론이고 온갖 나쁜 짓을
했었지.”

“테드 예르데스타드가 있던 사이비 단체가 거기죠?”

페데르가 끼어들었다.

“테드 예르데스타드가 사이비 종교인이었어?”

루벤이 놀라 말했다.

“유로비전에서 노래 엄청 잘했던 가수?”

“맞아, 그 사람. 정말 안타깝지. 재능이 엄청난 사람이었으
니까. 그래도 아직 예술가로서는 찬사를 받고 있거든. 그래서
나는…….”

“다른 데로 새지 말고요.”

율리아가 피곤한 듯한 말투로 끼어들며 크리스테르에게

계속하라고 손짓했다.

"아마도 오리건주에서 그 난리가 나기 전에 빠져나온 거 같아. 그러고는 자기 패거리를 데리고 스웨덴으로 온 거지. 이곳에 농장을 사서 자기만의 사이비 종교 집단을 만들었고."

"뭘로 먹고 살았대요?"

루벤이 물었다.

"수년 동안 말 농장을 운영했어. 방금 자네들이 다녀온 곳 말이야. 노바도 그 농장에서 태어났어. 노바의 어머니는 욘과 함께 라즈니시 단체에서 온 사람이고. 그 무렵의 기록은 극히 적어. 자기들끼리만 모여 살았고, 외부인과는 승마 강습을 받으러 온 학생들과 접촉한 게 전부였으니까. 내가 찾은 그때 기록은 근처에 살면서 그들이 뭔 일을 하는지 알고 있던 이웃 사람들이 지역 신문에 항의 편지를 쓴 게 전부야. 거기 승마 강습이 아이들에게 아주 유명했나 봐. 그런데 사람들이 좋게 보지는 않은 것 같아. 무슨 일이 일어났는지를 생각해 보면 알 수 있지."

"방화 말이에요?"

미나가 물었다.

"바로 그거야. 현장 감식에 관련된 자료는 많지 않았어. 어느 날 밤에 농장에서 불이 났고, 조사 결과 방화로 결론이 났지."

"신문에서 본 기억이 나요."

루벤이 말했다.

"아주 큰 뉴스였으니까. 그 화재로 단체 구성원 여러 명이 죽었지. 어른들은 물론 아이들까지. 말도 모두 불에 타 죽었고. 탈출한 사람은 욘과 노바뿐이었어. 그리고 지금까지는 우리 모두 욘은 죽었다고 생각했고. 도망치다가 자동차 사고가 나서."

크리스테르는 《엑스프레센》의 옛 기사를 인쇄한 종이를 꺼내 동료들에게 보였다.

"노바가 그렇게 유명한데, 이런 이야기가 언론에 자주 등장하지 않은 건 놀라운 일이네요."

미나가 의문이라는 듯이 말했다.

"정확히 말하면 비밀은 아니니까요."

빈센트가 대답했다.

"굳이 그 이야기를 들춰서 쓸데없이 노바에게 고통을 주려는 사람은 없었을 거예요. 새로운 소식도 아니고, 노바는 그때 어린아이였을 뿐이니까요."

"그 오랜 시간을, 어떻게 들키지 않고 있을 수 있었을까?"

페데르가 수염을 긁으며 말했다.

"그게 우리가 지금부터 알아내야 할 거야. 그가 무슨 일을 했는지, 누구였는지, 어디에 있었는지를 알아야만 어디에 숨어 있을지도 알 수 있겠지."

율리아가 대답했다.

"스웨덴에서는 가짜 신분증을 만드는 게 쉽지 않을 텐데."

크리스테르가 말했다.

"신분증 없이 살았을 수도 있어요."

생각에 잠겨 수첩에 무언가를 끄적이던 루벤이 대답했다. 미나는 루벤이 뭘 적었는지 보았다. 글자라고 할 수 있는 것은 없었다. 하트처럼 보이는 것들도 있었지만, 그저 미나의 마음이 그렇게 상상한 것뿐이었다. 루벤은 헛기침을 하고 다시 말했다.

"조력자가 있었다면, 화재로 죽지 않았고 그를 돌봐 줄 수 있는 충실한 추종자들이 있었다면 사회와 군이 접촉할 필요가 없었겠죠. 공권력과 접촉할 때가 아니고서야 우리가 신분을 입증할 일은 없잖아요. 사는 곳과 먹는 것을 책임져 주는 사람이 있다면 사회생활을 전혀 하지 않아도 됐을 거예요. 모두 죽었다고 생각하고 아무도 찾지 않을 때는 더욱 어렵지 않게 숨어 있을 수 있겠죠."

"욘의 인상착의를 알리고 수배령을 내렸어."

율리아가 말했다.

"언론에 이 정보를 알릴지는 논의하고 있고. 문제는 우리에게 현재 욘의 모습을 담은 사진이 없다는 거야. 가장 최근 사진이 30년 전 거니까. 그래서 나이가 들어 변한 모습을 추정한 그림을 그리고 있어."

"화가가 상상화를 그리고 있다는 거야? 그게 무슨 헛소리야?"

크리스테르는 동조해 줄 사람을 찾아 테이블을 둘러보았다. 아담이 고개를 저으며 말했다.

"아닙니다. 과학적으로 입증이 된 방법이에요. 게다가 예전과 달리 이제는 사람이 직접 그리지 않고 컴퓨터로 그립니다. 요즘엔 일반인들도 나이 든 모습을 그려 볼 수 있는 휴대폰 앱까지 나왔어요. 가끔은 유행하는 것들도 찾아보세요, 크리스테르."

"헛소리."

크리스테르가 분개하며 대꾸했다.

"내가 할 말은 그게 다야."

"파란색 아우디도 수배했어."

율리아가 이어서 말했다.

"아직 어디로 갔는지 흔적도 찾지 못했지만, 시간문제겠지. 순찰차들이 눈을 부릅뜨고 찾아다니고 있으니까."

"그 패거리들은 어떻게 되는 거지?"

수첩에 더욱더 현란한 기호들을 적어 가고 있는 루벤이 물었다.

"취조해야 하는 거 아니야? 분명히 욘이 어디 있는지 알 텐데."

"빈센트가 만나 보면 어떨까 싶은데? 지난번에도 이런 상황에서 도움이 됐잖아. 레노르 실베르 때처럼. 심지어 우리가 알아내지 못한 사실도 빈센트가 알아냈잖아."

미나가 말했다. 율리아는 그때까지 조용히 다른 사람들의 말을 듣고 있던 멘탈리스트를 바라보았다.

"음, 빈센트. 어떨 거 같아요? 도와줄 수 있을 거 같아요?"

율리아의 겨드랑이 밑으로 땀자국이 크게 번져 있었다. 미나는 살며시 자신의 겨드랑이를 살폈다. 지금까지는 데오도란트가 땀을 억제해 주고 있는 것 같았다. 농장에 다녀온 뒤 데오도란트를 좀 더 뿌렸고, 땀을 제거하려고 최선을 다해 물티슈로 몸을 닦았다. 농장에서 더러운 것을 만지지는 않았다. 그러나 지독한 말 냄새와 농장의 불결함은 미나 몸에 난 땀구멍 하나하나에 모두 스며들어 갔다.

"필요하다면 기꺼이 도울 거예요."

빈센트가 대답했다.

"하지만 아담은 훈련을 받은 협상가잖아요. 아담이 더 잘할 거예요. 욘의 추종자들은 광신도적이지만, 레노르와 달리 경찰 조사를 받아 본 경험이 없죠. 그러니 얼마간은 입을 열지 않을 거라고 생각해요. 그래도 결국에는 자신들이 이용당한 걸 깨달을 거예요."

아담도 거들었다.

"동의합니다. 느슨해진 상태를 틈타 균열을 만들어야 해요.

지금은 그들의 구세주가 곁에 없으니 어렵지 않을 겁니다."

"이제 난 집에 가야 할 시간이 된 것 같군요. 흥미진진한 오후를 보내게 해 준 것 감사해요."

빈센트가 말했다.

"고마워해야 할 쪽은 우리죠. 당신이 아니었다면 욘을 찾을 수 없었을 거예요. 여기 있는 여러분 모두 정말 큰 공헌을 해 줬어. 서로 수고했다고 등이라도 토닥여 줘. 그리고 다시 옷깃을 여미고 욘 벤하겐을 찾으러 가야지. 이제부터 뭘 해야 하는지 알고 있지?"

모두 칭찬의 말을 웅얼거리면서 율리아에게 고개를 끄덕이고는 자리에서 일어나 회의실 밖으로 나갔다.

그러나 미나는 모든 사람이 회의실에서 나간 뒤에도 의자에 그대로 앉아 있었다. 무언가 개운하지가 않았다. 기억해야 하는 것을 잊어버리고 있는 것 같았다.

몇 시간이 지났는데도 미나는 여전히 개운하지 않았다. 무언가 이상했다. 다른 팀원들은 욘 벤하겐을 찾느라 정신이 없었다. 죽음에서 살아 돌아온 그 남자. 오후에 경찰은 노바에게 이 사실을 전했고, 노바는 아버지가 죽었다는 생각을 단한 번도 해 본 적이 없다고 고백했다. 하지만 그런 진술로 알수 있는 건 없었다. 노바는 욘과 연락한 적은 전혀 없다고 주

122

장했다. 화재가 난 뒤로는 농장에도 가지 않았다고 했다. 물론 노바의 진술은 따로 확인할 것이다. 통화 기록을 살피고, 에피쿠라 경내를 샅샅이 뒤져야 한다. 서류를 갖춰서 영장을 발급받아야 한다. 그런데 미나는 자신이 할 일에 제대로 집중할 수가 없었다.

농장에서 분명히 무언가를 보았다.

순식간에 사라졌고, 그 뒤로 너무 많은 일이 일어나서 기억하기 힘들었지만, 무언가를 본 것은 틀림없었다. 그리고 미나는 그것이 매우 중요하다는 사실을 직감했다.

빌마를 납치한 사람들은 조사를 받고 있었다. 빈센트가 옳았다. 그들은 모두 입을 다물었다. 아직까지는. 아담은 그들의 이름조차 알아내지 못했다. 지문이 등록되어 있지 않다면 신분을 파악하는 것조차 불가능할 것이다. 이러다간 언론에 제보해 대중 탐정단의 도움을 받아야 할 판이었다.

빌마는 여전히 병원에 있었다. 의사들이 모든 검사를 끝내고 만나도 좋다는 허락을 해 주면 율리아와 페데르가 만나러 갈 것이다. 지금은 그저 기다려야 했다.

미나는 의자에서 일어나 책상과 벽 사이를 왔다 갔다 했다. 집중하기 어려웠다. 몇 시간 동안 많지 않은 욘 벤하겐의 기록을 파헤치며 시간을 보냈다. 어쩌면 과거의 이력이 현재에 대한 단서를 제공해 줄지도 모른다. 혹시 농장 외에 소유한 토지가 있을지 몰라 토지 등기부를 뒤졌지만, 그 어떤 자료도 찾지 못했다.

그러나 미나는 자신이 찾고 있는 것이 기록 보관소에는 없다는 사실을 잘 알았다. 그것은 도달하지 못하는 미나의 무의식에 묻혀 있었다. 그것은 미나를 피해 다녔고, 미나를 약 올렸다. 순수한 좌절감에 뭐든 걷어차 버리고 싶었다. 그러다 갑자기 멈추었다. 미나에게는 자신의 뇌가 답을 하게 할 능력이 없을지도 모르지만, 대신 그런 능력이 있는 사람을 알고 있었다. 그 사람에게 부탁해야 했다.

잠시 후 전화를 한 통 걸었다. 그가 오고 있었다.

*

빈센트는 미나를 따라서 경찰 휴게실로 들어갔다.

"이렇게 빨리 돌아와 달라고 해서 미안해요. 가족들이 나를 미워하겠어요."

휴게실에는 침대와 작은 탁자, 의자가 있었다.

"옙, 차에서 친구가 되자고 했던 말은 취소할게요. 하지만 괜찮아요. 마리아는 집에 없어요. 레베카는 남자친구를 만나기로 했었는데, 뇌물을 주고 내가 올 때까지 베냐민하고 둘이서 아스톤 데리고 영화도 보고 놀아 달라고 설득했어요."

빈센트는 휴게실에 있는 침대를 보고 딱딱하게 굳는 미나를 보았다. 경찰서 구석에 있는 휴게실의 한 번도 빨지 않은 매트리스에서 쉬거나, 자거나, 그보다 더한 일을 한 사람이 너무나도 많을 거라는 생각에 괴로워하고 있는 것이 분명했다.

"블루레이에 〈솔라리스〉를 올려놓고 왔어요. 타르콥스키 감독 영화요. 원작자인 스타니스와프 렘이 다큐멘터리에서 소더버그 감독과 조지 클루니 버전의 리메이크에 관심이 많다고 언급한 적이 있긴 하지만, 역시 1972년 러시아 원작이 제대로죠. 베냐민이 팝콘을 튀기겠다고 약속했고요."

미나가 빈센트를 물끄러미 보았다.

"아스톤은 열 살 아니었어요? 그런…… 영화보다는 〈슈퍼배드〉 같은 걸 보여 주는 게 좋지 않아요?"

"나도 그 나이 때 〈솔라리스〉를 처음 봤어요."

빈센트는 어깨를 으쓱했다.

"지금 이렇게 아무렇지 않고요. 아무튼, 거의 세 시간짜리 영화예요. 혹시 시간이 많이 필요할지도 몰라서."

미나는 고개를 저었다. 그래도 이제 휴게실을 전부 셀로판지로 덮고 싶다는 표정은 짓지 않았다. 잠깐 동안은 정신을 다른 곳으로 돌리는 데 성공한 것이다. 빈센트는 미나가 의자에 앉도록 자신이 침대 가장자리에 앉았다.

"자, 말해 봐요. 왜 여기로 온 거예요? 무슨 급한 일이 있는 거죠?"

"레노르에게 최면을 걸었던 거, 맞죠? 그 사람한테 질문할 때?"

빈센트는 잠시 주저했다. 최면은 논란의 여지가 많은 주제였고, 최면에 대한 견해도 최면을 구사하는 사람 수만큼이나 많았다. 그러나 최면을 어떻게 보느냐에 상관없이 최면은 경찰이 권장하는 기술은 아닐 것이 분명했다. 하지만 미나가 빈센트를 나무라려고 불렀다기에는 장소도, 시간도 조금 이상했다.

"레노르하고는…… 대화를 한 거죠. 편안하게 집중할 수 있는 특별한 정신 상태에 도달하게 해 주려고 특정한 언어와 신체 기술을 사용했지만, 듣고 싶은 말을 유도하기 위해 질문하거나 분석을 하려던 건 아니었어요."

"그러니까 최면을 걸었다는 거죠?"

"당신이 그렇게 말하고 싶다면야 뭐……."

"그럼 혹시…… 나한테도 최면을 걸어 줄 수 있어요?"

빈센트는 정말로 놀랐다. 그가 예상한 대화의 흐름은 이 방향과는 전혀 달랐다. 스스로 높은 벽 안으로 들어간 미나였다. 두께가 1킬로미터는 족히 넘는 방어막을 세운 미나였다. 그런 미나가 지금 빈센트에게 자신의 가장 취약한 내면의 모습을 들여다봐 달라고 부탁하고 있었다.

"할 수 없다는 걸 알기 때문에 나한테 해 볼 테면 해 보라는 건

가요, 아니면 정말로 내가 최면을 걸어 주기를 바라는 건가요?"

빈센트가 물었다.

"그게, 아까 농장에 있을 때, 분명 무언가를 봤어요. 그때는 웬만큼 기억하고 있었는데 그 뒤로 한꺼번에 너무 많은 일이 일어나서 다시 떠올리고 기억할 시간이 없었어요. 어쨌든 의식적으로는 기억해 낼 수가 없는 거예요. 지금은 아예 잊어버렸고요. 하지만 중요한 일이었던 거 같아요. 당신이 최면을 걸어서 그 기억을 꺼내 줄 수 있을까요?"

빈센트는 침을 꿀꺽 삼켰다. 다른 사람이라면 이상할 것이 전혀 없는 부탁이었다. 지금까지 이런 부탁을 수백 번도 더 들었으니까. 그러나 미나의 부탁이라면 달랐다. 그건 미나가 빈센트를 완전히 신뢰하고 있다는 뜻이었다. 빈센트가 자신의 머리로 들어가 무엇이든 봐도 된다는 각오를 했다는 뜻이었다. 그와 동시에 빈센트가 필요한 내용 이상은 들여다보지 않을 거라는 믿음이 있다는 뜻이었다. 갑자기 휴게실이 너무나도 좁게 느껴졌다. 아니, 너무 넓게 느껴졌다. 빈센트는 제대로 자세를 갖추려고 몸을 움직였다. 미나의 신뢰에 보답하고 싶었다. 빈센트의 밑에서 침대가 삐걱거리는 소리가 들리자 미나가 얼굴을 찌푸렸다.

"먼저."

빈센트는 최대한 진지하게 말했다.

"최면을 건다고 해도 여기 누울 필요는 없어요. 그냥 의자에 앉아 있으면 돼요."

미나는 눈에 띄게 안도한 표정을 지었다. 하지만 처음 최면을 언급했을 때 새겨진 미간의 희미한 주름은 사라지지 않았다. 최면이라는 개념이 완전히 편한 것은 아님이 분명했다.

"그리고 꼭 최면을 해야 하는 건 아니에요."

빈센트가 재빨리 덧붙였다.

"최면을 하지 않고도 도울 방법이 있어요. 이럴 때 쓰는 다른 기술들이 있으니까."

미나의 미간에서 주름이 사라졌다. 빈센트의 생각이 맞았다. 미나가 최면이라고 생각하는 것을 계속한다면, 그 결과는 좋지 않았을 것이다. 그에게 최면을 걸어 달라고 부탁할 정도로는 용기를 냈지만 사실은 두려워하고 있는 것이 장애로 작용하기 때문이다. 빈센트는 다른 접근법을 써야 했다.

"그래도 최면을 걸 때처럼 눈을 감고 편하게 있어야 해요. 지금 한번 해 보죠."

미나는 눈을 감았다. 미나의 숨소리가 점점 느려졌다.

"좋아요. 이제 다시 눈을 떠요. 아직 시작한 게 아니니까."

파르르 떨면서 다시 뜬 미나의 눈에는 당혹스러움이 조금 깃들어 있었다.

"지금부터는 의식적으로 무릎 위에 놓은 손에 어떤 느낌이

나는지 생각해야 해요. 눈을 감고 다시 해 봐요."

미나가 눈을 감았다. 이번에는 미나의 고개가 살짝 앞으로 숙여졌다. 빈센트는 조용히 다섯을 세었다.

"좋아요. 다시 눈을 떠요. 아직 시작하지 않았어요."

이번에는 눈을 뜨는 데 시간이 더 걸렸다. 마치 졸린 것처럼 보였다.

"이제 곧 당신이 기억할 수 있게 도와줄 거예요. 내가 그렇게 하면 당신은 내가 묻는 말에 모두 대답해야 하고, 다시 농장으로 갈 수 있어요. 농장에 가면, 이제 눈을 감아요……. 그 어느 때보다도 평온해질 거예요."

미나는 즉시 눈을 감았고, 미나의 머리는 앞으로 툭 떨어졌다.

"깊이…… 깊이…… 무의식으로 들어가, 농장에서 겪은 모든 것을 다시 경험해 봐요."

빈센트의 목소리는 부드럽고 단조로웠다.

"그곳의 냄새를 맡아 봐요. 그곳의 소리를 들어 봐요. 그곳에서 본 모든 것을 다시 보는 거예요."

미나의 손목을 잡고 손을 무릎 위로 들어 올렸다. 잡은 손을 놓아도 미나의 팔은 허공에 그대로 떠 있었다.

빈센트는 이 방법을 정말로 좋아하지 않았다. 이 방법은 여러 번 최면 상태에 들게 했다가 재빨리 빠져나오게 하는 분할법이라는 기술을 일부 바탕으로 하고 있었다. 분할법은 자기 의지로 최면 상태에 머물고 싶어 하는 생리적 욕구를 일으키는 데 효과적이다. 또한 분할법은 과도한 지시를 내리도록 되어 있다. 그렇게 해서 충분히 당혹스럽게 한 직후에 명확한 지시를 내리면 그것을 따르게 된다. 이것은 아주 오래전부터 최면술에서 통용되는 기술이었다. 그런 지시에 따르는 사람은 이전보다 더 평온해졌다. 빈센트가 이 방법을 좋아하지 않는 것은 사람을 조종한다는 기분이 들기 때문이었다. 하지만 그 결과는 확실했다. 미나는 벌써 깊은 최면 상태에 빠져 있었다.

집게손가락으로 공중에 떠 있는 미나의 손을 살며시 눌러 무릎 쪽으로 밀었다.

"손이 아래로 내려갈수록 기억은 선명해질 거예요. 시력도 더욱 예리해지고요. 준비가 되면, 보이는 걸 말해 줘요."

미나는 잠시 아무 말도 하지 않았다.

"주차를 하고 있어요."

미나가 마침내 입을 열었다.

"마구간 밖에. 차에서 내렸어요. 루벤이 마구간 문을 향해 걸어가고 있어요. 난 주위를 둘러보고 있고요."

"뭐가 보이죠?"

"새로 지은 건물. 나무. 차. 우리 차. 저 사람들 차. 관목. 자갈."

"거기서 무언가 당신의 주의를 끈 게 있는 거죠? 무슨 소리가 들렸나요?"

미나는 고개를 저었다.

"땅바닥에서 뭔가 반짝여요. 거기 있으면 안 되는 게 있어요. 거긴 그냥 자갈길이니까. 그런데 햇빛에 뭔가 반짝이고 있어요. 유리일 수도 있고 쓰레기일 수도 있는데, 대칭을 이루고 있어요. 제대로 보이지 않아요. 손으로 눈가에 그늘을 만들어서 보려고 했는데, 루벤이 나를 불러서……."

"거기서 멈춰요. 이제 다시 한번 그 물체를 보는 거예요. 그 물체는 당신 기억 속에 있으니까. 자, 이제 당신에게는 레이저 같은 시력이 생겼어요. 1킬로미터 밖에 있는 물체도 볼 수 있어요. 시간을 멈추고, 다시 그 물체를 보고, 그게 무엇인지 말해 줘요."

미나가 고개를 끄덕였다. 바짝 긴장한 채 기억에 집중하는 모습이 보였다. 그러다 갑자기 미나가 눈을 번쩍 뜨고 빈센트를 보았다. 그러더니 최면에 걸린 적이 전혀 없는 사람처럼 곧바로 현실로 돌아왔다.

"그게 뭔지 알겠어요."

미나가 말했다.

"다시 농장으로 가야 해요."

*

"엄청나게 빨리 달리고 있는 거 알아요? 이번에도?"

빈센트의 목소리에 공포가 서려 있었다. 미나는 도로에서 눈을 떼지 않았다. 거의 다 왔다. 팀원들과 의논하지 않고 곧바로 차를 타고 달렸다. 팀원들에게 알리기 전에 직접 확실하게 하고 싶었다. 농장에는 아무도 남아 있지 않았기 때문에 미나와 빈센트뿐이었다. 빈센트는 조수석 문 위 손잡이를 강하게 움켜잡고 있는 것으로 보아, 이미 후회하고 있는 것 같았다.

미나는 깜빡이도 넣지 않고 오른쪽으로 꺾어 스퐁브로에 진입했다. 벤하겐의 말 농장으로 이어진 길고 곧은 길이 보였다. 미나는 마음을 다잡았다. 벌써 흙먼지가 미나의 옷 속으로 들어가 땀구멍으로 흘러가는 것이 느껴졌다. 하지만 의문을 해결해야 한다는 의지가 훨씬 강력했다.

"소용없을 거예요. 아무것도 아닐 수도 있어요."

"알아요."

미나가 가속 페달을 더욱 세게 밟았다. 도로에서 튕겨 나온 돌에 부딪혀 앞 유리창이 큰 소리를 내며 갈라졌다.

"뭣 같네, 진짜."

"지금 욕하려고 한 거 맞죠?"

여전히 손잡이를 놓지 못하고 있으면서도 빈센트는 은근슬쩍 농담을 했다.

"그러는 당신은 쉰 살 먹은 연금 생활자처럼 말하고 있거든요?"

미나가 투덜댔다.

"글쎄, 그때까지 살아남을 수 있을지 걱정인데요."

미나는 빈센트를 무시하고 폐허가 된 숙소에서 마구간으로 가는 길 중간에 차를 세웠다. 차에서 내리는 두 사람을 기이한 침묵이 감쌌다. 생명의 징후라고는 근처 나무 위에서 요란하게 우는 새 한 마리뿐이었다. 빠르게 뜰을 가로질러 가는 동안 자갈길 위로 흙먼지가 피어올랐다.

새로 지은 마구간으로 가면서 두 사람은 불에 타 무너진 건물 옆을 지나갔다. 미나는 잠시 멈춰 서서 폐허를 찬찬히 살펴보았다. 그 무엇도 놓치고 싶지 않았다.

"아."

무너진 지붕을 본 미나의 입에서 탄식이 흘러나왔다.

"사람들 비명이 들리는 것 같아요. 정말 끔찍했겠죠. 그 화재 말이에요. 모든 게 무너져 내리는 소리가 들렸을 거예요. 그리고 말들은, 말들은 모두……."

"나도 들리는 거 같아요."

빈센트가 조용히 대답했다.

"듣고 싶지 않아도 너무 선명하게 들리네요."

두 사람은 그 파괴의 현장을 잠시 바라보았다. 미나는 숲에 생긴 폐허에 식물들이 무성하게 자라나서 수년이 지나면 조금은 신비롭고 평화로운 곳으로 변한다는 글을 읽은 적이 있었다. 하지만 이곳은 아니었다. 불에 탄 욘의 마구간은 커다란 검은 흉터를 남겼다. 이곳에서 벌어진 일이 너무나도 끔찍해서 자연의 손길조차도 그곳을 피해 지나간 것만 같았다.

미나는 속도를 내어 잡목림을 지나 새로 지은 마구간으로 향했다. 이제는 해가 등 뒤로 넘어갔기 때문에 그럴 필요는 없었지만, 미나는 아까 그랬던 것처럼 손으로 눈가를 가렸다.

"저거예요."

미나가 자갈길 저편을 가리키고는 그곳으로 걸어갔고, 빈센트도 뒤를 따라갔다.

"봐요."

미나는 몸을 웅크리고 앉아 땅 위에 있는 금속 조각을 가리켰다. 빈센트도 웅크리고 앉았다.

"말 편자네요."

빈센트가 고개를 끄덕였다.

"말 편자가 있다는 건 이상하지 않아요. 어쨌든 여긴 말 농장이었으니까. 새로 지은 마구간에서는 말을 기르지 않았다고 해도 오래된 마구간에는 말이 있었겠죠. 이곳 여기저기에 말 편자가 있을지도 몰라요. 하지만 그런 편자들은 더럽고 녹슬어 있을 거예요. 조금이라도 세월의 흔적이 있지 않겠어요? 그런데 이건 완전히 새 거예요. 반짝반짝 빛나네요. 왜 이런 편자가 여기 있는 걸까요?"

미나는 편자를 좀 더 자세히 보기 위해 집어 들려고 했지만, 편자는 꿈짝도 하지 않았다.

"고정해 놓았어요."

영문을 모르겠다는 듯이 미나가 말했다. 빈센트가 제대로 보려고 몸을 기울였다. 너무나도 가까워져서 귀에 닿는 그의 숨결이 느껴졌다.

"여기, 붙어 있는 고리 보여요? 이건 그냥 편자가 아니에요. 손잡이죠."

빈센트가 말했다. 깜짝 놀란 미나가 빈센트를 쳐다보았다. 멀리서 또다시 새가 큰 소리로 울었다.

*

미나는 다시 한번 말 편자를 잡아당겼다. 그러나 편자는 꿈쩍도 하지 않았다.

"잠깐만요. 저기 스프링 달린 볼트가 있어요."

빈센트가 말했다.

"보여요?"

손으로 자갈을 쓸어 내자 편자에 거의 붙은 것처럼 감긴 스프링 볼트가 보였다. 빈센트는 스프링을 옆으로 치우고 스프링이 다시 제자리로 돌아오지 않도록 작은 돌을 사이에 끼워

넣었다.

"됐어요. 다시 한번 해 보죠."

빈센트는 미나 등 뒤로 가더니 앞쪽으로 두 팔을 뻗어 미나가 잡고 있는 편자를 같이 잡았다.

말 편자는 너무 작아서 편자를 잡으려면 미나의 손과 빈센트의 손이 살짝 겹칠 수밖에 없었다. 빈센트는 피부가 닿은 것에 대해 미나가 무슨 말이든 하기를 기다렸다. 아마도 손을 뺄 거라고 생각했다.

하지만 미나는 오히려 상체를 약간 뒤로 젖혀 빈센트의 몸에 닿게 했다. 미나 등의 온기가 빈센트의 갈비뼈를 통해 들어와 몸 안으로 퍼져 나갔다. 빈센트는 숨을 잘 쉴 수가 없었다.

"빈센트."

미나가 말했다.

"네?"

"빨리 잡아당겨요."

두 사람이 편자를 잡아당기자 자갈길 위로 서서히 틈이 생겨났다. 누군가 자갈로 조심스럽게 입구를 가려 놓았지만, 뚜껑을 열자 어둠 속으로 사다리가 내려진 커다란 구멍이 드러났다. 뚜껑 위에 스프링 달린 볼트가 있다는 것은, 뚜껑이 닫히면 저절로 잠긴다는 뜻이었다.

"그럼 이제 토끼 굴로 내려가 봐야겠네요."

미나가 어쩔 수 없다는 듯이 말했다. 토끼 굴이라니. 언젠가는, 그러니까 이 사건이 해결되면 빈센트는 미나가 베냐민과 그의 대화를 도청한 것은 아닌지 물어볼 것이다.

"할 수 있겠어요?"

빈센트가 물었다.

"사실 저 밑으로 내려간다는 생각만으로도 벌써 토할 거 같아요. 하지만 당신 혼자 내려가겠다는 생각은 버리는 게 좋을 거예요."

"알겠어요. 내 생각엔 우리가 찾은 게 욘의 대피소 같아요."

빈센트는 구멍 안을 조금 더 잘 들여다보려고 자갈길 위에 무릎을 꿇고 앉았다. 그러나 비밀을 드러내 보이기에는 구멍이 너무 깊었다.

"대피소라고요?"

"맞아요, 그런 비슷한 곳이죠. 사이비 종교 단체는 종말의 날을 기다리는 경우가 많잖아요. 종말은 그런 단체가 구성원들에게 겁을 주고 하나로 묶기 위해 사용하는 가장 흔한 협박 수단이에요. 그래야 더 쉽게 영향력을 행사할 수 있으니까. 대피소를 짓는 건 재앙이 임박해 왔다는 감각을 극대화하는 가장 가시적인 방법이고요. 물론 사이비 종교만 그런 전략을 구사하는 건 아니에요. 종교는 대부분 종말론을 이야기하죠.

아주 큰 종교라고 해도 말이에요. 욘에게 편집증이 있어서 자신을 보호하기 위해 대피소를 지은 걸 수도 있고요."

"종말이요? 그냥 아래에 뭐가 있는 것 같은지만 말해 주면 안 돼요?"

"종말론을 뜻하는 단어 에스카톨로지는."

빈센트는 구멍을 뒤로 하고 구멍 가장자리 근처에 쭈그려 앉았다.

"그리스어에서 마지막을 뜻하는 에스카토스와 교리, 신학을 뜻하는 로고스에서 왔어요. 에스카토스는 개인 삶의 마지막을 뜻하기도 하고 세상의 끝을 뜻하기도 하죠. 시간의 끝을 뜻하기도 하고요. 기독교에서는 예수 부활과 신과 사탄의 한판 대결을 뜻하는 개념과 연결되어 있죠."

뒤로 고개를 돌려 땅 위에 난 구멍을 흘긋 쳐다보자 그의 가슴 속에서 심장이 거칠게 뛰었다. 구멍이 반드시 폐소 공포증을 유발하는 건 아니다. 그러나 너무 어두웠다. 게다가 저 아래 무엇이 있을지 누가 알겠는가? 어쩌면 지금 빈센트가 들어가려는 곳이 그의 관이 될지도 모른다.

"바하이교는 종말론이 파괴와 관계가 있다고 믿지 않아요. 그들은 사람들이 신의 선함에 영향을 받아 평화가 지배하는 새로운 세상을 만들 거라고 믿어요."

구멍 안으로 한 발을 집어넣어 사다리의 첫 번째 가로대를 밟으며, 빈센트는 정신을 다른 곳으로 돌리려고 재빨리 덧붙였다.

"다시 말해서, 조금 더 밝은 소식을 전하고 있는 거죠. 하지만 기독교는 사람들을 겁주는 데는 정말 언제나 선구자였어요."

빈센트는 자기 목소리에 스며 있는 긴장을 똑똑히 들을 수 있었다. 좋지 않은 징조였다. 폐소 공포증이 시작되고 있었다. 천천히 내려가는 동안 호흡에 집중했다.

들이마시고, 내뱉고.

들이마시고, 내뱉고.

공황이 너무나도 가까이 다가왔다. 언제라도 공포가 빈센트를 덮쳐 다시는 표면으로 올라올 길을 찾을 수 없는, 깊고도 바닥이 없는 불안 속으로 끌고 들어갈 것 같았다.

*

미나는 빈센트의 금빛 머리카락이 점점 더 깊은 어둠 속으로 사라지고 있는 모습을 지켜보았다.

"뭐가 많네요."

빈센트의 목소리가 들렸다. 미나는 대답하지 않았다. 저 밑에는 먼지가 끔찍하게 많을 것이 분명했다. 당연히 그럴 것이다. 녹슨 사다리를 보는 것만으로도 미나는 부르르 몸이 떨렸다.

"내려와도 돼요."

그의 목소리는 그 전보다 희미하게 들렸다. 훨씬 깊은 곳까지 내려간 듯했다.

"깨끗하니까, 내려와도 돼요. 벽만 짚지 않으면 괜찮을 거예요."

미나는 나지막이 욕설을 내뱉고 사다리를 내려가기 시작했다. 지금 잡고 있는 사다리를 얼마나 많은 더러운 신발이 밟고 갔을지는 생각하지 않으려고 애썼다. 너무 어두워서 오히려 먼지도 보이지 않는다는 사실에 거의 감사할 뻔했다. 그러니까, 거의 말이다. 어둠도 미나에게는 달가운 존재가 아니었다. 어둠 속에서는 박테리아를 잔뜩 품고 있을 흙먼지가 보이지 않았지만, 보이지 않는다고 해서 없는 건 아니니까.

마침내 바닥에 닿았다. 빈센트가 옳았다. 콘크리트로 만든 지하 벙커임을 감안하면, 이곳은 가능한 한 최상의 청결을 유지하고 있다고 해도 될 것 같았다. 그러면서도 이곳은 마치 지옥의 구덩이처럼 느껴졌다. 활활 타오르는 해를 여기까지 끌어내린다고 해도 이곳을 환하게 밝힐 수는 없을 것 같았다.

"여기에 아이들을 데리고 있었나 봐요."

미나가 말했다.

"맞아요. 저 위 마구간에 아이들을 두었을 것 같지는 않아요. 물론 이상하기는 하죠. 하지만 저긴 안전과는 거리가 멀고, 무슨 일이 생겼을 때 방어하기가 아주 힘들 테니까요."

"빌마를 찾은 건 정말 운이 좋았어요."

작은 지하 공간을 탐색하면서 미나가 말했다.

"우리가 도착하기 직전에 빌마를 이곳에서 데리고 나가야 할 일이 생겼던 거예요."

지하 공간에는 물건이 많지 않았다. 매트리스 몇 개, 담요 몇 개, 음식물 용기, 사탕 봉지, 그리고 양동이가 전부였다.

"아이고."

아래를 내려다보던 빈센트가 탄식했다. 지상의 구멍이 받아들인 동그란 빛 한가운데에서 그가 발밑에 있는 매트리스를 손으로 가리켰다.

"말 담요처럼 생겼어요. 분명히 아이들 목에 들어 있던 섬유의 출처일 거예요. 그 섬유가 어떻게 아이들 입에 들어갔는지는 모르겠지만요. 부검 보고서에 적혀 있던 폐의 상처도 어쩌다 생긴 건지 모르겠고요. 우리는 아직 모르는 게 너무 많아요. 욘은 왜 이런 일을 벌인 걸까요? 어째서 이 아이들이죠? 어째서 이런 방법으로? 욘과 추종자들은 그 오랜 세월을 사람들 시선에서 벗어나 극도로 조용한 삶을 살았어요. 그런데 왜 하필 지금 이런 일을 벌인 걸까요?"

빈센트는 입을 다물더니 매트리스를 뚫어지게 쳐다보았

다. 그리고 말 담요를 유심히 바라보았다. 이번에는 패턴을 찾지 못한 것 같았다. 원하지 않을 때도 패턴이 보이는 사람은 어떤 기분일까? 미나는 상상도 되지 않았다. 하지만 이곳, 지하에는 패턴이 없었다. 그저 어둠뿐이었다. 빈센트가 서 있는 곳의 둥근 빛마저도 초승달처럼 줄어들어 있었다. 빈센트의 밝은 머리카락이 빛을 받아 반짝였다. 미나는 그의 시선을 따라갔다.

매트리스.

담요.

강한 압박에 짓눌려 생긴 듯한 폐에 남은 흔적들.

목에 있던 섬유.

그때 아주 오래된 기억이 천천히 되살아나기 시작했다. 경찰이 되기 전에 읽은 기사. 미나가 악에 맞서는 사람이 되고 싶다고 결심하게 된 사건 가운데 하나였다.

"미국에서 한 여자아이가 죽은 사건이 있었어요."

미나가 천천히 입을 열었다.

"2000년쯤에요. 아이 이름이…… 캔디스였을 거예요. 캔디스 뉴메이커요. 그 애를 입양한 어머니가 아이가 이상하게 행동한다며 정신과 의사에게 데려갔어요."

피부에 벌레가 기어가는 것 같았다. 이곳에서 나가고 싶었다. 햇살이 있는 곳으로 나가 율리아에게 연락하고, 이곳을 구석구석 조사할 수 있도록 과학수사 팀을 부르고 싶었다. 빈센트를 감싸고 있는 빛은 더욱 줄어들었다.

"정신과 치료도 효과가 없자, 그 애 어머니는 애착 치료를 한다는 상담사에게 데려갔어요. 스스로 '부활'이라는 요법을 사용한다고 주장하는 상담사였어요. 그런데 치료를 시작하고 2주 만에 캔디스는 죽었어요."

"부활이라고요? 그게 무슨?"

미나는 매트리스와 담요를 가리켰다.

"캔디스를 담요로 말았어요. 담요에 말아서 매트리스 위에 올려놓고 그곳이 산도라며, 아이에게 빠져나오라고 요구했어요. 산도를 통과해 다시 태어나야만 입양해 준 어머니와 새롭게 관계를 맺을 수 있을 거라고 생각했다나 봐요. 정확한 건 나도 몰라요. 아무튼, 캔디스가 담요에서 나오려고 발버둥 치는 동안 어른들이 아이 몸을 담요로 내리눌렀어요. 아이는 울면서 토하고 비명을 지르면서 죽어 갔죠. 하지만 아무도 그 소리에 신경 쓰지 않았어요. 다음 날 아이는 산소 결핍으로 뇌사 상태에 빠졌다가 죽었어요. 그 과정은 영상으로 녹화됐고요."

"세상에. 밀다가 말한 상태와 너무 비슷해요. 빨리 율리아에게 알려야 해요."

벙커 안을 똑바로 비추던 해가 사라지자 지하는 더 이상 따뜻하지 않았다. 빈센트가 밟고 서 있는 빛도 이제는 초승달보다 더 작아져 있었다.

빛.

빛이 사라지고 있다.

줄어드는 바닥의 빛을 보던 미나가 위로 고개를 들었다.

"빈센트, 저 뚜껑. 우리가 제대로 고정하지 않은 거 같아요. 닫히고 있어요."

위쪽을 한 번 보고, 다시 미나를 쳐다본 빈센트는 사다리를 향해 달려갔다. 사다리 가장 아래에 있는 가로대에 발을 올려 놓은 순간 묵직한 소리와 함께 마지막 남은 빛이 사라지면서 뚜껑이 닫혔다. 스프링 달린 볼트가 잠기는 소리는 들리지 않았지만, 그녀는 온몸으로 그 소리를 느낄 수 있었다.

*

"혹시 누군가가 우리를 가둔 걸까요?"

미나는 벽이 가까이 다가오는 것처럼 보였다. 벽이 미나를 가두는 것 같았다. 숨 쉬기가 힘들어졌다. 호흡이 얕고 빨라졌다. 갑자기 미나의 팔 위로 손이 닿는 것이 느껴졌다. 그런 손길은 보통 미나의 불안을 조금도 덜어 주지 못했다. 오히려 가중했다. 그러나 지금은 다른 손이 아니라 빈센트의 손이었다.

"안타깝지만 지금 비난을 할 수 있는 건 인간적 요인뿐인
거 같아요. 우리 자신의 멍청함이요. 좀 더 확실하게 문을 고
정하고 내려왔어야 했어요. 어째서 그걸 안 했을까요? 그래
서 그냥 닫힌 거예요."

"가서 열어요, 제발."

미나가 이를 앙다물고 말했다.

대답이 없었다. 정적이 조금 길게 느껴질 만큼 대답이 없었
다. 미나는 빈센트를 제대로 보려고 휴대폰을 꺼내 손전등을 켰
다. 걱정스러울 정도로 빈센트의 얼굴 근육은 긴장해 있었다.

"저 자물쇠는 안에서는 열지 못하게 설계되어 있어요."

빈센트가 대답했다.

"그게 무슨 말이에요? 그런 게 어딨어요. 여긴 대피소잖아
요. 밖에 있는 사람들에게서 보호하려는 거지, 안에 있는 사
람들을 격리하려는 장소가 아니잖아요. 뭐 하러 밖으로 나갈
수도 없는 대피소를 만들겠어요?"

"종말을 말하는 예언자의 논리는 일반 사람들의 논리와 달
라요. 온의 세계에서 대피소는 모든 것이 끝났을 때 사용하는
공간이니까요."

"그건 비논리적이잖아요. 어차피 죽을 거면 군이 이런 대피소
는 왜 만드는 거예요? 그냥 지상에서 죽는 게 더 낫지 않……."

빈센트가 구석에 있는 매트리스 위에 털썩 주저앉았다. 미

나의 말에는 대답하지 않았다. 생각에 잠긴 것 같았기에, 미나는 그가 생각하도록 내버려 두었다. 휴대폰을 보았다. 신호가 잡히지 않았다. 솔직히 이런 상황은 조금도 예상하지 못했다. 미나는 사다리를 올라가 뚜껑 가까이 휴대폰을 가져다 댔다. 역시 신호는 잡히지 않았다. 전화는 쓸모가 없었다.

"욘과 같은 성격의 사람들은 자신들이 대체할 수 없는 꼭 필요한 사람이라고 생각할 때가 많아요."

사다리에서 내려온 미나를 보며 빈센트가 말했다.

"남들보다 우월한 존재라고 여기죠. 자신은 답을 지니고 있고, 그 답을 사람들에게 전할 의무가 있다고 생각해요. 그래서 자신에게는 살아갈…… 살아갈 책임이 있다고 믿는 거죠. 나는…… 나는 욘이 다른 사람들은 죽어야 한다고 생각했을 것 같아요. 자신은 아니고요. 이곳은 죽음의 덫이에요. 욘은 이곳에 사람들을 죽일 독약을 보관했을 거예요. 베아타 융이 말했던 존스타운과 '천국의 문'처럼 말이에요. 추정일 뿐이지만 욘은 다른 사람들과 함께 이곳에 내려와 갇힌 뒤에 사람들에게 바깥세상은 사라졌다고 말할 계획이었을 거예요. 그들에게 남은 선택지는 스스로 공허 속으로 걸어 들어가는 것뿐이라고요. 그가 늘 말했던 대로 존재하는 것은 고통이고, 고통은 정화하니까. 욘만 빼고 말이에요. 욘은 살아남을 생각이었을 거예요."

"어떻게요? 여기서 어떻게 살아남아요?"

미나의 휴대폰 배터리 용량은 9퍼센트 남았다. 손전등을 켜면 배터리는 더 빨리 닳았다.

"휴대폰 있어요? 난 배터리가 거의 끝났어요."

빈센트는 고개를 저었다.

"차에 두고 왔어요."

빈센트가 일어섰다. 그러고는 벽을 따라 걸었다. 손으로 벽을 더듬으면서 미나에게 불빛으로 자신을 비춰 달라고 했다. 깜짝 놀란 거미가 빛을 피해 달아났고, 미나도 놀라 휴대폰을 떨어뜨릴 뻔했다. 빈센트가 몸을 돌려 미나를 보았다.

"괜찮아요?"

"괜찮아요. 하던 거 계속해요."

배터리는 8퍼센트가 됐다.

"불 꺼도 돼요."

"미안한데, 싫어요. 아니, 안 할 거예요."

미나가 빈센트를 빤히 쳐다보았다.

"불편한 거 알아요. 하지만 시각이 끼어들지 않으면 다른 감각 체계와 손가락의 촉감이 더욱 예민해질 거예요. 시각에 방해받지 않고 내 감각을 느껴야 해요."

"탈출구를 못 찾기만 해 봐요."

미나는 씩씩거리면서 손전등을 껐다. 손이 떨렸다.

칠흑같이 어두웠다. 그 어떤 빛도 밑으로 내려오지 못했다. 그 어디에도 빛은 없었다. 눈이 어둠에 익숙해지게 해 줄 것은 아무것도 없었다. 끝도 없는 어둠뿐이었다. 미나는 꼼짝도 하지 않고 서서 빈센트가 움직이는 소리를 들었다. 눈을 감았다. 달라지는 것은 없었다. 그러나 두 눈을 크게 뜨고 아무것도 없는 허공을 응시하고 있는 것보다는 눈을 감고서 익숙한 어둠을 느끼는 것이 좀 더 평온했다.

"미나! 여기 좀 비춰 봐요."

빈센트가 바로 뒤에 있었다. 미나는 펄쩍 뛸 정도로 놀라며 몸을 돌렸다. 손이 너무 떨려서 간신히 손전등을 켜고 그의 목소리가 들리는 방향으로 빛을 비추었다. 빈센트는 두 손을 모두 벽에 대고 서 있었다. 그가 주머니에 손을 넣더니 열쇠 꾸러미를 꺼냈다. 그러고는 열쇠 하나를 들고 벽을 따라 선을 긋기 시작했다. 미나가 넋이 나가 보고 있는 동안 빈센트의 발밑으로 콘크리트 벽에서 떨어진 가루가 쌓였다. 서서히, 하지만 확실하게 콘크리트 위로 쭉 이어진 홈이 보였다. 빈센트는 그 홈을 따라 처음에는 수직으로, 그 뒤로는 수평으로 열쇠를 움직였다. 잠시 후 콘크리트 벽 위에 사각형이 그려졌다.

문이었다.

"내가 찾은 거 같아요."

빈센트가 조용히 말했다.

"욘의 비밀 탈출구요."

빈센트가 사각형 판을 밀었다. 판이 뒤로 밀려 빠지면서 딸깍, 소리가 났다. 빈센트가 판을 들어 바닥에 내려놓았다.

구멍으로 손전등을 비추는 미나는 목이 조여 오는 것 같았다.

"미치겠네."

미나는 뒤로 물러났다. 그러다 매트리스에 걸려 넘어졌다.

다시 벌떡 일어섰다. 흙먼지와 역겨운 매트리스에 닿았다고 생각하니 미나의 마음속에서 공포가 솟구쳐 올랐다. 빈센트 옆에 있는 더러운 구멍이 두 사람의 유일한 탈출구라는 사실은 미나에게 조금도 도움이 되지 않았다.

"나는 못 해요."

"미나, 여긴 우리가 버틸 수 있는 공기가 없어요. 숨을 쉴 때마다 산소가 사라지고 있단 말이에요. 게다가 당신 휴대폰 배터리도 떨어지고 있잖아요. 차라리 나가는 길을 밝히는 게 낫지 않겠어요?"

미나는 벽에 뚫린 시커먼 구멍을 뚫어지게 쳐다보았다.

"이건 뭐예요? 터널이에요?"

한편으로는 그 구멍을 자세히 들여다보고 싶었다. 하지만 다른 한편으로는 눈앞에 공포스럽게 펼쳐진 구멍 안으로 단한 발짝도 걸어 들어가고 싶지 않았다. 미나는 빈센트가 대답하기 전에 주저하는 것을 눈으로도 보고, 귀로도 들었다.

"아마도 옛날 하수도관이 아닌가 싶어요. 그들이 이곳에 벙커를 짓기 전에 있었던 건물의 하수도관이었겠죠."

"말도 안 돼요."

미나는 뒤로 물러났다. 이번에는 조심해서 매트리스를 피했다. 휴대폰을 확인했다. 배터리는 5퍼센트 남았다. 젠장. 진작에 배터리가 오래가는 새 휴대폰을 샀어야 했는데 계속 미루고 있었다. 배터리 용량이 계속해서 흘러 나갔다. 이제 곧 앞이 전혀 보이지 않는 하수도관을 기어가야 한다. 아니면, 이곳에서 죽든지.

다른 사람에게는 명확할 선택이 미나에게는 어려웠다. 무엇이 기다리고 있을지 모를 비좁은 하수도관으로 들어가느니, 차라리 이곳에서 질식해 죽는 게 나을 것 같았다.

"내가 함께할 거예요. 처음부터 끝까지 같이 있을게요. 먼저 갈래요, 나중에 갈래요?"

그 질문이 귓가에서 고함을 질렀다. 먼저 가느냐, 나중에 가느냐? 페스트로 죽을 것이냐, 콜레라로 죽을 것이냐의 문제였다.

숨이 잘 쉬어지지 않았다.

하지만 빈센트가 옳다는 걸 알았다. 결국 미나는 진심으로 죽고 싶지는 않았다.

"나중에 갈래요."

미나가 대답했다.

"그럼 한번 해 보자고요."

빈센트가 고개를 끄덕였다.

"당신은 할 수 있어요."

"내 마음이 바뀌기 전에 가요."

비장하게 대답하며 미나는 빈센트에게 휴대폰을 내밀었다.

하수도관으로 들어간 빈센트는 팔꿈치로 땅을 짚으며 포복 자세로 나아갔다. 빈센트의 앞길을 미나의 휴대폰이 밝히고 있었다. 미나는 빈센트의 리넨 양복이 더러움을 모두 흡수해 자신이 갈 길을 닦아 주고 있다는 상상을 해 보려고 했지만, 불가능했다. 빈센트의 뒤를 따라 기어가기 시작하자 역겨운 냄새 때문에 속이 뒤틀렸다. 훌쩍이다 보니 신물이 올라왔다. 미나는 신물을 꿀꺽 삼켰다. 하수도관 안에서 토하는 건 그 어떤 도움도 되지 않을 것이다.

"그렇게 멀지 않을 거예요."

앞에서 빈센트가 중얼거리는 소리가 들렸다.

"701, 709, 719……."

미나는 무슨 숫자를 세는 것인지 묻지 않았다. 뭔지 몰라도 아주 이상한 숫자처럼 들렸다. 그녀가 아는 빈센트라면 분명히 좋은 이유일 수는 없을 것 같았다.

팔꿈치를 움직여 조금씩 기어가면서 미나는 코가 아닌 입으로 숨을 쉬려고 애썼다. 배설물 악취를 맡고 싶지 않았다. 아직도 입에서는 신물이 느껴졌다. 그러나 곁눈으로 하수도 관 벽에 쌓여 있는 물질을 확인하는 순간 더는 참을 수 없었다. 미나의 입에서 왈칵 토사물이 쏟아져 나갔다. 토사물은 앞에 있는 빈센트의 신발로 날아갔다.

"이런, 괜찮아요?"

빈센트의 목소리는 여전히 아주 멀리서 들려오는 조그만 메아리 소리 같았다.

"751, 757, 761."

미나는 입에 남은 토사물을 마저 뱉어 냈다.

"이곳은 예전에도 그다지 좋은 냄새가 나는 곳은 아니었어요."

빈센트가 말했다.

"769, 773……."

빈센트의 목소리가 희미해져 갔다. 점점 더 커지는 공포를 느끼며, 미나는 자신의 손이 위산과 게워 낸 음식으로 덮여 있다는 걸 깨달았다. 이제는 토사물도 팔꿈치로 으깨 가면서 기어가야 하는 거였다. 이 똥 냄새 나는 하수도관 안에서.

"더 빨리 가요."

미나는 공포에 질려 소리쳤다. 악취가 콧구멍 안으로 밀려들어 오는 동안 미나는 빨리 나가려고 팔을 마구 움직였다.

따뜻한 위액이 미나의 가슴에, 배에 달라붙었다. 침을 뱉어 시큼한 액체를 입에서 빼내고, 다시 입으로 숨을 쉬기 시작했다. 갑자기 옆에서 무언가가 움직였다. 비명을 질렀고, 한쪽 팔이 끈적한 배설물 안으로 미끄러져 들어가면서 미나의 어깨를 쳤다. 앞에서 번쩍이는 불빛 사이로 서둘러 도망치는 커다란 거미가 보였다. 심장이 갈비뼈를 뚫고 나올 것처럼 심하게 요동쳤다.

"거의 다 왔을 거예요. 희망 사항이긴 하지만. 853."

빈센트가 말했다.

곧 나갈 수 있다는 생각을 하니 팔놀림이 조금 더 빨라졌다. 이제는 바지가 다리에 찰싹 달라붙었다. 정말로 빈센트를 앞질러 시원한 공기를 향해 달려가고 싶었다. 그러나 하수도관은 미나에게 그걸 허락해 주지 않았다.

머리카락에서 무언가 떨어졌고, 미나는 다시 비명을 질렀다. 하수도관 안으로 퍼져 나간 비명은 훨씬 더 증폭되어 공포에 질린 합창처럼 미나에게 되돌아왔다. 머리 위에서 무언가가 기어 다니고 있었지만, 팔을 들어 털어 낼 공간이 없었다. 이제 미나는 과호흡 증상이 나타나기 시작했다.

"무슨 일이에요?"

빈센트가 멈추고 물었다.

"도와줄까요?"

"그냥 가요."

제대로 호흡하려고 애써 숨을 고르며 미나가 대답했다.

문득 빈센트의 목소리가 희미하게 들리는 건 하수도관이 소리를 왜곡하기 때문만은 아님을 깨달았다. 빈센트는 입을 앙다물고 있는 거였다. 자신에게만 신경 쓰느라 빈센트의 문제를 잊고 있었다. 빈센트는 닫힌 공간을 견디지 못했다. 그럼에도 미나를 챙기면서 자신의 평정을 유지하기 위해 발버둥 치고 있는 것이었다. 그런 생각을 하자 미나는 힘이 났다. 그가 할 수 있다면, 미나도 할 수 있다.

휴대폰 손전등이 꺼졌다. 하수도관 안은 아무것도 보이지 않았다. 휴대폰 배터리가 결국 수명을 다했다.

울고 싶었다. 비명을 지르고 누구든 마구 때려 주고 싶었다. 잠시 입으로 숨을 쉬어야 한다는 사실을 잊어버렸다. 냄새가 다시 콧구멍 안으로 몰려들었다. 시큼하고 구역질 나는 토사물과 배설물 냄새. 눈물이 미친 듯이 흘렀다. 하지만 암흑 속에서 쉼 없이 앞으로 나아갈 수밖에 없었다. 빈센트가 앞에 있기를 바라면서.

"미나?"

어둠을 뚫고 빈센트의 목소리가 울려 퍼졌다.

"네?"

"빛을 본 것 같아요. 1297. 출구에 도착했어요. 1301."

눈물이, 이번에는 안도의 눈물이 미나의 볼을 타고 흘러내렸다. 여전히 미나의 머리 위에는 무언가가 있었다. 자유를 향해 나아가는 빈센트의 소리를 따라 미나는 계속 기어갔다.

*

하수도관 밖으로 굴러떨어지듯 빠져나오는 미나를 보는 순간 빈센트는 그녀를 안아 주고 싶었다. 하지만 그런 행동이 상황을 훨씬 끔찍하게 만들 것이라는 사실을 알았다. 특히 미나가 풍기고 있는 냄새와 미나 몸에 착 달라붙은 더러운 옷을 생각하면 참는 것이 맞았다. 게다가 미나를 안아 줄 힘도 남아 있지 않았다. 폐쇄된 공간에서 공포에 잡아먹히지 않으려고 몸부림치느라 빈센트는 이미 에너지가 고갈되고 말았다. 미나가 미친 듯이 머리를 긁자 미나의 머리에서 어마어마하게 큰 거미 세 마리가 땅으로 떨어지더니 풀밭으로 사라져 버렸다. 빈센트는 거미가 떨어진 키 큰 풀숲 바닥에 등을 대고 누워 맑고 푸른 하늘을 올려다보았다.

방금까지 어둠 속에 있던 눈이 햇빛에 닿아 아팠지만, 신경 쓰지 않았다. 다시 숨을 쉴 수 있다. 다시 공기와 공간이 생겼다. 빈센트는 고개를 돌렸다. 미나도 풀밭에 누워 있었다. 팔다리를 쭉 뻗은 채였다. 미나가 거리낌 없이 풀밭에 누웠다는 건 그녀가 방금 정말로 엄청난 일을 겪었다는 뜻이었다. 미나의 뇌는 지금 아드레날린으로 넘쳐 나고 있을 것이다. 아드레날린은 살아남아야 한다는 생존 본능을 일으켜 하수도관 안을 기어 나오게 했고, 지금은 주위를 둘러싼 세상으로부터 미나를 보호해 주고 있었다. 물론 그 효과가 아주 오래 지속되지는 않을 것이다. 벌써 미나의 뺨에는 눈물이 반짝이고 있었다. 하수도관에 쌓인 오물 사이로 두 사람이 뚫고 나온 길이 보였다. 미나에게서는 정말 끔찍한 냄새가 났다. 그리고 빈센트는 이렇게 아름다운 미나는 본 적이 없었다.

"젠장, 젠장."

미나가 씩씩거렸다. 그녀는 옷을 모두 찢어 버릴 기세였다. 하지만 그럴 힘은 남아 있지 않은 것 같았다.

"도대체 어떤 인간인 거예요?"

파란 하늘에 시선을 고정하고 있던 미나가 말했다.

"당신 말대로라면 다른 사람들을 모두 죽이고 자기만 탈출했다는 거잖아요. 노바는 데리고 갈 생각이었을까요? 아니면 노바도 같이 죽이려고 했던 걸까요? 부모라는 사람은 아이를 버리지 않는 게 본성 아니었어요?"

빈센트는 끝없이 펼쳐진 파란 바탕 위로 유유히 지나가는 구름을 물끄러미 바라보았다. 미나의 질문에 대답하기 전에 곰곰이 생각에 잠겼다. 미나가 의문을 가진 대상은 실제로는 욘 벤하겐만이 아니다. 그러니 신중하게 접근해야 했다. 미나는 한 번도 약한 모습을 보인 적이 없었고, 내면에 새겨진 상처를 들여다보게 될 만큼 깊은 대화를 하고 싶다는 마음을 내비친 적도 없었다. 그래서 빈센트도 물어봐야겠다는 생각을 한 적이 없었다. 언젠가 반드시 해야 하는 질문이 아니었다.

"나는……."

빈센트가 머뭇거리며 입을 열었다.

"나는 사람들이 원하는 것처럼 간단하게만 볼 수 있는 문제는 아니라고 봐요. 아이에 대한 부모의 사랑은 이 세상에서 가장 강력한 힘 가운데 하나라고 생각하거든요. 그 이유를 과학적으로, 심리학적으로, 진화론적으로도 설명할 수 있고요. 하지만 그게 다가 아니에요. 생물학이나 종의 보전 욕구로는 설명할 수 없는 무언가가 있다고요. 난 그걸 선물이라고 부르고 싶지만, 그런 식으로 해석하면 누가 우리에게 선물을 주었는가라는 불필요한 질문으로 이어지겠죠."

빈센트는 잠시 입을 다물고 말을 골랐다. 그 같은 문제는 그가 가진 신념의 가장 바깥쪽에서 작동하고 있었다. 이제부터 하려는 말이 혹시라도 미나를 모욕하는 표현은 아니었으면 했다.

"사랑은 모든 분열에 다리를 놓는다고 하죠."

빈센트가 다시 입을 열었다.

"혹시 솔로몬 왕 이야기 알아요? 두 여자가 왕에게 지혜를 구하려고 찾아왔어요. 그들은 한 아이를 두고 각자 자기 아이라고 주장했어요. 두 여자 모두 아이를 포기할 수 없다고 했죠. 솔로몬 왕은 칼을 꺼내 아이를 둘로 갈라 나누어 주라고 했어요. 한 여자는 현명한 판결이라고 했지만 다른 여자는 아이를 죽일 수 없다며 상대방 여자에게 아이를 주라고 했어요. 솔로몬은 아이의 안전을 위해 자기 행복을 희생할 준비가 되어 있는 두 번째 여자가 진짜 어머니라는 판결을 내렸어요."

미나는 한참 아무 말도 하지 않았다.

"나한테는 가장 힘든 일이었어요."

미나의 목소리가 들려왔다.

"그 애를 포기하는 거. 하지만 그게 최선이라는 걸 알았어요. 아니, 그럴 거라고 생각했어요. 그 애가 나처럼 자라는 건 원치 않았으니까. 믿지 못할 어머니 밑에서 자라는 거요. 중독자 엄마. 나에게는 그 애에게 줄 게 아무것도 없었어요. 아무것도요. 난 아무것도 아니었어요. 그냥 껍데기였어요. 나는 내가 달라질 수 있다고는 생각하지 못했어요. 내가 그 애에게 줄 수 있는 게 있을 거라고는 생각하지 못했어요."

"나탈리 말이죠?"

"맞아요. 나탈리."

미나는 울먹였지만, 곧 마음을 다잡았다. 새로운 구름이 하늘 위를 지나갔다. 미나는 작고도 약한 목소리로 말을 이었다.

"그 사람은 날 너무 아프게 했어요. 너무 아파서 그 사람을 떠난 거예요. 그 사람 때문에 가장 아팠던 건 내가 나탈리를 떠나야 했을 때였어요. 그 사람은 최후통첩을 했어요. 떠날 거라면, 영원히 떠나야 한다고요. 그 아이의 삶에서. 그의 삶에서. 그리고 내 생각에는…… 아니, 그 사람에게 나쁜 의도가 없었다는 건 알아요. 그 사람은 나를 골탕 먹이려고 그런 게 아니에요. 그때는, 그리고 지금도 그 사람은 나탈리에겐 엄격하게 일관성을 지키는 게 가장 좋다고 믿는 거예요. 그로서는 그렇게 믿어야 할 이유가 있으니까. 그게 그 사람의 신념이니까. 사람에게는 누구나 자신만의 신념이 있잖아요. 나에게 최후통첩을 할 때 그 사람의 마음에서는 나탈리가 최우선이었다는 거 알아요. 그래서 내가 그를 비난하기만 할 수는 없어요. 난 떠나는 걸 선택했잖아요. 그 애가 겨우 다섯 살일 때, 난 떠나는 걸 선택한 거예요."

하늘에 떠 있던 구름이 지나가고, 기분 좋은 햇살이 내렸다. 미나의 옷에서는 여전히 냄새가 났다. 빈센트는 미나를 볼 수 있도록 옆으로 돌아누웠다. 이제 그의 양복에는 하수도관에서 묻혀 온 오물에 파란 풀물까지 배었을 것이다. 그에게서도 썩 좋은 냄새는 나지 않았다.

"사람으로 존재한다는 것이 아름다운 이유는 모든 것이, 적어도 거의 모든 것이 변할 수 있기 때문이에요. 지금 당신은 그때의 당신과 같은 사람이 아니에요. 당신 몸을 이루는 모든 세포가 변했죠. 당신의 생각도 변했고요. 이제 당신은 그때는 할 수 없었던 방식으로 나탈리와 대면할 수 있어요."

"그 애가 나를 알고 싶어 하지 않는다면요?"

미나의 말은 불행한 비명처럼 하늘 위로 올라갔다. 빈센트는 미나를 다독이면서 그런 걱정은 하지 않아도 된다고 말해주고 싶었다. 그러나 풀밭에 손을 올려놓은 채 그대로 두었다. 지금 이 순간 미나는 닿지 않는 곳에 있었다.

"쉬울 거라는 말은 할 수 없어요. 하지만 당신 앞에는 문이 있고, 나탈리의 아버지가 그 문으로 당신을 들어오게 했어요. 그게 의미하는 바가 있을 거예요."

"그에게는 선택의 여지가 없었으니까요. 그 사람 의지대로 할 수 있었다면 난 여전히 문밖에서 떨고 있어야 했을 거예요."

"그렇게 말하지 말아요. 사람은 환경이 허락할 때에만 정말로 자신이 원하는 일을 할 수도 있는 거예요."

미나는 대답하지 않았다. 새 구름이 나타나 먼저 지나간 솜털 구름을 쫓아가기 시작했다.

"하수도관에서는 뭘 센 거예요?"

미나가 물었다.

"소수를 셌어요. 거기서 계속 기어가려면 내 해마를 진정시킬 필요가 있었으니까요."

"아."

두 사람 사이에 잠시 침묵이 흘렀다.

"물어보고 싶은 게 있어요."

미나가 말했다.

"가끔 당신 목에 생기는 그 빨간 줄, 혹시 걱정해야 할 일은 아니죠?"

"그게 무슨 말이에요?"

빈센트가 미나를 보았다.

"아, 그거. 이런, 보일 거라고는 생각 못 했어요. 공연할 때 생기는 거예요. 이제는 안 하려고요."

"그러니까…… 황홀감 때문에 목을 조르는 건 아니라는 거죠?"

빈센트는 참을 수가 없었다. 크고 시원한 웃음이 빈센트 안에서 튀어나와 나무에 부딪히고 또 부딪히면서 숲으로 퍼져 나갔다. 믿을 수 없을 정도로 자유로운 웃음이었다. 그 옆에서 미나도 빙그레 웃었다. 한참을 웃은 빈센트는 눈물을 훔치며 진정했다.

"원자가 어떻게 만들어지는지 알아요?"

빈센트가 물었다.

"원자요?"

"그래요, 원자. 원자는 별 안에서 만들어져요."

"태양 같은 별 말이에요?"

미나가 눈을 가늘게 뜨고 해를 보았다. 빈센트는 고개를 끄덕이며 그녀가 바라보고 있는 하늘을 보았다. 파란 하늘 너머에는 별들이 있었다. 저 멀리, 어둠 속에는.

"별은 말 그대로 원자 공장일 뿐이에요. 가장 뜨거운 별의 중심부에서는 우주의 나머지 지역에서 쓸 건축 자재를 만들어요. 거기서 만들어진 원자들이 우주로 던져지고, 사방으로 퍼져 나가게 되는 거죠. 여기, 지구 같은 곳으로요. 당신을 둘러싼 모든 것, 사람과 사물은 모두 수천 개 혹은 수백만 개 별들이 만들어 낸 원자들이에요."

미나가 블라우스를 잡아당기기 시작했다. 마침내 미나의 내부 경보기가 위험이 지나갔음을 알리며 아드레날린을 흐트러뜨리고 있었다. 그 때문에 옷에 무엇이 묻어 있는지도 깨닫게 됐을 것이다.

"그 옷감도 마찬가지예요."

빈센트가 말했다.

"우리가 누워 있는 이 땅도, 당신과 나도요. 우리는 별에서 왔다는 말은 낭만적인 시구가 아니에요. 과학이죠. 모든 것이 별이 만든 원자로 이루어져 있어요."

더는 어떻게 말을 이어 나가야 할지 몰라 말을 멈추었다.

"근데 왜 원자 이야기를 하는 거예요?"

미나가 물었다. 이젠 블라우스를 잡아당기고 있지 않았다.

"왜냐하면 당신과 함께 있을 때면……."

빈센트는 황급히 입을 다물었다. 침을 삼켰다. 미나의 눈을 보았다. 미나의 모든 것이 담겨 있는 커다랗고 맑은 눈. 그 모두가 미나였다. 그 눈이 빈센트를 보고 있었다. 피하고 싶었다. 그러나 다시 미나의 눈을 보았다. 이제는 이루어지거나 부서질 시간이었다.

"내 말이 얼마나 어설프게 들릴지는 알아요. 하지만, 당신과 함께 있을 때면 당신과 내가 같은 별에서 만들어진 원자로 이루어졌다는 기분이 들어요. 너무나도 멀리 떨어져 있어서 이곳 지구에 닿을 때쯤에는 당신과 나를 만들 정도밖에 남지 않은, 그만큼 머나먼 별에서 온 원자로 우리는 이루어진 거죠. 그리고 다른 존재들은 그 별의 원자를 조금도 얻지 못한 거예요. 왜냐하면, 내가…… 그건 마치 내가……."

뭐라고 말해야 하지? 당신과 친하니까? 당신을 이해하니까? 아니, 그 정도로는 충분하지 않았다.

"나는 당신을 알아요, 미나."

빈센트가 말했다.

"여기로."

먼저 머리를 가리켰지만, 곧 생각을 바꿔 가슴을 가리켰다.

"다른 사람을 당신만큼 알았던 적은 없어요. 더는 잘 설명할 수가 없지만, 당신과 함께 있을 때면 처음으로…… 내가 같은 사람이라는 기분이 들어요."

미나는 대답하지 않고 천천히 고개만 끄덕였다. 빈센트는 자신을 완전히 바보로 만들어 버렸는지도 모른다. 그가 힘들게 몸을 일으켜 앉았다.

"이제 가야겠죠?"

빈센트가 말했다.

"30초 안에 이 옷을 벗지 못하면 비명을 지를 것 같아요."

바지 주머니에서 자동차 열쇠를 꺼내면서 미나가 말했다.

"다행히 갈아입을 속옷은 있어요. 내가 갈아입을 속옷은요. 당신은 물티슈로 닦아요."

빈센트는 누더기처럼 더러워진 양복을 내려다보았다. 집에 가면 설명할 일이 많을 것 같았다.

*

빈센트는 인생에서 네 번째로 경찰서 취조실로 향하고 있었다. 자신이 경험하게 되리라고 예상했던 것보다 네 번이나 많았다. 이번에 취조실에 와서 사이비 종교 신자들과 대화를 해 달라고 부탁한 건 아담이었다. 그건 흥미로운 일이었다. 아담은 노련한 협상가니까. 하지만 협상 대상자들이 입을 다물고 있을 때는 어떤 기술을 써야 할까?

아담은 경찰서 로비에서 기다리고 있었다. 검색대에서는 미나와 만나는 것이 더 좋았다. 그러나 미나는 어제 벙커에서 탈출한 뒤로 계속 집에 있었다. 빈센트가 전화했지만 받지 않았다. 아마도 12시간 동안 샤워를 하고 있는 것 같았다.

"와 주셔서 감사합니다."

아담이 손을 내밀며 말했다.

"어제 당신과 미나에게 있었던 일은 전해 들었습니다. 아직도 상당히 피곤해 보이시는데, 함께 가서도 괜찮으시겠어요?"

빈센트는 조용히 웃었다.

"지금 이게 내가 할 수 있는 최선인 것 같아요. 정신을 다른데 쏟는 거요."

"알겠습니다. 하지만 다시는 여기 오고 싶지 않다고 말씀하셨어도 이해했을 겁니다. 아무튼, 저보다는 이 일에 더 적합하실 것 같아서요. 주말이 오기 전에 깨끗하게 해결하고 싶기도 하고요."

"칭찬을 가장한 공모 부탁인가요?"

검색대를 통과하면서 빈센트가 말했다.

"다른 사람도 아니고 당신이 그런 시도를 할 줄은 몰랐어요."

"그냥 확인하는 겁니다."

아담이 소리 내어 웃었다.

"정말로 곤란한 상황이에요. 모두 입을 열지 않고 있습니다."

그러니까 빈센트의 예상이 옳았던 것이다.

두 사람은 취조실로 향하는 복도를 걸었다.

"그냥 말할 때까지 기다리는 건 안 되고요?"

빈센트가 물었다. 아담은 고개를 저었다.

"언제까지 붙잡아 둘 수는 없으니까요. 게다가 욘을 잡기 전까지는 이것이 끝인지 아닌지도 알 수가 없어요. 릴뤼를 납치한 건 노부부였습니다. 여자는 자주색 코트를 입었다고 했고요. 그런데 우리가 구금하고 있는 사람들 중에 그런 사람은 없습니다. 노년의 남성만 한 명 있을 뿐이죠. 우리가 저 사람들의 입을 열려고 노력하는 동안 다른 곳에서 또 같은 일이 벌어지면 어떻게 합니까? 그래서 제가 질문을 하는 동안 당신이 무의식적인 신호가 보이는지 살펴봐 줬으면 합니다."

"나에게 더 좋은 생각이 있어요."

빈센트가 대답했다.

"어쨌거나 해야 할 일이라면, 나 혼자 대화해 보고 싶어요. 취조실에서 당신 휴대폰으로 우리가 나누는 대화를 모두 녹음해 주세요."

아담이 빈센트를 바라보았다. 생각하는 표정이었다. 아담은 이내 고개를 끄덕이고는 빈센트가 레노르와 마우로를 만났던 취조실의 문을 열었다. 취조실 안에는 60대 노인이 앉아 있었다. 구불구불한 은발에 눈웃음 모양으로 잡힌 잔주름은 누가 봐도 친근한 할아버지였다. 아동 살해 사건에 연루된 것으로 추정되는 용의자만 아니었다면…….

노인은 취조실로 들어오는 두 사람을 유심히 쳐다보았다. 그 자체로도 흥미로운 행동이었다. 빈센트는 신중하거나 조심스러운 태도를 보게 될 거라고 생각했다. 하루를 구금 상태로 보냈기 때문에 욘의 추종자들은 피곤할 것이라고, 어쩌면 두려워하고 있을지도 모른다고 생각했다. 어쨌든 전문 범죄 집단은 아니었으니까. 하지만 이 노인은…… 경계하고 있었다. 정신을 바짝 차리고 있었다. 말하고 싶어 하지 않는다는 인상은 없었다. 그저 말하고 싶은 것을 찾고 있다는 인상을 주었다. 노인의 눈에서 이글거리는 불꽃을 보니 무슨 대화를 나누어야 할지, 빈센트는 알았다. 이런 빛을 보이는 사람들은 대부분 구원을 기다리는 사람들을 설득하겠다는 열망을 품고 있었다.

문 앞까지만 들어온 아담이 작은 선반에 무언가를 놓았다. 휴대폰일 거라고, 취조실로 들어가면서 빈센트는 생각했다.

"안녕하세요. 빈센트라고 합니다. 정말 만나 보고 싶었어요."

노인은 대답하지 않았다.

"전 경찰이 아니에요."

아담 쪽으로 고갯짓을 하면서 빈센트가 말했다.

"그러니까 정식 취조는 아니고요. 그저 제가 도덕 철학에

167

관심이 있고 그중에서도 에피쿠로스를 제일 좋아해서, 당신을 만나도 된다는 허락을 받고 왔어요. 앉아도 될까요? 성격이 좀 급한 편이어서요. 당신은 어떤가요? 혹시 드시고 싶은 게 있으세요? 저는 커피랑 비스킷 같은 걸 좀 갖다 달라고 부탁할 생각인데, 혹시 원하시는 게……?"

빈센트는 카페 종업원처럼 기다리고 있는 아담을 보았다. 빈센트가 경찰 같지 않게 행동할수록 더 좋았다. 당장은 노인과 유대감을 형성하고 같은 처지임을 보여 줄 수 있는 무언가가 필요했다. 경찰의 공권력에 무심한 것처럼 꾸미는 건 좋은 출발이었다. 물론 아담은 그런 시도를 인정하지 않는 것처럼 보였지만.

"비스킷이면 좋겠소. 괜찮으면, 커피도."

노인이 대답했다.

1 대 0.

빈센트는 방에서 나가는 아담을 보았다. 전략이 먹힌 것이다. 노인의 대답에는 또 다른 중요한 정보가 담겨 있었다. 자신의 행동을 부끄러워하는 사람들은 무의식적으로 자신은 대접받을 자격이 없다고 생각하기 때문에, 다른 사람이 제시하는 선물이나 호의를 받아들이지 않는다. 이 노인이 비스킷을 요구했다는 사실은 욘이 엄청나게 깊은 곳까지 그에게 영향을 미치고 있다는 뜻이었다. 노인의 무의식에는 부끄러움이 없었다. 그것은 빈센트가 무엇을 발견하게 되건, 노인은 욘이 구축한 환상의 세계에 살고 있을 테니 해석하기가 힘들 것이라는 뜻이었다. 그의 세계는 조금도 고민하지 않고 어린아이를 납치하고 죽여도 아무렇지 않은 세상일 테니까.

"존재하는 것은 고통이고, 고통은 정화한다고 했죠. 욘 벤하겐이 에피쿠로스 철학의 네 가지 기본 원칙에 덧붙인 것 말이에요."

노인의 눈이 더욱 밝게 빛났다.

"고통은 정화한다는 게 무슨 뜻인지 알려 주시겠어요? 사실 에피쿠로스는 고통은 피해야 한다고 했잖아요."

"아주 박식한 친구라는 걸 알겠군. 여기 있는 다른 사람들하고는 다르게 말이야. 자네 말처럼 에피쿠로스는 고통을 피해야 한다고 했는데, 그가 말한 고통은 괴로움이지. 덧없는 일이 우리를 유혹할 때 현대 사회의 삶에 수반되는 괴로움 말이야. 불교에서도 비슷한 가르침이 있지. 하지만 욘은 육체의 고통이든 정신의 고통이든, 어떤 고통은 우리가 세상을 보는 데 유용한 관점을 제공해 준다는 걸 알았어. 고통과 함께 살아가면 필요 없는 것들을 도려내는 레이저처럼 예리한 시각을 얻을 수 있어. 고통은 고통을 없애려면 반드시 필요한 거야. 그나저나, 난 구스타브라네."

노인이 손을 내밀었고, 빈센트는 그 손을 잡았다. 따뜻하면서도 확신에 찬 악수였다. 확실히 누구나 좋아할 할아버지였다.

"그런 식으로는 생각해 본 적이 없네요. 그러니까, 고통을 느끼는 건 좋은 일이군요?"

"자넨 진짜 고통을 느껴 본 적이 없는 게 분명해."

구스타브가 말했다.

빈센트의 마음속에서 기억들이 만화경처럼 번쩍거렸다. 빈센트의 마술 상자 속 어머니. 그 때문에 죽은, 그의 어머니. 빈센트 역시 미나와 함께 물탱크에 갇혔었다. 물에 빠져 죽어 가는 동안 그의 입과 코는 물로 가득 찼다. 그곳에 미나가 있었다. 미나가 이 세상에 없다면, 그는 살아갈 수 없다. 눈앞에 떠오르는 기억들을 흩어 버리려고 빈센트는 고개를 저었다. 그래, 고통은 하나도 없다.

"실제로 아픔을 경험하지 못했다면 내가 말하는 걸 이해할 수 없을 거야."

구스타브가 말했다.

"나는 편타성 손상으로 고통받았어. 아내와 함께 차에 타고 있을 때 누가 들이받았지. 일주일 약물 치료와 재활 치료를 받으면 나을 거라고 했어. 그게 벌써 15년 전이야. 움직일 때마다 등에 단도들이 와서 박히는 거 같아. 손가락에는 감각이 없고 계속 어지럽지. 아내는 다섯 번이나 엉덩이 수술을 받았지만 점점 더 나빠졌고. 아니, 오해는 하지 말게나. 불만을 터트리겠다는 게 아니니까. 고통 덕분에 난 무얼 우선하면서 살아야 하는지 알게 됐어. 삶을 전혀 다른 시각으로 볼 수 있게 됐지."

"그렇게는 생각해 본 적이 없군요. 그렇다면 욘에 가장 가까운 내부 집단은 모두 고통을 지니고 살기 때문에 고통이 정화한다는 걸 깨달은 사람들인가요?"

구스타브는 고개를 끄덕였다.

"바로 그거야. 우리만이 세계를 있는 그대로 볼 수 있는 사람들이지."

빈센트는 차마 고개를 돌려 선반 위에 있는 아담의 휴대폰을 쳐다볼 용기가 없었다. 그저 제대로 녹음해 주고 있기만을 바랐다.

"아내분은 어디 계시죠?"

구스타브는 입을 다물었다. 젠장. 너무 신문하듯이 물었다. 빈센트는 한 발 뒤로 물러나야 했다.

"괜찮으신지 궁금해서요."

구스타브의 표정이 살짝 누그러졌다.

"아이들에게 주려는 건 뭐죠? 고통인가요?"

노인의 미간에 주름이 졌다. 갑자기 좋은 할아버지는 사라져 버렸다.

"자넨 아무것도 모르는군. 우리가 왜 그런 걸 바라겠나? 그 누

171

구도 아이가 다치는 걸 원하진 않아. 정말 경찰 아닌 거 맞나?"

"미안하지만, 온이 아이들의 죽음을 어떤 식으로 정당화했는지 아무리 생각해도 모르겠어요."

서투른 시도라는 건 알았다. 하지만 어쨌거나 거론해야 하는 말이었다. '당신이 아이들의 죽음을 어떤 식으로 정당화했는지'라고 말할 뻔했지만 좀 더 중립적인 표현으로 바꾸었다. 실제로 어떤 일을 했건 구스타브가 자신이 살인에 직접 가담했다는 기분을 느끼게 하면 안 됐다. 그가 살인을 외부인의 입장에서 받아들여야만 훨씬 더 나은 대답을 끌어낼 수 있었다.

"우린 아무도 안 죽였어."

구스타브가 콧방귀를 뀌었다.

"그걸 살인으로 보는 건 우리가 하는 일을 아주 좁은 시각으로만 보는 거야. 우리를 이끌어 주는 별 덕분에 우리는 그 아이들이 이 세상에 살면서 겪어야 하는 고통에서 구해 줄 수 있었어. 그 아이들을 다음 존재로 나아가게 해 준 거라고. 고통받지 않고도 다음 존재가 될 수 있게 해 준 거야. 이곳에 머물면서 다른 사람을 해방시켜 주는 것이 우리가 하고 있는 희생이지."

"얼마나 많은 아이를 '해방시켜' 줘야만 당신들 일이 끝나는 거죠? 왜 이 아이들이었나요?"

구스타브가 눈을 가늘게 뜨더니 팔짱을 끼었다.

"자네도 깨닫기 시작한 줄 알았는데. 자네가 고통과 괴로움을 이해할 거라고 생각했지. 하지만 아직 욘의 말씀이 자네 안에서는 깨어나지 않은 것 같군. 더는 할 말이 없겠어. 커피는 됐네."

노인이 말했다.

*

미나는 김이 서린 거울을 천으로 닦고 거울에 비친 자신의 모습을 보았다. 머리카락과 코끝에서 물방울이 떨어져 내렸다. 그곳에 있으면 안 되는 것이 있을지도 몰라 얼굴 피부를, 치아를 확인했다. 물론 있다고 해도 미나가 볼 수 있는 존재들은 아니었지만.

목요일에 집에 돌아오자마자 미나는 욕실로 갔다. 온몸을 손톱만큼도 남기지 않고 구석구석 다 닦았다. 혹시라도 끔찍한 존재가 붙어 있을 수 있는 손톱 밑과 발가락 사이는 특히 꼼꼼하게 닦았다. 샤워를 하면서 양치를 네 번 했고, 구강 청정제를 1리터나 사용했다. 그러나 도움이 되지 않았다. 미나는 염소 소독제로 입과 목을 쓸어내리고 싶었다.

손을 컵처럼 동그랗게 말고 입김을 불어 냄새를 맡았다. 미나의 뇌는 여전히 악취를 감지했다.

조금 나아진 점도 있었다. 목요일에는 세 시간 동안 샤워를 했다. 가장 뜨거운 물을 틀고 피부가 발갛게 되고 참을 수 없이 따끔해질 때까지 샤워를 했다. 그 다음에는 뜨거운 비눗물을 솔에 묻혀 아파트를 구석구석 닦았다. 벽도 모두 닦았다. 그리고 또 샤워를 했다. 한 시간 동안 했다. 어제도 여러 번 샤워를 했다. 하지만 오늘은 30분만 샤워를 했다. 가장 뜨거운 물을 틀기는 했어도 피부는 더 이상 발개지지 않았다.

돌이켜 보면, 자신이 풀이 길게 자란 풀밭에 빈센트와 함께 누워 있었다는 사실이 믿기지 않았다. 그때는 미나의 뇌가 끔찍한 하수도관에 압도되어 과부하가 걸린 탓에, 미나가 생존하려면 몇 분간은 불안을 차단해 버리는 것이 낫겠다는 판단을 했는지도 모른다. 아니면 미나는 자신이 생각하는 것보다 더 강한 사람이거나.

그러나 역겹고 끔찍한 느낌은 차에 도착하기도 전에 돌아왔다. 미나는 블라우스와 바지, 신발과 양말을 모두 찢어 내서 땅에 던져 버렸다. 자동차에 넣어 다니는 가방에서 새로 산 민소매 상의를 꺼냈다. 마음 같아서는 팬티도 새것으로 갈아입고 싶었다.

치아가 부딪힐 정도로 마구 떨리기 시작해 결국 운전은 빈센트가 해야 했다. 빈센트 옆에서 민소매와 팬티만 입고 앉아 바람에 흔들리는 낙엽처럼 벌벌 떨었다. 마초주의로 범벅된 끔찍한 탐정 소설 속 등장인물이 된 것만 같았다. 강하고 똑똑한 남자가 연약한 여자를 안전한 곳으로 데려다주는 장면 말이다. 그것만으로도 충분히 끔찍한데, 반쯤 벗기까지 했다. 마치 브라이언 드 팔마 감독의 영화 속 장면 같았다. 미나는 그게 싫었다. 자신이 이토록 약하다는 사실이 싫었다.

빈센트가 운전하는 내내 몸의 신경계에 관한 이야기만 할 뿐, 그녀를 과하게 보호하려는 듯한 행동은 전혀 하지 않았던 것이 행운이었다. 그는 몸의 떨림과 도저히 이해되지 않는 발작적인 울음, 죄의식이 두 사람 모두에게서 나타날 수 있는 육체적이고도 심리적인 반응이라고 했다. 두 사람 다 트라우마로 남을지도 모를 충격적인 일을 경험했으니까.

아파트에 도착해서 빈센트는 미나가 다른 사람들 눈에 띄지 않고 집으로 달려갈 수 있도록 망을 봐 주었다.

나탈리를 생각하자 미친 듯이 눈물이 터져 나왔다. 발작적인 울음…… 미나는 빈센트에게 자신이 저지른 용서받지 못할 행동을 고백했다. 그녀의 가장 큰 죄악을 말했다. 그녀의 중독이 어떻게 가족을 망쳤고, 어떤 식으로 자신이 그들을 떠났는지를 말했다. 어떻게 나탈리를, 자신의 유일한 아이를 두고 떠났는지를 말했다. 정상적인 어머니라면 그런 일을 할 리가 없었다. 그때 빈센트는 뭐라고 했더라? 원자 이야기를 했다.

미나는 다시 거울을 보았다. 머리카락이 까치집 같았다.

확실하게 모든 것을 씻어 내고 싶어서 샴푸가 아니라 주방용 세제로 머리를 감았다. 그렇게 했는데도 안 된다면 모두 잘라 내 버릴 것이다.

빈센트는 미나를 역겨워하지 않았다. 미나가 밝힌 부끄러운 일도 역겨워하지 않았다. 그 대신에…… 뭐라고 표현했더라? 미나를 안다고 했다.

망할 빈센트.

*

어리석은 생각이었다. 정말로 터무니없이 어리석은 생각이었다. 게다가 땀에 흠뻑 젖기까지 했다. 크리스테르는 주머니에서 손수건을 꺼내 이마를 닦았다. 옆에서 보세가 헐떡거리고 있었지만, 이렇게 걷는다는 상황을 크리스테르보다는 긍정적으로 보고 있는 것 같았다. 유르고르덴은 언제나처럼 아름다웠다. 그러나 크리스테르는 제대로 감상하지 못했다. 경사진 주황색 지붕과 우거진 정원이 있는 하얀 건물이 크리스테르 앞에 모습을 드러냈다.

마지막으로 온 뒤로 일주일이 지났다. 지난주 토요일의 울라 빈블라드 레스토랑 방문은 재앙으로 끝났다. 시작은 좋았다. 그는 식당 지배인 라세에게 마침내 용기를 내어 우리가 아는 사이라고 말하려고 했다. 그러나 곧 두려움과 불안감에 잡아먹혔고, 급한 전화가 온 척하며 식당에서 뛰어나와 버렸다.

그리고 이제 다시 그곳으로 돌아가고 있었다. 어쩌면 벼랑에서 떨어지는 게 나을지도 모른다. 세상의 모든 신에게 라세가 자신이 누군지 알아보지 못했기를 조용히 빌었다. 그래야다시 시작할 수 있으니까. 세상에, 어머니가 지금 곁에 있었다면 좋았을 텐데. 그럼 지혜와 조언을 얻을 수 있었을 것이다.

식당을 알아본 보세가 지난번에 묶여 있던 자전거 고정대까지 단번에 달려갔다. 물그릇이 있을 거라고 생각한 것 같다. 정말 영리한 개였다.

"여기서 기다려."

크리스테르가 보세의 털을 흐트러뜨렸다.

"금방 올게."

크리스테르는 무슨 말을 해야 할지 고민하면서 식당으로 들어갔다. 그리고 곧바로 들어오기 전에 미리 생각했어야 한다는 걸 깨달았다. 라세는 식당에 들어가자마자 보였고, 이제더는 계획을 세울 시간이 없었다.

"아."

라세가 퉁명스럽게 말했다.

"오셨네요."

감정이 실리지 않은 목소리였다. 크리스테르는 바닥을 내려다보았다. 이미 그가 생각한 최악의 시나리오보다 더 나쁜 상황이 되어 있었다.

"맞아요. 그게, 사과하고 싶어서 왔어요."

크리스테르가 헛기침을 했다.

"지난번에, 내가…… 바보같이 굴어서. 사실 진짜로 전화 온 건 아니었어요. 아마 눈치챘겠지만요. 소란을 피울 마음은 없었어요."

"나에게 사과해야 할 일이 있지, 크리스테르."

라세가 말했다. 크리스테르는 깜짝 놀라 고개를 들고 그를 바라보았다.

"달아나는 모습을 보니 갑자기 네가 누군지 알겠더라고. 도 망치는 게 타고난 성향인가 봐. 35년 전 그 일을 사과해 주길 오랫동안 기다렸어. 널 믿었거든. 그런데 넌 날 완전히 실망 시켰지. 그걸 극복하기까지 아주 오래 걸렸어. 그 뒤로 결코 사과 받지 못할 걸 알았고. 그래서 그냥 잊어버렸어."

크리스테르가 의도했던 대화 방향이 아니었다. 그는 일단 사과를 하고, 바보 같았던 자신을 비웃은 뒤에 자신이 누구인 지 밝히면 기뻐하는 라세와 함께 서로 행복했던 추억을 나누 는 대화를 할 생각이었다. 하지만 그 생각은 점점 더 망상처 럼 느껴졌다. 크리스테르는 손수건으로 다시 이마를 닦았다.

"예전에 있었던 일이라니…… 그게 무슨…… 나는 그게 뭘

지 모르겠는데…… 내가 여기 온 건 그저 내가…….”

크리스테르는 말을 더듬었다. 그러다 정신을 차리고 말했다.

“저기, 어디 가서 조용히 이야기할 수 있을까요? 일하지 않아도 될 때?”

라세는 점심 손님들이 들어차기 시작한 식당을 둘러보았다. 그가 와 주기를 안내하며 기다리는 손님도 몇 명 있었다.

“그럴 필요가 있을까 싶은데요.”

손님들에게 가겠다고 손짓하며 라세가 말했다.

“제발.”

라세의 얼굴에 잠시 고통이 스쳤다. 그는 크리스테르의 눈을 똑바로 보았다.

“좋아. 다음 주 토요일. 그때 쉬니까, 바사 공원에서 12시에 봐. 그 카페 옆에서. 늦지 마.”

크리스테르의 커다란 배 안에서 작은 나비가 펄럭거렸다. 그의 어머니를 두렵게 했을 그 나비였다. 그는 서둘러 손님들에게 다가가는 라세를 바라보았다. 그리고 보세에게 돌아가 다시 시내를 향해 걷기 시작했다. 돌아가는 내내 뱃속에서 나비는 사라지지 않았다.

*

빈센트는 식탁 위에 《다겐스 뉘헤테르》 신문을 여러 장 펼쳐 놓았다. 아직 가운 차림이었고, 신문에 도무지 집중이 되지 않았다. 오늘은 하루 종일 기운이 하나도 없었다. 생각은 미나와 함께 하수도관을 기어 나왔던 순간에 계속 머물렀다. 그때 빈센트는 두 사람이 무사히 밖으로 나올 수 있을지 없을지도 알지 못했다. 어둠 속에서 완전한 공포에 빠지지 않는 유일한 방법은 전보다 훨씬 세게 감정을 억누르는 것이었다. 그래서 빈센트는 마치 로봇처럼 뇌의 일부를 닫아 버렸다. 그러나 그 뒤로 감정이 돌아왔다. 그것도 한꺼번에.

돌아오는 자동차 안에서 빈센트는 미나처럼 떨림에 압도되지는 않았다. 하지만 머릿속은 끊임없이 그 하수도관 안에서 죽었을 수도 있다는 깨달음으로 돌아갔다. 하수도관의 막다른 길에 머리를 부딪혀 속절없이 땅 밑에 갇혀 버리는 환상은 절대로 그를 떠나지 않을 것이다. 그런 생각이 떠오를 때마다 감정을 걷잡을 수 없어 흐느껴 울었다. 다행히 아직까지는 가족들 앞에서 그런 모습을 보이지는 않았다.

그가 느끼는 극도의 피로는 방어 기제일 거라고 생각했다. 그의 몸이 대처할 수 있는 속도로 트라우마를 극복하고 있는 거라고 생각했다. 그래서 금요일에 경찰서에 가서 구스타브를 만나도 괜찮을 줄 알았는데, 그 뒤로 극심한 피로가 그를 덮쳤다. 이제 그는 자신의 논리적인 사고를 활성화해서 몸이

트라우마를 극복할 수 있게 도와주려고 노력했다. 커피를 내렸다. 오래된 커피메이커가 다시 일을 해야 했고, 커피는 빈센트가 기억하는 것처럼 몹시 뜨거웠다.

지난 몇 주 동안 그들이 알아낸 것을 다시 되짚어 보기로 했다. 무엇보다 네 아이가 살해되었다. 사이비 종교의 교주이자 체스 챔피언인 욘 벤하겐은 오래된 체스 문제를 응용한 '기사의 여행' 경로에 따라 시신들을 두었다. 그 아이들은 지상에서 겪어야 할 고통을 피하기 위해 살해됐다고 했다. 구스타브의 말대로라면 말이다.

존재하는 것은 고통이고, 고통은 정화한다. 그 삶의 철학은 욘 벤하겐에게는 너무나도 강하게 주입되어, 그는 에피쿠라의 교의뿐 아니라 그 자신의 체스 문제에도 그것을 암호화해 넣었다. 그렇게 해서 욘은 완벽한 원과 같은 형태를 완성하려 했다. 몸이 부르르 떨렸다. 그건 미친 짓이었다. 심지어 빈센트에게도 그건 선을 넘는 행위였다. 그 역시 패턴 만들기를 좋아하긴 하지만, 패턴 만들기에도 한계는 있었다.

그래도 조금은 정상인 상태로 자신을 되돌리려고 애쓰면서 부엌을 돌아보았다. 아스톤은 너무 더워지기 전에 자전거를 탄다며 밖으로 나갔고 베냐민은 방에서 주식과 관련해 무언가를 하고 있었다. 레베카는 아침을 먹은 식탁에 그대로 앉아 있다가, 이젠 신문을 읽기 시작했다. 빈센트는 아이들이 종이 신문을 읽는 데 거부감이 없다는 사실이 좋았고, 레베카가 신문을 넘길 때 나는 바스락 소리를 즐겼다. 물론 자신이 자랑스럽게 생각한다는 사실을 드러낼 마음은 없었다. 그랬다가는 레베카가 다시는 신문을 읽지 않을 수도 있다. 요즘 아버지와 딸의 관계는 조금도 쉽지 않았다.

존재하는 것은 고통이며, 고통은 정화한다.

역겨웠다. 경찰은 아직도 욘을 잡지 못했다. 그는 여전히 밖에서 활보하고 다녔다. 언제라도 다시 범행을 시작할 수 있었다.

경찰은 아직 체크메이트를 외치지 못했다.

마리아는 새로 도착한 도자기 인형과 직접 칠한 나무 간판을 점검하느라 차고에 있었다. 마리아의 사업은 제법 잘 되고 있어서 이제는 물건을 모두 거실에 보관할 수가 없었다. 마리아와 케빈은 빈센트로서는 결코 알지 못하는 방법으로 같은 인간들을 사로잡는 방법을 이해하고 있는 것이 분명했다.

케빈.

마리아가 자신의 창업 멘토와 통화하지 않은지는 한참 됐다. 적어도 빈센트가 보기에는 그랬다. 그 대신 마리아는 입가에 미소를 띠운 채로 휴대폰을 들여다볼 때가 많아졌다. 어쨌든, 집에 있을 때는 그랬다.

식탁에 마리아의 휴대폰이 놓여 있었다. 빈센트는 휴대폰을 들어 빙글빙글 돌렸다. 그는 마리아에게 2년 전 여름에 자신과 울리카 사이에서 있었던 일을 조금도 말하지 않았다. 부부라고 해서 언제나 모든 걸 공유해야 하는 건 아니니까. 그건 마리아도 마찬가지일 거라는 생각이 들었다.

그의 마음은 다시 욘 벤하겐으로 돌아갔다. 그는 모든 것을 수학적으로 정밀하게 계획을 세우는 사람인 듯하다. 그리고 자신의 똑똑함을 드러내 보이는 것을 좋아한다. 욘의 삶을 거슬러 올라가면 그가 숨어 있는 장소를 알아낼 수 있을까?

욘이 이렇게 끔찍한 범죄를 저지른 이유. 그것이 빈센트가 알아내야 할 문제였다. 어째서 무고한 아이를 넷이나 죽였을까? 적어도 그 전까지는 완벽하게 정상인 것처럼 보였던 사람이 그런 일을 하게 되는 이유를 빈센트는 이해할 수가 없었다. 그런 일을 하려면 믿을 수 없을 정도로 두터운 신념 또는 맹목적인 증오가 토대를 이루고 있어야 할 것이다.

그러니까 욘에게는 거의 잡힐 뻔했는데도 절대로 줄어들지 않는 신념이 있는 것이다. 그는 앞으로 좀 더 신중하게 움직일 것이 분명했다.

커피를 마시고, 들고 있는 휴대폰을 보았다. 모든 기술을 혐오하는 마리아는 굳이 얼굴 인식 기능을 사용하려고 하지 않았다. 순수하게 반사적인 반응으로, 빈센트는 마리아가 설정해 둔 비밀번호가 무엇일지를 생각하기 시작했다. 아마도 어렵지 않은 번호로 설정했을 것이다. 네 개의 수로 설정하는 비밀번호의 세계에서 가장 많이 쓰는 수는 1234, 1111, 0000 이었다. 정말이지 사람들은 그보다는 더 어려운 비밀번호를 선택할 필요가 있다. 그래도 마리아라면 그보다는 더 많은 노력을 기울여 비밀번호를 설정했을 것이다. 최소한 남편의 잔소리를 피하기 위해서라도 말이다. 그렇다고는 해도 기억하기 힘든 비밀번호를 설정하는 바람에 곤란한 상황이 되고 싶지는 않았을 것이다. 빈센트는 1을 입력했다. 00을 누르고, 4를 눌렀다. 4는 1 바로 밑에 있으니까.

휴대폰 잠금이 풀렸다.

화면 위로 케빈이 새로운 문자를 보냈음을 알리는 알림이 떴다. 빈센트의 손가락이 문자 메시지 아이콘 위에 멈췄다. 화면을 한 번만 두드리면 아내와 케빈이 주고받은 모든 말을 읽을 수 있다. 마음만 먹는다면 마리아가 돌아오기 전에 메신저와 왓츠앱도 살펴볼 수 있다.

하지만…… 음. 빈센트는 그녀에게 미나에 관한 자신의 말을 믿어 달라고 했었다. 그런데 자신이 아내와 같은 일을 한다면, 아내의 말을 믿지 않는다면, 그 자신을 어떤 사람이라고 할 수 있을까?

"마리아의 휴대폰을 가지고 뭘 하고 있는 거야?"

신문 위에서 고개를 든 레베카가 물었다.

"아무것도. 아무것도 안 해."

빈센트는 휴대폰을 내려놓았다.

그는 마리아에게 케빈에 대해 직접 물어본 적이 없었다. 그저 혼자 짐작하고, 눈치챈 것이다. 그런 의문을 마리아는 당연히 무시해도 된다. 그러나 그가 마리아에게 직접 묻는다면, 그때는 마리아의 대답이 진실이라고 믿어야 했다. 그렇지 않으면 두 사람의 관계는 무너지고 말 테니까.

빈센트의 마음을 읽기라도 한 것처럼, 때마침 마리아가 상자를 하나 안고 부엌으로 들어왔다. 마리아는 해석하기 힘든 표정으로 빈센트를 바라보았다.

"왜? 당신, 뭔가 생각하고 있는 거 같은데."

마리아가 말했다. 빈센트는 무슨 말을 하려다가 그만두었다.

"아니야, 아무것도."

빈센트가 말했다.

"그런데 당신, 휴대폰 비밀번호는 더 복잡한 걸로 바꿔야겠다."

*

나탈리는 금요일에 아빠의 집에서 현금을 가져온 뒤로 에피쿠라의 숙소에서 지내고 있었다. 나탈리와 할머니는 전에 머무르던 말 농장으로 돌아가지 않았다. 그 대신 이네스는 나탈리를 노바에게 데리고 갔다. 처음에는 실망했다. 나탈리는 그 농장을 새로 짓고 말끔하게 단장하는 걸 도왔고, 이제 그 곳이 집처럼 느껴졌다. 하지만 노바의 거처는 초라한 농장에 비하면 호화로움 그 자체였기 때문에 불만은 없었다. 그곳에 있는 건 마치 보상을 받는 것 같았다. 생각하면 할수록 이건 보상이 맞았다. 어쨌든 나탈리는 자신이 이곳의 일원임을 입 증해 보였으니까.

밤에 양치하고 방으로 돌아오니 침대 위에 흰색 옷이 놓여 있었다. 그리고 옷 위에 쪽지가 있었다.

옷을 갈아입고 집회소로 와
할머니

나탈리는 옷을 펼쳤다. 이네스가 입고 있는 것과 비슷한 로 브였다. 잠옷으로 입는 것일까? 너무 늦은 시간이니까. 하지 만 잠옷이라고 하기에는…… 어쩐지 화려했다. 바지를 벗고 로 브를 머리부터 뒤집어썼다. 깨끗하다는 기분이 들었다. 그리고 중요하다는 느낌이 들었다. 왠지 큰일이 벌어질 것 같았다.

집회소가 어딘지 몰라 몇 분 정도 숙소를 헤맸다. 그러다 하얗고 커다란 방을 찾아냈다.

이네스가 방 한가운데 서 있고, 그 옆에 매트리스와 담요가 쌓여 있었다. 이네스 주위로는 십여 명이 반원을 그리며 늘어서 있었다. 나탈리가 아는 얼굴도 몇 명 있었지만 대부분은 모르는 얼굴이었다. 말 농장 친구들은 아무도 없었다. 손에 붕대를 감은 사람은 없었다.

"잘 왔다, 나탈리."

이네스가 두 팔을 뻗으며 엄숙하게 말했다.

"오늘은 특별한 날이야. 넌 우리가 되었어. 이제는 너의 피부를 벗을 시간이야. 오늘은 이미 죽은 너의 이전 껍데기에서, 너의 이전 삶에서 벗어나 새로운 삶으로 들어가야 해. 다채롭고 완벽한 삶으로 들어가야 해. 앞으로 오늘을 되돌아보면 이날이야말로 진정으로 세상에 태어난 날이라 생각하게 될 거야."

나탈리는 어떻게 대답해야 할지 몰랐다. 그러나 중요한 말 같았다. 요즘 자주 시야 가장자리에서 별들이 춤을 췄다. 그래서 할머니가 반짝거려 보였다.

"고마워요. 저도 할머니처럼 되고 싶어요."

나탈리가 작은 목소리로 대답했다.

이네스는 환하게 웃었다. 그러고는 나탈리의 손을 잡고 매트리스가 쌓인 곳으로 갔다. 두 사람은 매트리스 위에 앉았다.

"우리의 위대한 지도자 욘 벤하겐의 구호를 여러 번 들어봤지?"

이네스가 말했다.

"존재하는 것은 고통이고, 고통은 정화한다. 하지만 그 말이 무슨 뜻인지는 자세히 설명해 주지 않았어. 첫 번째 구절은 불교에서 온 거야. 불교에서는 존재 자체가 고통이라고 해. 우리의 욕구와 욕망 때문에 필요 없는 고통을 받고 있다는 뜻이야. 우리는 살 수 없는 물건을 갖고 싶어 해. 더 크고 좋은 집으로 이사하면 행복해질 거라고 생각하지. 인스타그램에 있는 사람들은 모두 우리보다 즐거워 보여. 비현실적인 꿈과 필요도 없이 원하는 것, 그 모든 것이 고통을 만들어. 불교에서는 고통을 없애려면 반드시 욕망을 없애야 한다고 믿어. 지금까지 내가 한 말, 알아듣겠니?"

나탈리는 고개를 끄덕였다. 할머니의 말은 꼭 노바의 강연처럼 들렸다. 그런 강연을 들은 적이 있지 않았나? 그 뒤로 마치 영원이 흐른 것만 같았다.

"여기서, 우리는 새로운 시각을 만들어 욕망을 없앨 수 있어."

할머니가 계속 말했다.

"욘의 말처럼 고통은 정화할 수 있어. 너는 이미 그게 무슨 뜻인지 경험했지. 네가 살면서 겪었던 가장 고통스러운 경험은 언제였을까?"

가장 고통스러웠던 경험? 그걸 골라야 하나? 예전이었다면 아버지의 경호원이 나탈리가 좋아하는 남자아이를 겁에 질리게 했던 걸 말했을지도 모른다. 아니면 스케이트보드를 타다가 다리가 부러진 걸 말하거나. 엄마가 죽었다는 것이 어떤 뜻인지 깨달았을 때를 말할 수도 있었다. 하지만 지금은? 나탈리는 어깨를 으쓱했다.

"그건 네가 태어났을 때야."

이네스가 말했다.

"그 전에는 고통은 너의 세상에 존재하지 않았어. 넌 안전했고 따뜻했고 보호받았어. 그 외에는 아무것도 알지 못했지. 그런데 갑자기, 사방에서 묵직한 압력을 받으며 몇 시간 동안이나 좁은 터널을 통과해야 하는 경험을 강요받아. 더는 어머니의 심장 소리를 들을 수 없는, 빛과 차가움과 낯선 냄새로 가득 찬 세계로 쫓겨나기 전에 말이야. 정말 끔찍한 고통이지. 그에 비견할 수 있는 고통은 없어. 그 고통을 이해할 수 있는 방법도 없고. 최초의 고통과 비교할 수 있는 고통은 없어. 우리는 네가 진정한 자신이 누구인지 이해할 수 있도록 그 경험을 재현해 줄 거야. 나탈리. 넌 다시 태어날 거야. 자, 옷을 벗으렴."

*

마리아는 거실 바닥에 앉아 도자기 인형을 포장했다. 이 주

말이 어떻게 지나가고 있는지 도무지 알 수가 없었다. 의미 있는 일은 하나도 하지 않은 채 이틀이라는 시간이 몽롱한 상태에서 흘러가고 있었다. 벌써 일요일 밤 10시 30분이었고, 사라져 가는 햇살에 마리아의 도자기 인형은 흡사 마법사처럼 보였다. 황금빛 저녁 햇살 아래서는 도자기 인형들도 그렇게 나쁘게 보이진 않았다. 빈센트는 아내를 보았다. 입가에 옅은 웃음을 띠고, 볼은 살짝 발갛게 상기되어 있었다. 심지어 콧노래까지 부르고 있는 것 같았다.

그는 자신의 아내는 어디로 갔고, 지금 바닥에 앉아 있는 사람은 누구인지 물어야 했다. 안타깝게도 그 대답을 알고 있는 사람이 누군지는 명백했다. 그는 미나에게 그 대답을 알고 싶지 않다고 했었다. 하지만 이제 그 말은 그의 진심이 아니었다.

"여보. 케빈에 대해서 이야기 좀 하자."

빈센트가 말했다.

"또 그 얘기야?"

마리아가 분홍색과 라임색이 섞인 우아한 포장지로 상자를 포장하면서 대답했다. 마리아는 고개를 돌려 빈센트를 보았다.

"미나 이야기를 하는 게 어때? 그게 훨씬 중요한 이야기 같은데."

"그냥 포기할 순 없는 거야?"

빈센트가 두 손을 앞으로 내밀면서 말했다.

"상담사가 한 말 기억 안 나? 그건 그냥 당신 머릿속에서 만들어 낸 거야. 나를 비난한다고 해서 바뀌는 건 없어. 그리고 난 케빈 이야기를 하고 싶어."

"그래. 나도 당신보단 그 사람이랑 훨씬 잘 지내."

마리아가 중얼거렸다.

거실로 들어오는 베냐민이 빈센트의 생각 고리를 끊었다. 베냐민은 아이패드를 들고 있었다. 아마 주식 시장 현황을 보고 있었던 듯했다. 아들은 깊은 주름이 생길 정도로 미간을 찌푸리고 있었다. 투자가 기대한 것만큼의 수익을 내지 못하고 있는 것 같았다.

"아빠, 잠깐 시간 돼?"

마리아는 입을 꾹 다물고 거친 손길로 다른 도자기 인형을 포장하기 시작했다.

"조금만 있다가 하면 안 될까? 마리아랑 케…… 사업 이야기를 할 게 좀 있어서."

하지만 아들의 태도를 보고 빈센트는 마음을 바꾸었다. 해야 할 말이 무엇이든, 기다릴 수 없는 일 같았다. 베냐민은 빈센트가 볼 수 있도록 아이패드의 방향을 바꿔 내밀었다. 화면에 떠 있는 내용은 주식에 관한 것이 아니었다. 에피쿠라의 홈페이지였다.

빈센트는 베냐민의 방 쪽을 흘끔 보면서 한쪽 눈썹을 추켜세우고 두 손가락을 폈다. 2분 뒤에 가겠다는 뜻이었다. 베냐민은 짧게 고개를 끄덕이고 방으로 돌아갔다.

"마리아."

빈센트가 말했다.

"무슨 일이 있어도 당신이 알았으면 하는 게 있어. 내가 말할 때는 나를 봐 주지 않을래?"

마리아가 상자를 보고 있던 눈길을 돌려 빈센트를 쳐다보았다. 그녀의 눈에는 비난과 분노가 담겨 있었지만, 동시에 눈물과 슬픔도 들어 있었다.

"나는 당신이 행복했으면 좋겠어. 질문이 너무 많았다면 미안해. 그냥 이해하고 싶어서 그랬어. 하지만 중요한 건 당신이…… 행복까지는 아니더라도, 적어도 괜찮았으면 한다는 거야. 다른 건 중요하지 않아. 알겠어?"

마리아는 한참 동안 빈센트를 물끄러미 보았다. 그리고 천천히 고개를 끄덕였다.

"좋아. 지금은 가서 스물한 살짜리 아들의 아버지가 되어 주어야 해."

빈센트는 베냐민의 방으로 들어가 문을 닫았다. 베냐민은 책상에 앉아 아이패드를 뚫어지게 보고 있었다.

"그래, 무슨 일인데 그렇게 급한 거야?"

뭔가 많이 달라진 침대 위에 걸터앉으며 빈센트가 말했다. 아들의 침대는 예전처럼 침대 위에 있는 모든 걸 침대보로 덮어 버리는 식으로 정리를 한 것이 아니라, 정말 제대로 깔끔하게 정돈되어 있었다. 빈센트는 혹시 아빠가 걱정할 만한 일이 있는 거냐고 물어보려다가, 아들의 얼굴이 아주 창백하다는 사실을 깨달았다.

"모르겠어."

베냐민은 아이패드의 화면을 고갯짓으로 가리키며 대답했다.

"그냥…… 느낌이야. 나는 온종일 주식 시장에서 나온 수치와 통계를 들여다보잖아. 투자를 할 때는 각각의 가능성과 위험을 평가하고, 정보가 부족한 상태에서 결정을 내려야 해. 처음에는 책을 많이 읽었어. 데이비드 테넌트가 〈닥터 후〉에서 말한 것처럼 책은 세상에서 가장 좋은 무기니까."

"네가 그 SF 드라마를 봤는지는 몰랐는데."

베냐민이 빈센트를 보았다.

"내가 아빠 아들인데 당연히 보지 않았을까? 닥터 역은 데이비드 테넌트가 한 게 최고였지. 내가 말하고 싶은 건 그게 아니고, 뭐였더라…… 아 맞아. 나의 투자 결정. 가끔은 내 직관을 믿어야 할 때가 있어. 내 의식에 설명할 시간이 없는, 나의 무의식이 포착한 패턴을 믿는 거지. 그건 무엇이 옳은 건지 느낄 수 있는 감각을 주거든."

아들의 말에 빈센트는 웃었다. 베냐민은 날이 갈수록 점점 더 그를 닮아 갔다. 사실 그가 자기 아들에게 기대한 모습은 아니었다. 아들은 자신을 닮지 않기를 바랐다. 그래도 아버지로서 베냐민의 분석 능력에는 뿌듯함을 느낄 수밖에 없었다.

"맞아. 정확히 그런 식으로 작동하는 거야."

빈센트가 말했다.

"어떤 일에 대해 생각하는 걸 멈추지 않으면서 빠르게 복잡한 결정을 내리도록 무의식을 훈련할 수 있어. 물론 그러려면 정기적으로 비슷한 상황에 처해야 하고, 결정을 내리는 즉시 옳은 결정을 했는지, 그른 결정을 했는지 피드백을 받아야 하지. 주식 시장에는 알려지지 않은 것들이 너무 많아서, 패턴을 찾았다고 생각한 것들은 대부분 환상에 지나지 않을 거야. 하지만 지금 주식 포트폴리오를 논하자고 나를 부른 것 같지는 않은데?"

베냐민은 고개를 저으며 에피쿠라의 홈페이지가 열려 있는 태블릿을 손으로 가리켰다.

"왠지 우리가 찾은 게 잘못된 것 같아서. 분명히 모든 것이 완벽하게 들어맞기는 해. 아빠는 다섯 명의 희생자가 체스 판 위에서 기사의 여행이 지시하는 그 위치에 있을 거라는 걸 발견했잖아. 같은 위치에서 체스 챔피언이었던 노바의 아버지가 숨겨 놓은 메시지도 찾았고, 모든 게 들어맞아. 그런데도……
내 직감은 이 시장에 절대로 투자하지 말아야 한다는 거야."

"하지만 이 경우는 나는 잘……."

대답을 하려던 빈센트가 입을 다물었다.

베냐민이 무슨 말을 하는지 깨달았다. 자신의 실수를 알아
챈 빈센트의 내면은 차갑게 식어 갔다. 다섯 명의 희생자. 다
섯 개의 어절. 그 결론은 틀렸다. 너무 빨리 눈을 감아 버린
것이다. 희생자는 다섯일 수 없었다.

빈센트는 그들이 잘못된 살인자를 쫓게 만든 것이다.

*

숨을 쉴 수가 없었다. 스스로를 지키며 버티기에는 사방에
서 너무나도 엄청난 압력이 가해지고 있었다. 팔다리를 움직
일 수 없었다. 심지어 위와 아래도 구분할 수가 없었다. 아는
것은 어둡다는 것, 산소가 사라져 간다는 것뿐이었다.

이네스는 양배추 롤에 넣는 소처럼 나탈리를 담요로 돌돌
감았다. 그때까지는 계속 웃음이 났다. 그냥 엉뚱한 짓을 하
고 있는 것처럼 느껴졌다. 할머니는 나탈리에게 세 겹으로 깔
아 놓은 매트리스 위에 누우라고 했다. 그리고 나머지 매트리
스는 나탈리의 몸 위에 올렸다. 나탈리는 자신이 인간 햄버거

가 됐다고 생각했다. 인간 핫도그거나.

나탈리가 할 일은 재탄생을 상징하는 매트리스와 담요 안에서 꾸물거리는 것뿐이었다. 이게 어떻게 재탄생을 의미한다는 것인지 제대로 이해하지는 못했다. 하지만 거부하고 싶은 마음은 들지 않았다.

이네스가 미리 말해 주지 않은 건 나탈리를 덮고 있는 매트리스 위로 그 방에 모인 모든 사람이 올라간다는 거였다. 갑자기 열 명이나 되는 어른의 몸이 매트리스에 올라와서 밑에 깔린 나탈리에게 압력을 가했다.

그 일은 너무나도 순식간에 일어났고, 단번에 나탈리의 몸속에서 공기를 짜내 버렸다. 피로와 어지러움은 사라지고 아드레날린이 온몸을 채웠다. 매트리스 충전재가 어른들의 무게를 조금은 분산시켜 주었지만 그래도 짓눌려 죽을 것 같았다. 진짜로.

나탈리는 매트리스 사이에 낀 채 정말로 질식해 죽을 수도 있음을 깨달았다. 그러나 비명을 지를 수 있는 공기도 없고, 그 비명을 들어 줄 사람도 없을 것 같았다. 무슨 일이 있어도 절대 기절하면 안 됐다.

손을 자유롭게 쓸 수 있었다면 어떻게 해서든 기어 나갔을 것이다. 하지만 온몸을 감싸고 있는 담요 때문에 그렇게 움직이는 건 불가능했다. 매트리스 사이에 끼어 샌드위치가 되었을 때 모든 빛이 사라져서 눈에 보이는 것도 없었다.

어디까지가 나탈리의 몸이고 어디부터가 담요인지 구별할 수가 없었다. 할 수 있는 건 그저 한 번에 몇 센티쯤 앞뒤로 몸을 뒤틀면서 움직일 수 있을 만큼 공간을 확보하는 것뿐이었다. 그러나 정말 몸이 비틀어지고 있긴 한 건지도 확실하지 않았다.

이네스는 매트리스 사이에서 자신이 누구인지를 찾아야 한다며 무슨 말을 했었다. 그러나 지금은 그저 감각만이 있었다. 열기와 어둠 속에서 명확하게 생각하는 건 불가능했다. 이 감각은…… 공포였다. 그리고…… 체념이기도 했다.

아드레날린이 충분히 분비되지 않았다.

기력이 거의 남지 않았다.

공기는 전혀 없었다.

나탈리는 내뱉은 공기를 다시 들이마셨다. 그래도 그때까진 숨을 쉴 수 있었다. 위에서 내리누르는 압력에 폐가 점점 더 납작해졌다. 차츰 의식이 사라져 갔다. 무의식이 나탈리를 이곳에서 벗어나게 해 주려고 했다. 나탈리를 평온하게 해 주려고 애쓰고 있었다. 학교에서도, 친구들하고 어울릴 때도 나탈리는 자신이 주도해 본 적이 없었다. 무슨 일을 하건 흘러가는 대로 따라갔다. 굳이 싸워야 할 이유가 있나? 인생은 안 그래도 충분히 힘든데? 그러니 지금 포기한다고 해도 문제 될 건 없지 않을까? 그게 원래의 나탈리 아니었나?

나탈리는 알지 못했다.

그러나 크게 잘못됐다는 느낌이 들었다.

왜냐하면 나는…… 나는 나탈리니까. 외스테르말름에서 아빠와 함께 살고 있고, 유별난 가족에게서 태어났지만 크면 경찰이 되겠다고 결심한 나탈리니까. 매일 경호원의 감시를 받지만 아빠 몰래 잠시 학교에서 남자친구도 사귀었던 나탈리니까. 솔직히 그건 모두 과거의 일이었다. 그래도 그건…… 또한 나탈리였다. 무엇보다도 고통은 정화하는 걸 아는 나탈리였다. 과거는 이미 지나왔다. 확실히 포기했을 때도 있었다. 하지만 그렇지 않은 사람도 있나?

나탈리는 몸의 끝과 끝이 어디인지 느껴 보려고 했다. 어디부터가 몸이고 어디까지가 담요인지 느끼려고 버둥거렸다. 쉽지 않았다. 나탈리의 생각은 미친 듯이 흔들렸지만 생각을 멈추기를 거부했다. 그리고 결국 윤곽을 찾았다. 그곳에는 다리와 발과 배와 가슴과 손과 팔과 등과 목과 머리가 있었다.

나탈리가 있었다.

밖으로 나가려는 나탈리가 있었다. 그 밖에 모든 것은 중요하지 않았다. 아빠의 생각도, 할머니가 하는 일도, 학교 친구들도. 더는 아무것도 중요하지 않았다.

이 세상에서 중요한 것은 오직 한 가지뿐이었다.

그녀는 나탈리이고, 나탈리는 지금 밖으로 나가려고 한다.

나탈리는 어딘가에서 자신에게 있는지도 몰랐던 힘을 찾았다.

어둠 속에서 분노에 차 비명을 질렀다. 입김 때문에 담요가 축축해졌다. 몸부림쳤다. 몸이 움직이는 걸 느꼈다. 비명을 지르고 발버둥 쳤다. 몸이 움직였다. 나탈리는 해내고 있었다. 이기고 있었다.

머리 위의 어둠 속에서 덩굴손 같은 빛줄기가 들어왔다. 매트리스에 틈이 생기고 있었다. 공기가 들어오고 있다는 뜻이었다. 공기로 폐를 가득 채우고 싶었지만 몸을 짓누르는 압력이 너무 컸다. 다시 숨을 쉬어 보려 했다. 바로 저기에 틈이 있었다.

그때 매트리스를 뚫고 소리가 들려왔다. 그 소리는 점차 선명해졌다.

"제정신이에요? 이 애가 필요하다고 했죠? 이 애를 여기 데려온 이유를 잊었어요?"

나탈리는 이를 갈고 고함을 치면서 다시 몸을 비틀었다. 틈 사이로 코를 내밀고, 얼굴을 절반쯤 내밀었다. 처음엔 욕설을 퍼부으려고 했다. 하지만 그런 이성적인 생각은 전혀 할 수가 없었다. 그저 순수한 감정만이 남았다. 순수한 분노만이 있었다. 마지막 힘을 모두 짜내 끝나지 않을 것 같은 원초적인 울부짖음을 내질렀다.

몸을 내리누르던 압력이 누그러졌다.

차가운 콘크리트 바닥 위로 기어 나왔다. 누군가가 나탈리의 머리를 들어 무릎으로 받쳤다. 누군가가 나탈리의 뺨을 다정하게 토닥였다. 모든 것이 괜찮다고 말해 주었다. 나탈리는 살며시 눈을 떴다. 노바가 보였다.

"미안."

노바가 말했다.

"이네스가 너에게 이걸 할 줄은 몰랐어. 알았다면 못 하게 막았을 거야. 네가 위험해지는 건 원치 않아."

나탈리는 크게 숨을 들이마셨다. 폐 속으로 산소가 몰려 들어와 혈관을 타고 퍼져 나갔다. 방 안을 비추는 밝은 조명 때문에 눈물이 났다. 나탈리는 살아남았다. 이전까지는 당연하게 여겼던 세상 속으로 다시 새롭게 태어났다. 아, 정말로, 정말로 살아 있다. 이전까지는 순진한 나탈리였다. 그러나 이제는 아니다.

"괜찮아요."

기침이 나왔다. 하지만 정말 괜찮았다. 왜냐하면 할머니가 옳았으니까. 나탈리가 드디어 자기 자신이 되었으니까. 그녀는 나탈리였다. 바로 이 순간 자신이 받는 사랑을 느끼고 안전해진 나탈리였다. 이제는 곁을 떠나지 않고 그녀를 돌봐 줄 사람에게 받아들여진 나탈리였다.

그것만이 중요했다.

"조금 더 시간이 있었으면 좋겠지만, 이젠 그럴 여유가 없을 것 같아. 너의 어머니에 대한 진실을 말할 때가 되었거든."

노바가 말했다.

*

빈센트는 자기 자신을 때리고 싶었다. 노바 아버지와의 연결 고리는 너무나도 잘 숨겨져 있었기 때문에, 그 고리를 발견했을 때 그만 만족해 버리고 말았다. 정확히 2주 전 경찰서에서 정확한 단서라고 설명하던 당시, 사실은 빈센트 자신조차 아직 그것을 제대로 이해하지 못한 상태였던 것이다.

그건 모두 너무 서둘렀기 때문이라고, 한 아이의 목숨이 위험했기 때문에 그랬던 거라고 말하고 싶었다. 하지만 그런 변명을 할 수는 없었다. 그는 마스터 멘탈리스트니까. 이런 실수를 하면 안 되는 사람이니까. 인간적인 실수를 해도 되는 건 이런 순간이 아니었으니까.

빈센트는 노트를 가지러 서재로 향했다. 그리고 베냐민의 방으로 돌아가는 길에 이제는 비누를 포장하고 있는 마리아의 옆을 지나갔다. 거실은 선명한 라벤더 향으로 가득 차 있었다.

옆으로 지나가는 빈센트를 마리아는 쳐다보지 않았다.

"네가 다섯 번의 살인과 다섯 개의 어절 얘기를 했잖아."

빈센트가 베냐민에게 말했다.

"맞아. 다섯 번째 '살인', 아빠가 막은 그 살인이 그 인용문을 완성했어. '존재하는 것은 고통이고, 고통은 정화한다.'라는 인용문. 끝에는 마침표까지 있었지."

빈센트는 기사의 여행을 처음 적은 부분이 나올 때까지 노트를 넘겼다. 모르는 사람에게 그 메모는 세상에서 가장 이상한 자수 패턴처럼 보이겠지만, 이 패턴은 그 자체로 수학적인 업적이었다.

기사의 여행은 그것 하나만으로도 어려운 문제다. 빈센트는 살인자의 기사의 여행에는 '마법 같은 수학의 속성'이 포함되어 있다는 사실을 깨달았다.

수학의 복잡성이 더해지면서 살인자가 설정한 기사의 여행은 대칭이 되어야 했다. 기사가 왼쪽에서 움직이면 오른쪽에서도 조화와 균형을 맞추기 위해 거울에 비치듯 똑같이 움직여야 한다. 그 결과로 믿을 수 없이 복잡한 패턴이 만들어진다. 빈센트는 그 패턴 가운데 오직 첫 번째 열 단계만을 찾은 것이다.

심리학적으로 그것은 살인자가 엄격한 규칙에 맞춰 행동한다는 것뿐 아니라, 그 규칙 자체도 자신들이 정한 규칙에 맞춰 지켜져야 한다는 것을 의미했다. 빈센트는 살인자는 약물 치료가 필요한 수준으로 통제 욕구가 강한 사람일 것이라는 생각이 들었다.

"아빠? 여보세요? 어디로 가 버린 거야? 우리 다섯 번의 살인에 대해 얘기하고 있던 거 아니었어?"

베냐민이 말했다. 빈센트는 눈을 깜빡이며 다시 현실로 돌아왔다.

"맞아, 그랬지. 문제는 계획된 살인이 다섯 번이 아니었다는 거야. 우린 정확한 숫자를 몰랐어. 나는 살인과 살인 사이의 간격을 고려하면 최대 여덟 번의 살인이 가능하다는 사실에 주목했고. 그렇다고 해서 살인이 반드시 여덟 번 일어나야 하는 건 아니지만, 그저 그게 한계일 거라고 생각했던 거야. 당연히 살인이 더 적게 일어나기를 바랐으니까. 빌마는 다섯 번째 희생자였을 거야. 우리는 다섯 번째 어절 뒤에 마침표를 봤기 때문에 빌마가 마지막이라고 생각한 거고."

"그럼…… 그러니까 다섯 명이 끝이 아니라…… 지도 위에 있는 여덟 개 지점에서 살인이 여덟 번 발생한다는 거야?"

빈센트가 고개를 끄덕였다.

"지도에 있는 여덟 개 지점. 그리고 메시지를 이루는 여덟 개 어절."

베냐민은 가로세로 여덟 칸짜리 표에 한 어절씩 적어 넣었던 에피쿠라의 인용문을 컴퓨터 화면에 띄웠다.

"나머지 세 개는 살펴보지 않았어. 끝났다고 생각했으니까."

"그럼 다섯 번째까지 이동한 뒤에 기사는 어디로 가는 거지? 빌마 다음 목적지는 어디인 거야?"

베냐민이 물었다. 빈센트는 헛기침을 하고 노트에 쓴 내용을 읽었다.

"h5 다음에, 그러니까 '정화한다.' 다음에는…… g7으로 가야 해. 위에서 두 번째, 오른쪽에서 두 번째 칸."

베냐민이 칸 안에 있는 글자를 굵은 글씨로 바꾸었다.

"그 다음 e8, 그리고 f6."

에피쿠로스의	가르침은	언제나와	마찬가지로	**새로운**	세대에도	옛	세대들에게
그렇듯이	당연히	적용할	수	있다.	사람들의	그	불안은
혜성과	같아야	한다.	그보다	거대한	**별**	스치는.	너무나도
빨라	감지할	수	없는	고요한	인생은	삶을	**정화한다.**
아무것도	소망하지	말아야	한다.	우리는	**고통은**	피하고	그
무엇도	소망하지	말아야	한다.	소망하는	삶은	**고통이고,**	우리가
바라는	삶은	무고통의	삶이라는	**것은**	자명하다.	우리는	위대한
성공을	주는,	성공을	허락하는	살을	소망한다.	세상에	**존재하는**

"이런 망할."

베냐민이 빈센트가 컴퓨터 화면을 볼 수 있도록 비켜 주면서 말했다. 에피쿠라의 인용문에서 새롭게 굵어진 세 어절이 보였다.

"아빠가 불러 준 대로라면 '그 새로운 별'이 되네. 존재하는 것은 고통이고, 고통은 정화한다. 그 새로운 별."

빈센트는 현기증이 나서 침대 가장자리를 두 손으로 짚었다. 그는 라틴어로 '그 새로운 별'을 뜻하는 단어를 알았다. 베냐민도 아는 게 분명했다.

"메시지는 욘이 보낸 게 아니야."

빈센트가 중얼거렸다.

바로 몇 주 전에 빈센트는 노바가 텔레비전 방송에 출연해 자신은 같은 지점을 두 번 갈 수 없는 해밀턴 경로대로 살고 있다고 말하는 소리를 들었다. 그러한 길이 기사의 여행이 아니라면 무엇이겠는가?

그와 대화를 나누었던 구금된 노인이 말했었다. 우리의 지도자 별이라고, 육체의 고통을 안고 살아온 사람이라고. 그러나 빈센트는 듣지 않았었다. 그는 그 말은 진실이었다고 자기 자신에게 고래고래 소리쳤다. 빈센트는 입을 열었다. 그리고 자신에게 소리 지르는 것을 멈추었다.

"그 새로운 별. 스텔라 노바."

안 그래도 더할 수 없이 창백했던 베냐민의 얼굴이 더욱 하
얗게 바랬다.

"처음부터 끝까지, 노바가 한 짓이야."

여섯째 주

미나는 쿵스트레드고르덴 공원 분수 옆 벤치에 앉아 있는 빈센트를 발견했다. 분수의 오목한 수반에는 주변 나무에서 떨어진 꽃이 아이스크림 포장지와 버려진 냅킨과 함께 둥둥 떠다니고 있었다. 스톡홀름의 환경미화원이 도시를 아무리 깨끗하게 유지하려고 노력해도, 그건 지는 싸움이었다. 미나는 분수 바닥에는 이상한 곳에 사용한 바늘도 있을 거라고 생각했다. 하지만 그럼에도 쿵스트레드고르덴 공원은 아름다운 곳이었다. 무엇보다도 우거진 나무 밑에 있는 벤치에는 그늘이 져 있었다.

빈센트의 옆자리는 다른 곳보다 색이 진하고, 희미하게 소독제 냄새가 났다. 미나가 도착하기 전에 닦은 것이 분명했다. 물론 빈센트는 스스로 그걸 말하지는 않을 것이다. 그는 해파리가 프린트된 반소매 셔츠에 반바지를 입고 있었다. 꼭 관광객처럼 보였다.

"스타일을 바꾼 거예요?"

깜짝 놀란 미나가 벤치에 앉으며 물었다.

"반바지는 안 입는 줄 알았어요."

"하수도관에서 기어 보고 나니 패션 감각이 달라지더라고요. 약간…… 느슨한 게 필요하다는 생각이 들었어요. 앞으로 한동안…… 갑갑한 일들이 있을 테니까요. 근데 반바지 안 좋아하죠? 당신 말이 맞을지도 모르겠네요."

빈센트는 가슴에 그려진 해파리를 보았다.

"아주 좋은 생각은 아니었던 것 같아요. 그냥 당신 스타일을 따라 할 걸 그랬어요. 민소매를 입고 나오는 건데."

"그건 절대 안 돼요. 이 도시에서는 남자가 민소매를 입는 걸 허용하지 않으니까. 아무튼, 당신은 정장을 입는 게 어울려요."

"센스 있는 추천 고마워요. 안 그랬으면 이 벤치를 저 분수 물로 닦았다는 걸 고백할 뻔했어요."

미나는 벌떡 일어나고 싶은 충동을 꾹 눌러 참았다. 빈센트 말은 농담일 게 분명했다. 그가 그런 짓을 할 리가 없었다. 그렇지 않을까? 벤치에서 일어나지 않으려고 안간힘을 쓰는 동안 겨드랑이에 땀이 차기 시작했다. 세상에서 가장 끔찍한 일이었다. 벤치 옆 쓰레기통에서 젖은 물티슈를 발견하고 나서야 미나는 제대로 숨을 쉴 수 있었다.

"그래, 해야 할 말이 뭐예요?"

미나는 아무렇지도 않은 듯이 말하려고 했지만 완전히 실패했다. 빈센트는 씰룩 웃었다.

"어젯밤에 전화했어야 했는데."

갑자기 빈센트의 목소리가 심각하게 바뀌었다.

"너무 늦어서 못 했어요. 우리가 할 수 있는 일이 남기는 한 걸까 하는 생각도 들었고요."

"솔직히 지금 당신이 무슨 말을 하는지 전혀 모르겠어요. 또 물가에 있는 레고 모델을 찾은 거예요? 그래서 여기 온 거예요? 분수 옆에?"

빈센트는 고개를 저으며 가방을 뒤졌다.

"노바의 물 가설은 미끼였어요. 경찰의 시선과 인력을 다른 곳으로 유인하려고 계획적으로 던진 가설이었죠. 당신들을 그쪽으로 유도한 건 내 잘못이에요. 정말 끔찍한 실수였어요."

그가 접힌 종이를 꺼내 미나에게 내밀었다.

"노바의 아버지가 메시지를 숨겨 둔 글 알죠? 우리가 에피쿠라 강령에서 찾은. 그 글을 쓴 사람이 노바의 아버지였기 때문에 우린 그가 살인자라고 생각했어요."

"아니에요?"

"너무 빨리 결론을 낸 거예요. 더 많은 게 있는데. 이제는 그 글도 노바의 아버지가 썼다는 생각이 들지 않아요. 그건 또 다른 미끼였던 거예요. 시선을 엉뚱한 곳으로 돌리는 거죠. 마술에서도 흔히 쓰는 기술이에요."

미나는 종이를 폈다. 64개 칸 안에 적혀 있는 에피쿠라의 강령이었다. 그중 여덟 칸에 있는 글자는 굵은 글씨였다.

"우리는 기사의 여행에서 처음 다섯 어절만을 찾은 거예요. 빌마의 납치까지만 알아낸 거죠. 하지만 이 여행이 완성되려면 희생자가 여덟 명 있어야 해요."

빈센트가 말했다.

"맞아요. 살인 사이의 간격 때문에 최대 여덟 번까지 살인이 가능할 거라고 했었죠."

미나가 고개를 끄덕이며 대답했다. 빈센트는 마지막 세 어절을 가리켰다.

"그, 새로운…… 별, 이라고요?"

잠시 생각에 잠겼던 미나가 입을 열었다.

"노바군요."

"맞아요. 노바였어요."

빈센트가 미나의 의심을 확인해 주었다.

"노바가 그 뒤에 숨은 두뇌예요."

실망에 찬 비명 소리가 분수대 반대쪽에서 들려왔다. 물속으로 돌진하려는 어린아이를 부모가 가까스로 막아 내고 있었다.

"노바만이 아니에요."

미나가 말했다.

"그 사람은 에피쿠라의 모든 구성원을 자기 맘대로 부리고 있잖아요."

빈센트가 고개를 끄덕였다.

"에피쿠라 사람들 모두가 범죄에 가담한 건 아닐 거라고 생각해요. 대부분은 그저 돈을 낸 거 말고는 더한 나쁜 짓은 하지 않았겠죠. 핵심 내부 인원은 따로 있을 거예요. 빌마를 찾았을 때 잡은 사람들이 그런 사람들이겠죠. 그들이 입을 다물고 있는 건 당연한 거예요. 그들은 처음부터 노바와 함께였으니까. 노바가 그들에게 자신이 필요한 일을 해 줄 거라는 믿음이 있는 것처럼, 그들도 노바를 믿고 있는 거죠."

미나의 몸에서 힘이 쭉 빠져나갔다. 노바의 핵심 내부 인원. 그런 사람이 하는 말을 아주 가까이에서 들은 적이 있었다.

"나의 어머니 같은 사람 말이죠. 이네스 같은 사람."

그러나 빌마를 찾으러 간 말 농장에 이네스는 없었다. 그러니까 어머니가 아무것도 모를 가능성은 있었다. 아주 극소한 가능성일 뿐이었지만.

"거의 잡을 뻔했었네요. 마구간에서. 우리가 욘이라고 생각했던 사람이 노바였던 게 분명해요. 젠장. 이젠 뭘 해야 하죠? 에피쿠라의 본거지로 찾아가서 그 사람을 잡아요?"

"이젠 거기 없을 거예요. 욘 벤하겐은 미끼였어요. 노바는 우리가 곧 진짜 범인이 누구인지 알아채리라고 생각했을 테고요. 결국 자신이 그 메시지를 우리에게 보내 줬으니까요. 내가 노바였다면, 그 메시지를 우리에게 준 직후에 사람들을 데리고 기존 본거지에서 나왔을 거예요. 하나 더 있어요. 내가 살인자, 그러니까 노바가 납치 사이의 시간을 반씩 줄이고 있다고 했던 거 기억하죠? 우리가 막지 않았다면 빌마와 다음 희생자 사이의 시간 간격은 2주였을 거예요. 2주 만에 여섯 번째 희생자가 나와야 했던 거죠. 일곱 번째 희생자는 그 뒤로 1주, 여덟 번째이자 마지막인 희생자는 0.5주 만에 나왔어야 해요. 하지만 내가 말했듯이 우리가 빌마의 희생을 막았고, 아이들 일을 처리하던 노바 측 사람들을 모두 잡았어요. 노바가 이제 곧바로 결론으로 달릴 거라고 생각하는 건 그 때문이에요. 이번엔 체스 판에서 곧바로 여덟 번째 단계로 가는 수를 구사할 거예요. 노바의 규칙대로라면 그건 0.5주 안에 벌어질 거고요."

분수 반대편에서 아까 그 아이가 또다시 분수대를 향해 달려갔고, 또다시 부모에게 붙잡혀 비명을 질렀다. 미나는 그냥 아이가 분수대로 들어가게 내버려 두라고, 차분하게 생각 좀 할 수 있게 조용히 하라고 고함을 지르고 싶었다.

"잠깐만요."

미나가 말했다.

"우린 지난주 목요일에 빌마를 구했어요. 오늘은 월요일이고, 그렇다면 72시간이 지난 거예요."

"정확해요."

빈센트가 미나를 바라보았다. 그렇게 심각한 표정은 처음이었다.

"오늘 오후에, 노바는 마지막 마무리를 할 거예요."

공포가 미나의 온몸을 타고 질주했다.

"나탈리. 나탈리를 데리고 와야 해요."

주머니에서 휴대폰을 꺼내는데 손이 벌벌 떨렸다. 겨우 휴대폰을 붙잡고 나탈리 아버지의 번호를 입력했다. 이제는 어쩔 수 없었다.

"안녕, 나야."

그가 전화를 받자마자 말했다.

"에피쿠라로 가서 나탈리를 데리고 와야 해. 지금 당장. 주소 보낼게. 나도 경찰차를 타고 갈 거야. 근데 경찰서에 가서 승인을 받고 출발하려면 시간이 걸려. 시간이 없어. 교통 신호 같은 건 무시하고 달려. 헬리콥터를 타도 좋고. 빨리 안전한 곳으로 데리고 와야 해."

대답도 듣지 않고 전화를 끊었다. 그에게 한 번도 그런 식으로 말해 본 적이 없었다. 단 한 번도. 둘이 함께 살았던 시간 동안, 미나는 그에게 무언가를 해야 한다고 요구해 본 적이 없었다. 당연히 명령을 내린 적도 없었다. 그래서 그런 결말을 맞았는지도 모른다. 하지만 그때 미나에게 선택의 여지가 있었을까?

미나는 위치 추적 앱을 열었고, 앱이 나탈리의 가방에 넣은 추적기를 찾으려고 돌아가는 동안 아랫입술을 세게 깨물면서 기다렸다. 앱이 나탈리의 위치를 찾는 데는 시간이 오래 걸렸다. 오래 걸려도 너무 오래 걸렸다. 앱은 결국 포기하고 말았다. 그리고 미나에게 추적기가 꺼져 있으니 배터리를 확인하라고 했다.

*

빈센트는 다시 가방을 뒤졌다. 스톡홀름 지도를 꺼내 무릎 위에 펼쳤다. 자를 들고 지도 위에 노바가 계획한 기사의 여행 여덟 단계를 선을 그어 연결했다. 그 선은 노바가 보낸 마지막 메시지로 이어졌다.

"봐요."

빈센트가 지도를 가리키면서 말했다.

"별이라는 단어는 체스 판의 f6 지점에 있어요. 이곳이 여덟 번째 단계이자 마지막 단계예요. 지도로 보면 스톡홀름 중심부에 해당해요. 거긴 건물 외에는 아무것도 없어요. 공원도, 수로도 없어요. 하지만 이곳 어딘가에서 노바의 마지막 계획이 실현될 거예요."

미나는 수시로 확인할 수 있도록 휴대폰을 움켜쥔 채 지도를 자세히 들여다보았다. 햇빛이 머리 위에서 내리쬐어 손으로 휴대폰을 가려 화면에 그늘을 만들어 주었다.

"거기 외스테르말름 광장이 있잖아요."

미나가 말했다.

"공원은 아니지만 탁 트인 넓은 공간이에요. 바로 옆에 있는 교회도 같은 광장에 있고. 거기가 노바가 선택할 완벽한 묘지 같은데요."

빈센트는 미나를 흘끔 쳐다보았다. 그녀는 침착하고 냉정한 태도를 유지하려고 최선을 다하고 있었다. 빈센트는 미나의 그런 점을 존경했다. 그러나 동시에 미나는 너무나도 힘들게, 자주 눈을 깜빡이고 있었다. 게다가 상당히 긴장한 것처럼 움찔거리는 것으로 보아, 횡격막이 수축해 있음이 분명했다. 미나는 슬슬 견딜 수 없는 한계 지점에 도달해 가고 있었다. 어떻게 해서든 미나를 돕고 싶었지만, 빈센트는 방법을 몰랐다.

"노바가 광장이나 교회처럼 눈에 띄는 곳에서 뭔가를 할 거라는 생각은 들지 않아요."

빈센트가 대답했다.

"우리가 쫓고 있다는 것도 알 테고요. 내가 노바라면 신중하게 행동할 것 같아요. 이 광장에 있는 다른 건물들은 대부분 주거지예요. 그러니까 여기에 에피쿠라 회원의 집이 있을 수도 있어요. 어쩌면 모든 집을 다 수색해야 할지도 몰라요. 하지만 여긴…… 이것도 있어요."

광장의 가장 위쪽 구석에 주변 건물과는 다르게 생긴 건물이 하나 있었다.

"외스트라 레알 고등학교네요."

미나가 손가락으로 지도의 광장을 쭉 가로지르면서 말했다.

"나도 여기 다녔어요."

"즐거운 학창 시절이었나요?"

"사실 난, 그때는 정말…… 아주 민감했어요. 반에서 최고 괴짜 취급을 받을 정도였죠. 1학년 때는 반 아이들이 내 사물함이랑 사물함 자물쇠에 동그라미를 그린 포스트잇을 자리가 없을 정도로 붙여 놨어요. 처음에는 도대체 왜 그러는지 몰랐거든요. 그런데 나중에 누가 그게 자물쇠에 자기 성기를 문질렀다는 뜻이라고 알려 주더라고요."

빈센트가 크게 웃었다. 그러다 일그러진 미나의 표정을 보고 입을 다물었다.

"미안해요. 전혀 생각지도 못한 이야기여서 그랬어요."

"어쩌면 그냥 농담이었을지도 몰라요. 진짜로 그럴 용기가 어디 있었겠어요. 하지만 그 뒤로는 비닐장갑을 끼고 자물쇠를 열었어요."

미나는 반항기 어린 시선으로 빈센트의 눈을 똑바로 쳐다보았다. 그 눈에서 반짝이는 눈물이 보였다. 그러면서도 미나의 눈에는 싸워서 이기겠다는, 누구에게도 지지 않겠다는 의지가 보였다. 같은 반 아이들이 미나에게 그렇게 추잡한 장난을 한 건 그 때문일 것이나. 미나는 기이한 아이였을지는 몰라도, 깔아뭉갤 수 있는 사람은 아니었으니까. 이 사람은 미나였으니까. 두 눈에 불꽃을 담고 있고 언제나 손이 튼 채인, 늘 진실한 미나였으니까.

"어쨌든, 학교는 여름에는 문을 닫아요. 그러니까 노바가 거기 있을 가능성은 없어요. 율리아에게 연락해서 가능한 인력을 총동원해 모든 집을 수색해 보라고 할게요."

"당신을 괴롭혔던 사람들 모두 기말고사를 망쳤기를 바라요. 학교에 관해서는 당신 말이 맞을 거예요. 아스톤의 학교도 그러니까. 학교가 방학 때 문을 여는 건, 학생들이 없을 때 외부인에게 일정 비용을 받고……."

빈센트는 갑자기 말을 멈추었다.

두 사람은 서로를 쳐다보았다.

미나의 손에는 여전히 휴대폰이 들려 있었다. 곧장 크리스테르에게 전화를 걸고 스피커폰을 켰다. 크리스테르는 바로 전화를 받았다. 숨을 조금 헐떡이고 있는 것 같았다.

"크리스테르, 내 말 들려요?"

"잠깐만. 보세랑 내가…… 잠깐만. 보세! 그 숙녀분 강아지 괴롭히지 마!"

"크리스테르."

"아이고, 미안해요."

확실히 미나에게 하는 소리는 아니었다.

"그냥 인사를 하고 싶었던 거예요. 보통은 이 녀석이 그러지 않는데…… 정말이에요. 아니, 그런 개자식이 아니에요. 아니, 아니, 이해해요."

"크리스테르!"

미나가 언성을 높였다.

"듣고 있어."

"알아볼 게 있어요."

"뭐를?"

"이번 주 외스트라 레알 고등학교에 외부 행사가 예약된 게 있는지 알아봐 주세요."

빈센트가 끼어들었다.

"지금 당장 알아봐야……."

"빈센트도 같이 있군. 안녕, 안녕. 알았어. 서에 들어가서 보세 물 좀 주고."

"이게 더 중요해요. 외스트라 레알이 먼저고 보세 물은 그 다음이에요."

침묵이 흘렀다. 빈센트는 크리스테르와 보세가 동시에 전화기를 노려보고 있는 게 분명하다고 확신했다.

"미안, 보세."

빈센트가 말했다.

"나중에 크리스테르가 훨씬 맛있는 물을 줄 거야. 크리스테르, 급한 게 아니라면 연락하지 않았을 거예요. 알잖아요."

"알겠어. 바로 전화할게."

전화를 끊고 미나는 위치 추적 앱을 다시 켰다. 앱은 연락이 끊어진 유령을 완전히 포기하지는 않았다. 지도 위에 생긴 원은 앱이 조금은 더 좁은 지역을 헤매고 있다는 증거였지만, 여전히 정확한 위치를 찾지 못했다. 두 사람이 확인할 수 있는 건 나탈리가 더는 에피쿠라의 농장에 있지 않다는 것뿐이었다. 빈센트의 예측대로.

빈센트는 분수 주위를 둘러보았다. 쿵스트레드고르덴 공원에 놀러 온 관광객들은 아이스크림을 먹고, 셀카를 찍고, 탄산음료를 마시고 있었다. 10대 아이들은 땅바닥에 앉아 여름 방학이면 그 나이대 아이들이 하는 일을 하고 있었다. 몇 년 안에 아스톤도 저렇게 시간을 보내게 될 것이다. 그러나 릴뤼와 빌리암, 텍스테르와 오시안에게는 그럴 기회가 주어지지 않았다. 그 아이들에게는 이제 모든 것이 끝나 버렸다. 도대체 무엇 때문에? 노바가 달성하려고 하는 목표를 도무지 이해할 수가 없었다. 하지만 그것으로 끝이 아니라는 건 분명히 알았다.

"노바의 체스 판에서 여덟 번째 칸이 의미하는 건 그저 납치를 하겠다는 선언은 아닐 거예요. 자신의 이름을 그 칸에 적어 넣었잖아요. 그건 무언가 더한 걸 하겠다는 거예요. 대미를 장식할 최종전을 치를 생각이겠죠. 그곳에 노바가 있을 거예요."

그때 미나의 전화가 울렸다. 미나는 다시 스피커폰을 켰다.

"생각해 보니까, 거기서 직접 전화를 걸어도 됐잖아?"

크리스테르가 말했다.

"바로 연락 되던데. 이번 주에는 예약이 딱 하나 있대. 그것도 오늘."

크리스테르가 말하는 동안 휴대폰에 알림이 떴다. 위치 추적기가 다시 작동하기 시작했다. 앱이 미나의 딸이 있는 곳을 알려 주었다. 미나는 빈센트가 화면을 볼 수 있도록 휴대폰을 들었다. 나탈리는 스톡홀름 중심부에 있었다.

"재밌는 건 예약한 곳이 우리가 아는 단체라는 거야."

미나가 앱 화면을 확대하는 동안 크리스테르가 덧붙였다.

"에피쿠라가 거기를 하루 통째로 빌렸대. 80명이 쓰겠다고. 이젠 두 사람이 뭐라고 하건 보세를 돌봐야겠어."

크리스테르가 전화를 끊었다. 빈센트는 손으로 햇빛을 가려 화면이 잘 보이게 했다. 미나는 위치 추적 앱 지도에 있는 모든 건물이 다 보이도록 화면을 축소했다. 의심의 여지가 없었다. 나탈리는 외스트라 레알 고등학교에 있었다.

해가 하늘 위로 더욱 높이 올라갔고 기온은 27도가 넘었지만, 등줄기를 타고 흐르는 한기가 느껴졌다. 빈센트는 자신의 팔을 감쌌다. 그리고 입을 열었다.

"존재하는 것은 고통이고, 고통은 정화한다. 세상에. 욘이 지하 벙커를 죽음의 덫으로 사용하려던 거 기억하죠? 베아타 융이 말해 준 사이비 종교 단체의 집단 죽음도요. 노바는 자기 아버지의 말이 이끄는 논리대로 행동할 거예요. 마지막은 한 명만 죽이는 게 아니에요. 거기엔 80명이 있어요. 나탈리도요. 노바는 80명을 모두 죽일 거예요."

*

빈센트는 그 어느 때보다도 무기력하게 느껴졌다. 미나를 돕고 싶었다. 그의 몸과 마음은 미나를 도와야 했다. 하지만 무엇을 해야 하는지 알 수 없었다. 지금은 너무나도 쓸모가 없었다.

미나가 벤치에서 일어서려고 할 때, 문자가 도착했다.

"크리스테르예요?"

빈센트가 물었다. 반쯤 일어섰던 미나의 몸이 허공에서 굳어 버렸다. 미나는 휴대폰을 뚫어지게 바라보았다. 얼굴에서 혈색이 완전히 사라졌다.

"노바예요."

미나는 빈센트 쪽으로 휴대폰을 내밀었다.

안녕 미나.

오늘 볼 수 있음 좋겠어요.

하지만, 당신한테 살짝 문제가 생긴 건 유감이에요.

당신은 어머니를 구하거나 딸을 구할 수 있어요. 그런데 둘 다 구하기에는 시간이 없겠네요.

무얼 선택할 거예요? 어느 길로 움직일 거예요?

곧 봐요.

노바가

"내가 뭘 어떻게 해야 해요?"

미나가 말했다.

"이게 무슨 뜻인지도 모르겠어요. 선택을 하라느니, 어느 길로 움직일 거냐니, 도대체 이게 무슨 말이에요?"

빈센트는 문자를 다시 읽어 보았다. 무언가 숨은 뜻이 있는 것 같았다. 그러나 그 뜻을 파고들 시간이 없었다.

"이건 잊어요."

빈센트가 대답했다.

"당신을 혼란스럽게 해서 시간을 벌려는 걸 테니까. 그 사람에게는 당신이 주저하는 게 가장 좋을 거예요. 그러니까, 그러면 안 돼요. 당신은 외스트라 레알 고등학교로 가서 나탈리를 찾아요. 사람들을 구해야 해요. 에피쿠라 사람들과 노바를 상대하려면 당신에겐 내가 아닌 동료들이 필요해요. 뭘 해야 하는지 아는 사람들이요. 난 방해만 될 거예요. 나는 노바의 문자를 분석하는 데 집중할게요. 뭔가 숨기고 있다는 당신 말이 맞아요. 단순히 이 뜻으로만 보내지는 않았을 거예요. 하지만 조심해야 해요. 노바도 거기 있을 테니까. 그 사람이 어떤 함정을 파고 기다리는지 모르잖아요."

"나탈리의 아버지에게 다시 연락을 해야겠어요. 그 사람이 뭐든 지원해 줄 거예요."

미나의 말에 빈센트가 고개를 끄덕였다.

"빨리 해 봐요."

"이제 신나는 일이 벌어질 거야."

노바가 말했다. 그녀가 저렇게 매서운 눈길을 보일 때가 있었는지, 나탈리는 기억하지 못했다. 방을 둘러보았다. '고풍스럽다'라는 단어가 생각났지만, 그 단어가 무슨 뜻인지는 나탈리도 잘 알지 못했다.

"왜 우리만 여기 있는 거예요? 다른 사람들이랑 있지 않고?"

따로 떨어진 이유를 이해할 수 없었다. 나탈리는 다른 사람들과 노바, 모두와 다 같이 있고 싶었다. 자신을 진심으로 이해하는 사람들과 함께 있고 싶었다.

"그들에게는 그들만의 여정이 있으니까."

노바가 웃으며 대답했다.

"원래는 그 사람들이랑 함께 가는 게 내 계획이었어. 하지만 내가 못다 한 일이 있다는 걸 깨달았지. 그 사람들은 나보다 먼저 가야 해."

"알았어요. 그런데 왜 여기에 온 거예요?"

"그건 내가 네 어머니에게 널 데려갈 기회를 주기 위해서야. 내가…… 다시 시작할 시간이 되기 전에."

노바는 전혀 이해할 수 없는 말들을 했지만, 이제는 조금씩 익숙해져 갔다. 노바의 말을 이해하기 어려운 건 그녀의 은근한 신비로움 때문이었다. 보고 있으면 열리기라도 할 것처럼 나탈리는 나무 문을 쳐다보았다. 어머니라니. 아직 엄마가 살아 있다는 사실을 받아들이지 못했다. 한 달 전에는 자신에게 할머니가 있다는 것조차 모르고 있었는데, 어제는 노바에게서 엄마가 살아 있다는 말까지 들었다. 지금까지 살면서 단한 번도 나탈리에게 연락을 한 적이 없는 엄마. 본인이 경찰이면서 한 번도 딸을 찾아오지 않은 엄마.

그건 나탈리가 꿈꾸었던 미래가 사라져 버렸다는 뜻이었다.

나탈리는 자신이 간직하고 있다고 생각했던 기억들을 다시 떠올려 보려고 했다. 실제로 있었던 일인지 확신하지 못했던 기억들 말이다. 어쩌면 그 기억들은 정말로 꿈이었을 뿐인지도 모른다. 그 냄새, 목소리, 웃음. 엄마가 와서 자신을 데려가는 건 원치 않았다. 지금, 이 순간, 나탈리가 그 누구보다도 미워하는 사람은 엄마였다. 그리고 아빠는 지옥에나 가 버려야 했다. 어떻게 엄마에 대한 이야기를 전혀 해 주지 않을수 있지? 노바만이 나탈리를 제대로 보살펴 주었고, 있는 그대로 받아들여 주었다. 노바만이 나탈리에게 거짓말을 하지않았다. 이 세상 모든 사람이 다 거짓말을 했는데도. 나탈리에게 선택권을 준다면 영원히 노바와 함께 있을 것이다. 노바만이 나탈리에게 필요한 어머니였다.

미나는 속도를 내어 가장 가까이 있는 화려한 갈색 벽돌 건물을 향해 걸어갔다. 오랫동안 오지 않은 곳, 절대로 다시는 오지 않겠다고 생각했던 그곳. 외스트라 레알 고등학교의 넓은 앞마당에는 아무도 보이지 않았다. 미나는 휴대폰을 흘끔 보았다. 나탈리의 위치 추적기는 더 크고 선명한 신호를 보내

오고 있었다. 학교 건물 안에 있는 것이 분명했다. 이네스가 뭘 하고 있는지는 전혀 신경 쓰이지 않았다. 하지만 나탈리는 …… 미나는 딸을 찾아야 했다.

완전 무장을 한 아담과 페데르가 미나의 뒤를 따랐다. 페데르의 수염에는 여전히 희미한 파란색 염색약이 남아 있었다. 미나는 학교로 이동하는 중에 동료들에게 전화했고, 아담과 페데르가 미나와 동시에 도착했다. 율리아와 루벤이 오려면 한참 있어야 했다. 그러나 두 사람을 기다릴 새가 없었다. 나탈리의 아버지는 여전히 전화를 받지 않았다. 이제 시간이 없었다.

그런데 둘 다 구하기에는 시간이 없겠네요.

"여기."

아담이 무전기를 미나에게 던지며 말했다.

"연락이 돼야 하니까."

미나는 자신이 영화의 한 장면처럼 혼자 학교 정문으로 향하는 계단을 달려 올라가고 있다는 것을 알고 있었다. 적절한 지원도 없이. 하지만 빈센트가 옳다면 에피쿠라의 최대의 적은 바로 에피쿠라 그 자체였다.

미나는 밝은 갈색의 나무 문을 열어젖혔다. 두 동료가 따라왔다.

"어디 있지? 어느 교실에 있는 거야?"

미나가 물었다. 문 뒤로 넓은 검은색 석조 계단이 보였다. 미나에게는 너무나도 익숙한 계단이었다. 무수히 많은 순간 이 계단 앞에 서서 교실로 갈지, 집으로 돌아갈지 고민했었다. 공기는 정체되어 있었다. 사우나처럼 뜨겁게 달구어져 있었다. 페데르가 이마에서 땀을 닦아 냈다. 그리고 재빨리 문 안쪽에 있는 안내판을 보고 강당과 교실 위치를 확인했다.

"대강당을 대관했어. 한 층만 올라가면 돼."

페데르가 위층을 가리키면서 말했다. 미나가 위치 추적 앱을 다시 확인했다.

"나탈리는 거기 없어. 교실에 있어."

미나는 페데르와 아담이 하는 말을 듣지 않고 휴대폰 앱을 계속 확인하면서 곧바로 위로 올라가 복도를 달렸다. 나탈리는 가장 끝에 있는 교실에 있었다. 오래된 나무 문들은 굳건해 보였다. 문의 반대쪽에 있는 사람들이 허락하지 않으면 미나는 그 안으로 들어갈 수 없을 것 같았다. 노바가 그들이 이미 와 있음을 알지 못하기만을 바랐다. 미나는 더 빨리 달렸다.

노바는 창문 옆에 서 있었다. 얼굴을 찡그린 채.

"무슨 문제 있어요?"

나탈리가 물었다.

"여기라면 정문이 보일 줄 알았어. 그런데 각도가 안 나오네. 몇 명이나 오는지 볼 수 있으면 좋을 텐데."

노바는 다시 나탈리 옆에 앉아 따뜻하게 웃었다. 그리고 나탈리의 머리를 토닥였다.

"이렇게 기다리게 해서 미안해. 농장에 있는 걸 더 좋아한다는 거 알아. 하지만 너도 에피쿠로스의 말 알지? 파도를 일으키지 않도록 인생을 살아라. 아무튼 여기 오래 있지는 않을 거야."

나탈리는 먹을 게 필요했다. 마실 거라도 있어야 했다. 너무 굶어서 배가 아팠다. 혀가 입천장에 달라붙었다. 이렇게까지 배가 고플 때는 제대로 생각할 수가 없었다. 그러나 노바의 눈길은 따뜻했고, 그 눈길 덕분에 나탈리는 모든 것이 괜찮다고 생각했다. 지금 일어나는 일들을 이해할 수는 없었지만, 노바를 믿으면 된다고 생각했다. 노바가 나탈리를 돌봐 줄 테니까.

"어디로 갈 거면, 나도 같이 가면 안 돼요?"

나탈리가 물었다.

"당신이 나를 돌봐 주지 않으면 난 아무도 없어요."

노바는 웃으면서 아이스 백에서 병을 꺼냈다.

"너도 곧 에피쿠라의 친구들과 함께하게 될 거야."

노바는 병을 유리 탁자 위에 놓았다.

"모니카, 칼, 네가 아는 모든 사람과 말이야. 당연히 이네스도 있지. 곧 그들과 함께 있게 될 거야."

병에 든 액체는 아이스티 같기도 했고 주스 같기도 했다. 아무튼 마침내 마실 게 생겼다. 나탈리는 고마워하며 병을 잡으려고 했지만, 노바가 나탈리의 손을 밀쳐 냈다.

"이건 잠시 가지고 있어야 해."

노바가 말했다. 다시 그녀의 눈에서 매서움이 보였다.

"여기 나타난 사람이 너의 어머니가 아니라면 말이야."

노바가 미나에게 보낸 문자가 빈센트의 뇌리에서 떠나지 않았다. 노바의 단어 선택에는 분명히 이상한 점이 있었다. 의도적으로 혼란을 주려는 의도가 보였지만, 미나보다는 빈센트가 고민하는 게 나았다. 외스트라 레알 고등학교의 상황만으로도 미나는 정신이 없을 테니까. 무엇보다도 그곳에 미나의 딸이 있으니까. 아스톤이 그런 위험에 처했을 때 자신이 미나처럼 집중할 수 있을까? 확신할 수 없었다.

그 문자에는 무엇이 있을까? 지금까지의 일로 한 가지 배운 게 있다면, 노바는 단서를 남기는 걸 좋아한다는 거였다. 가짜 단서와 진짜 단서 모두. 그러니 이 문자가 숨기고 있는 단서를 알아내야 했다.

둘 다 구하기에는 시간이 없겠네요. 무얼 선택할 거예요?
어느 길로 움직일 거예요?

처음 보았을 땐 노바의 문자는 미나가 구할 사람과 관계가
있는 것 같았다. 나탈리인가, 이네스인가? 하지만 이 문자를
순수하게 글자 그대로만 보면, 노바가 묻는 것은 그것이 아니
었다. '무얼 선택할 거예요?'라는 문장은 사실 다음 문장을 가
리키는 것이었다. 미나에게 다음번에는 어떻게 움직일 거냐
고 묻는 것이다. 그건 노바가 제안한 선택이었다.

움직일 것인가, 말 것인가.

두 개의 가능성.

구해야 할 두 사람.

움직인다, 움직이지 않는다.

나탈리와 이네스.

그 뜻을 깨달은 순간 빈센트는 벌떡 일어섰다.

"얼마나 기다려야 하는데요?"

나탈리가 한숨을 쉬었다. 노바는 손목시계를 보았다.

"그렇게 오래는 아닐 거야. 지금쯤이면 알아냈을 테니까.
내가 에피쿠라라는 이름으로 빌렸거든. 이미 와 있을 가능성
도 있고. 아마 네 어머니는 교실들을 뒤지고 있을걸. 곧 누구

든 나타날 거야. 아닐 수도 있고."

언제나처럼 나탈리는 아무것도 이해할 수 없었다. 하지만 이제는 질문을 할 수가 없었다. 배가 고프고 목이 마른 것 말고도 지루하기까지 했다. 노바를 혼자서 이렇게 오래 독차지한다는 건 독특한 상황이었다. 나탈리도 그걸 알았다. 한 순간 한 순간을 소중하게 여기지 않는 건 죄악에 가까웠다. 솔직히 나탈리는 낮잠이라도 자고 싶었다. 그러면 배도 덜 아플 텐데. 그래도 마실 것은 있었다. 나탈리는 다시 주스로 손을 뻗었다. 그러나 노바가 조금 더 먼 곳으로 병을 옮겼다.

"너무 목말라요."

나탈리가 일어서면서 말했다.

"가서 물을 좀 가져올게. 미안하지만, 넌 여기 있어."

노바의 시선이 나탈리를 꼼짝도 못 하게 했다. 그 눈은 더는 따뜻하지도 않았고 웃고 있지도 않았다. 강철처럼 차가웠다. 나탈리가 포근함을 느꼈던 사람은 갑자기 사라져 버렸다.

나탈리는 더 이상 이곳에 있고 싶지 않았다. 진심으로 이곳에 있고 싶지 않았다. 하지만 다시 일어설 힘이 없었다.

"넌 내 보험이야. 일이 잘못됐을 때를 대비한. 곧 주스를 마실 수 있어. 그건 걱정하지 않아도 돼."

나탈리는 몸을 뒤틀었다. 갑자기 더는 목이 마르지 않았다. 밑에서 누군가 달리고 있는 것 같았다. 발소리가 가까워지더니, 방향을 바꾸어 멀어져 갔다.

"보험이라니, 그게 무슨 뜻이에요? 무슨 일이 벌어지고 있는 거예요?"

대답 대신 노바는 그저 웃었다. 하지만 그 웃음은 눈까지 닿지 않았다. 나탈리는 의자를 뒤로 밀어 노바에게서 떨어졌다.

미나는 복도 끝에 닿았다. 갑자기 두려웠고, 너무나 외로웠다. 빈센트는 여기에 없었고, 미친 듯이 전화를 걸어 대도 나탈리의 아버지는 여전히 답이 없었다. 결국 미나는 음성 메시지를 남겼다. 이제는 집중해야 했다. 지금은 딸을 구해야 했다.

앱의 지도에 표시된 지점과 일치하는 교실 문은 없었다. 젠장, 젠장, 젠장. 미나의 딸은 이 층에 없었다. 다시 계단으로 달려가다 스피커폰으로 율리아와 통화하고 있는 것 같은 아담을 보았다.

미나의 코에서 땀이 떨어지기 시작했지만, 그런 걸 걱정할 시간은 없었다. 도대체 누가 복도를 이렇게 쓸데없이 길게 만든 거지?

"언제 도착할 것 같아?"

전화기에 대고 말하면서 아담은 옆에서 초조하게 서 있는 페데르와 눈길을 교환했다.

"여기로 와야 해. *지금 당장.*"

미나는 두 사람을 지나쳐 계단을 뛰어올라 다음 층 복도로 진입했다. 이번에는 아래층에서보다 조용히 움직였다. 노바는 다른 사람들과 함께 대강당에 있을 수도 있지만 확실하진 않았다.

복도 끝에 있는 교실은 A311이었다. 예오리 파울리의 벽화가 있는 유명한 교실이었다. 교실 앞에 도착한 미나는 나무 문에 손을 얹고 잠시 숨을 골랐다.

앱 지도를 보았다. 일치했다. 맞는 곳에 와 있었다.

나탈리는 이 문 너머에 있었다.

이제 곧 딸을 보게 된다. 미나가 누구인지 모르는 딸을 만날 것이다. 이번에는 망칠 수 없다.

갑자기 무전기가 지지직거리며 소리를 냈다. 문 너머에 있는 사람이 듣지 못했기를 바라며 재빨리 문에서 물러났다.

"미나, 방금 문틈으로 들여다봤는데……."

무전기 너머에서 아담이 말했다.

"모두 여기 있는 것 같아. 에피쿠라 사람들 전부. 회의를 하려고 모인 사람들은 절대 아니야."

미나는 얼굴을 찡그렸다. 에피쿠라 사람들 모두. 그것은 이네스도 이곳에 있다는 뜻이었다. 이렇게 쉽게 찾는다니, 이상했다. 노바의 문자 메시지를 생각해 보면 쉽게 찾아서는 안 되었다.

둘 다 구하기에는 시간이 없겠네요.

뭔가 잘못된 게 분명했다.

온몸으로 느껴졌다. 하지만 잘못된 것이 무엇인지 도무지 알 수가 없었다.

"지금 그 사람들 뭐 하고 있어?"

미나가 물었다.

"음료를 마시고 있어. 텀블러 같은 건 안 보이고. 유리컵에 주스 같은 걸 따라 마시고 있어. 건전한 모임처럼."

차가운 땀이 미나의 등줄기를 따라 흘러내렸다. 숨이 막힐 정도로 한기가 느껴졌다. 미나는 무엇이 잘못됐는지 깨달았다.

노바는 초조하게 서성이고 있었다. 나탈리는 한 번도 보지 못했던 모습이었다. 나탈리가 보던 노바는 언제나 암컷 사슴이었다. 그러나 지금은 암컷 늑대였다.

"점점 지친다."

노바가 말했다.

"정말로 이 게임을 끝낼 준비가 된 사람이 나뿐이란 말이야?"

그러고는 몸을 돌려 나탈리를 쳐다보았다. 무섭도록 어두운 눈이었다. 나탈리는 뒤로 물러났다.

"네 엄마가 날 방해했어. 그냥 세 명만 더 하면 됐단 말이야. 빌마까지 네 명. 그 일이 끝나야 나는 모든 고통에서 벗어날 수 있었다고. 그런데 겨우 절반밖에 하지 못했어. 그래서 이제 다시 처음부터 시작해야 해. 지금 당장은 못 해. 사람들의 관심이 사그라지고 다들 잊어버리게 될 때까지 조용히 숨어 있어야겠지. 그때가 되면 다시 시작할 거야."

복도에서 빠르게 움직이는 발소리가 들렸다. 그 발소리는 급하게 멈추더니 사라져 버렸다.

"그리고 그건 네 엄마 잘못이야."

노바가 계속 말했다.

"네 엄마랑 빈센트 발데르가 문제야. 빈센트가 실수하게 만들려고 했는데 실패했어. 그래서 우리가 여기 있는 거야. 하지만 정말 지쳤어. 여기 한 시간이나 있었는데 아무도 오지 않잖아. 끝났어. 너도 에피쿠라에 합류해. 목마르다고 했지?"

미나는 최대한 작게 말하려고 무전기를 입에 바짝 갖다 댔다. 미나의 의식 속 어딘가에서 지금 입술을 대고 있는 무전기는 아담의 따뜻한 손으로 들고 있던 것이라고 소곤댔다. 그 때문에 토할 것만 같았다. 그러나 문 안쪽에 있는 사람들에게 미나의 목소리가 들리게 할 수는 없었다.

"못 마시게 해야 해."

미나가 속삭였다.

"탁자를 엎어 버려. 무슨 짓이든 해. 빈센트 말이 노바가 그 사람들을 모두 죽이려고 한다고 했어. 그거 주스 아니야. 독약이야. 나도 되도록 빨리 갈게."

"이런 젠장. 무슨 일이 생긴 것 같아. 들어간다."

아담이 말했다. 그리고 무전이 끊어졌다. 무전기를 바닥에 내려놓고 다시 위치 추적 앱을 보았다. 강당은 너무 멀어서 도우러 갈 수가 없었다.

교실 문 안에서는 인기척이 없었다. 어쩌면 미나의 소리를 듣지 못했을 수도 있다. 깊이 심호흡을 하고, A311 교실 문을 열고 딸에게로 걸어 들어갔다.

어느 길로 움직일 거예요?

빈센트는 이제야 이해했다. 나탈리와 이네스는 같은 장소에 있지 않았다. 그것이 노바가 보낸 문자의 뜻이었다.

노바는 자신이 사용하는 단어를 모두 철저하게 계산해서 선택하는 사람이었다. 모든 단어에 의미가 있었다. 그녀가 '길'이라는 단어를 선택한 것이 우연일 리는 없었다.

그리고 빈센트는 노바가 말하는 '길'의 의미를 정확히 알았다.

눈을 감고 노바가 틸데 데 파울라 에뷔와 나누었던 대담을 떠올려 보려고 했다. 그 텔레비전 프로그램을 본 뒤로 무한의 시간이 흐른 것만 같았다. 기억이 바로 떠오르지 않았다. 그의 뇌가 장기 기억에 저장할 만큼 중요한 사건은 아니라고 분류한 것이 분명했다. 전략을 바꿔서 집에 있는 거실 소파에 앉아 있는 느낌을 끌어내 보기로 했다. 등 뒤로 부드러운 벨벳이 느껴졌다. 이제 그 느낌을 "우우"라고 하던 마리아의 목소리를 느끼는 청각 기억과 결합시켰다.

그러자 텔레비전을 보던 그의 시각 기억이 활성화되기 시작했다. 마치 바로 앞에서 화면을 보고 있는 것처럼 선명한 영상이 눈앞에 펼쳐졌다.

노바와 이네스가 스튜디오 소파에 앉아 있었다. 두 사람은 고통에 관해 이야기했다. 틸데가 노바에게 인생에 큰 흔적을 남긴 사고 이후로 비통한 감정을 어떻게 다스리고 있는지 물었다.

"해밀턴 경로를 이용해요."

"수학 개념이에요. 도형의 꼭짓점을 단 한 번만 지나는 경로로 움직이는 거죠. 나도 그런 방식으로 살려고 노력해요."

빈센트도 노바의 말을 듣기는 했지만, 그 말에 여러 의미가 동시에 담겨 있다는 사실은 이해하지 못했었다. 노바는 그저 지나간 기억에 갇혀서 살고 싶지 않다고 말한 것이 아니었다.

문자 그대로 자신이 특별한 수학적 경로, 수학이 이끄는 길을 따라가는 방식으로 살고 있다고 말한 것이었다.

벤치 위에 다시 지도를 폈다. 종이에 반사된 햇빛 때문에 앞이 잘 보이지 않았다. 지도 위에는 외스트라 레알 고등학교에서 끝나는 기사의 여행 여덟 개의 점을 잇는 선이 그어져 있었다. 기사가 새롭게 한 번 움직일 때마다 나갈 수 있는 칸은 여러 개 존재했지만, 옳은 칸은 하나뿐이었다. 그것은 모든 움직임이 마찬가지였다. 그래서 그런 움직임을 계산하려면 보통 컴퓨터를 이용했다.

빈센트는 여덟 번째 지점을 손가락으로 짚었다. 외스트라 레알 고등학교. '별'이라는 단어가 있는 칸. 이미 열 개의 지점을 특정했지만, 확신해도 될 것 같았다. 그는 새로운 자리로 이동할 가능성이 가장 적은 자리로 이동하는 바른스도르프 규칙을 적용했다. 그러자 스웨덴 왕립공과대학교가 있는 e8로 이동했다. 빈센트는 온몸을 돌고 있는 아드레날린의 효과를 애써 뿌리쳤다. 아드레날린은 이성적인 사고에 부정적인 영향을 미칠 뿐이니까.

어느 길로 움직일 거예요?

노바의 기사의 여행이 끝나기 전까지 지도에는 55개 칸이 남아 있다. 노바가 점과 점 사이를 이동하는 것을 멈추기 전에 말이다. 그 칸 가운데 하나가 마지막이었다. 그 칸 가운데 하나가 경로의 끝이었다.

빈센트는 그저 그 하나를 찾으면 되는 것이다.

교실은 미나가 기억하는 모습 그대로였다. 창문으로 쏟아져 들어오는 햇빛을 받은 하얀 책상과 의자들은 유령 같았고, 초록색 벽화에 그려진 사람들도 그녀가 기억하는 것과 똑같았다.

교실에는 아무도 없었다.

처음엔 노바가 어딘가에 숨어 있을 거라고 생각했다. 그러나 교실에는 숨을 곳이 없었다. 그런데 한 책상 위에 무언가가 있었다. 여기에 사람이 있었던 흔적은 그것뿐이었다.

가방.

2년 동안 본 적이 없지만, 분명히 나탈리의 가방이었다.

미나는 가방이 올려진 책상으로 달려갔다. 가방 위에는 반으로 접은 A4 크기의 종이가 있었다. 종이에 적힌 글을 읽으며, 미나는 숨이 멎어 버렸다.

또다시 안녕, 미나. 배낭에 추적기를 넣어 두다니, 영리했어요. 새 배터리만 넣으면 됐거든요. 이걸 봤다는 건 어머니가 아니라 딸을 택했다는 거네요. 좋은 선택이에요. 그

게 바로 우리 아버지가 했던 선택이기도 해요. 불행하게도 아버지의 선택은 그때 도움이 되지 않았어요. 이번에도 마찬가지겠네요. 이 글을 읽는 동안 당신 어머니는 아래층에서 독약을 마시고 있겠죠. 수년 동안 당신이 늘 그랬던 것처럼 나탈리는 너무 멀리 있어서 도울 수가 없을 테고요. 체크메이트! 나탈리는 내 거예요.

노바

공기를 들이마시려고 숨을 헐떡였지만, 공포에 질린 미나의 몸은 폐로 그 어떤 공기도 들여보내지 못했다. 팔과 다리에 감각이 사라졌다. 나탈리. 시야의 가장자리가 깜빡이기 시작하더니 교실이 빙글빙글 돌았다. 미나는 나탈리를 구해야 한다. 하지만 어디로도 갈 수 없었다. 쓰러지지 않으려고 책상에 손을 짚으려 했지만, 책상은 너무나도 멀었다. 나티를 위해 미나는 그곳에 있어야 했다. 그러나 실패했다.

눈앞에 펼쳐진 불꽃놀이가 미나를 덮쳤고, 미나는 자신이 쓰러지고 있음을 느꼈다. 갑자기 팔에 심한 통증이 느껴졌다. 바닥에 쓰러지면서 의자에 부딪힌 것 같았다. 곧 미나는 바닥에 떨어졌고, 나머지 세상과 함께 A311 교실도 사라져 버렸다.

대강당 안에서 웅성거리는 소리가 들리기 시작했다. 노바의 계획이 무엇이건 간에 완전한 고통 없이 진행되는 일은 아닌 것 같았다. 율리아와 루벤이 아직 도착하지 않았지만 더는 기다릴 시간이 없었다. 아담은 행동에 나서야 했다. 페테르에게 고개를 끄덕여 준비됐는지 확인한 다음, 두 사람은 강당 문을 열어젖히고 안으로 뛰어 들어갔다.

"경찰이다!"

강당에 모인 사람들에게 소리쳤다.

"모두 멈춰! 아무도 움직이지 마!"

그들의 눈앞에 두 가지 광경이 펼쳐졌다. 처음 눈에 보인 것은 에피쿠라 사람들이 자기들끼리 싸우고 있는 것이었다. 그들은 아담과 페테르를 신경 쓰지 않았다. 아니, 야단스럽게 소리를 지르고 고함을 치느라 두 사람을 보지도 못한 것 같다. 다른 한편에서는 젊은 여자가 탁자 옆에 무릎을 꿇고 앉아 발작하듯 울고 있었다. 그 옆에선 바닥에 누운 남자가 몸을 떨며 경련을 일으키고 있었다. 엄청나게 자극적인 냄새가 강당 안에 가득 퍼져 있었다. 오줌 냄새인가?

"우린 안 마실 거야."

사람이 일고여덟 명 모여 있는 곳에서 한 남자가 고함을 질렀다. 그러자 이제 막 10대를 벗어난 것 같은 젊은 남자가 앞으로 걸어오더니 야구 방망이로 가장 가까이 있는 사람의 무룹을 세게 쳤다. 남자가 비명을 지르며 이미 바닥에 엎어져 있던 시신 위로 넘어졌다. 쓰러진 남자는 무릎을 움켜쥐고 울부짖었다. 남자 밑에 깔린 사람들은 움직이지 않았다.

"마시게 될 거야."

젊은 남자가 모여 있는 사람들을 향해 야구 방망이를 흔들면서 말했다.

"모두 마시게 될 거야. 고통은 정화한다."

탁자 옆에 일렬로 서 있던 사람들이 낮은 목소리로 웅얼거렸다.

"존재하는 것은 고통이고, 고통은 정화한다."

그 사람들은 플라스틱 컵을 받아 다른 사람들에게 전달하면서 끊임없이 그 말을 웅얼거렸다.

울고 있던 여자는 바닥에서 일어나 컵을 밀쳐 내려고 했지만 몸을 제대로 가누지 못했고, 다른 사람들이 여자의 입에 컵을 가져갔다.

그 다음으로 아담이 본 것은 총을 들고 있는, 자주색 코트를 입은 땅딸막한 60대 여자였다. 컵을 받지 않겠다고 거부하는 사람들에게 총을 겨누던 그 여자는 이제 몸을 돌려 아담과 페데르를 겨누고 있었다. 다른 이들은 몰라도 그 여자는 두 사람을 발견한 듯했다.

"아니, 움직이면 안 되는 건 너희들이지."

여자가 말했다.

아담은 동작을 멈췄다. 권총 바로 위에 손이 있었다. 그러나 감히 뺄 수는 없었다. 곁눈질로 본 페데르도 같은 상태였다.

"노바가 너희가 올 거라고 하더군. 그래서 장전해 놨지. 무기를 바닥에 내려놔. 천천히. 너부터."

여자가 페데르에게 고갯짓했다.

아담의 눈에 목을 쥐어뜯으며 바닥에 쓰러져 있는 두 사람이 보였다. 음료 마시기를 거부한 남자가 그중 한 사람의 이름을 부르며 다가가려고 했지만, 다른 사람들이 남자의 팔을 잡고 컵을 입에 가져갔다.

여자는 아담과 페데르에게서 눈을 떼지 않았다. 다시 페데르에게 고갯짓을 했고, 페데르는 세 손가락으로 권총을 잡아 쏘지 않을 것임을 확실히 알리는 몸짓으로 권총을 바닥에 내려놓았다.

"이제 너."

여자가 아담을 향해 권총을 흔들었다. 아담도 페데르처럼 세 손가락으로 권총을 잡았다. 여자는 차분하고 침착했다. 긴장한 바람에 얼떨결에 쏠 것 같지는 않았지만, 자신의 움직임을 오해하지 않도록 천천히 권총을 옆에 내려놓았다.

더 많은 사람이 경련을 일으키며 바닥에 쓰러져 배설물을 쏟아 내면서 악취가 점점 심해졌다. 아담은 입으로 숨을 쉬려고 했다. 여자가 노바를 언급했는데, 노바는 어디에도 보이지 않았다.

"저기 벽으로 가서 서."

여자가 총 끝으로 벽 쪽을 가리키며 말했다.

"다 끝날 때까지 우리를 방해하지 못하게."

여자가 목소리를 더욱 높여 강당 뒤에 있는 누군가에게 소리쳤다.

"모니카! 나머지를 모두 처리할 수 있지?"

"물론이지."

음료 탁자 옆에 서 있는 여자가 대답했다.

"시간은 조금 걸리고 있지만 문제없이 끝날 거야. 칼?"

건장하고 키가 큰 금발 남자가 모니카라고 불린 여자 옆에 서더니, 환하게 웃으며 스프링 삼단봉을 여자에게 내밀었다.

"노바의 약속을 기억하자!"

모니카가 모여 있는 에피쿠라 사람들에게 고함을 쳤다.

"드디어 고통에서 벗어난다! 드디어 보상을 받는다! 다음에는 우리가 여기서 인내한 만큼 왕으로, 여왕으로 태어날 거야. 겁이 나는 건 이해하지만, 두려움은 환상일 뿐이야! 여기 와서 마셔. 모두 마셔도 될 만큼 충분히 있어."

몇 명이 삼단봉을 쳐다보았다. 칼을, 아담을 겨누고 있는 권총을 보았다. 그리고 음료가 있는 탁자로 걸어갔다.

"이러지 말아요."

페데르가 자주색 코트를 입은 여자에게 말했다.

"당신은 틀렸어요. 인생이 그저 고통인 건 아니에요."

"너희는 성가신 녀석들이야."

여자가 총을 살짝 흔들면서 말했다.

"몇 년 동안이나 계획한 일이었어. 그런데 너희 때문에 이렇게 급하게 마무리하게 됐다고. 생각했던 대로는 아니지만, 그래도 우리는 해야만 해."

"이렇게 사람들을 죽이면 안 돼요."

페데르가 한 발 앞으로 나갔다.

"이건 완전히 미친 짓이에요."

아담은 페데르의 수염 여기저기에 남아 있는 희미한 파란색 얼룩을 물끄러미 응시했다. 시야의 가장자리가 깜빡였다. 아드레날린이 터널 시야를 일으킨 것이다. 지금은 안 된다. 몇 번 눈을 질끈 감았다가 떴다. 정신을 차리고 있어야 했다. 어떤 일이든 즉각 대응할 준비가 되어 있어야 했다. 페데르가 또다시 한 발 앞으로 나갔고, 아담은 온몸을 긴장시켰다.

"우리는 아무도 죽이지 않아."

땅딸막한 여자가 페데르의 얼굴을 조준하며 뒤로 물러났다.

"그저 다음 단계로 나가는 것뿐이지. 여기 있는 사람들은 모두 자기 의지로 와 있는 거야. 조금 혼란스럽겠지만, 당연히 그럴 수 있다는 거 알아. 중요한 결정이니까."

여자는 총을 휘두르지 않으면서 팔을 뻗었다.

"존재하는 것은 고통이고, 고통은 정화한다."

"존재하는 것은 고통이고, 고통은 정화한다."

강당에 있는 모든 사람이 외쳤다. 여자가 웃었다.

"내가 이걸 쓰지 않을 거라는 착각은 하지 마."

여자가 무기를 향해 고개를 끄덕였다.

"당연히 쓸 거야. 그저 지금의 존재로 1, 2분 정도 더 있는 것뿐이지."

"너무 많은 걸 잃게 될 거예요."

페데르의 목소리에는 절박함이 담겨 있었다. 아담은 이해했다. 페데르는 이곳에 있는 모든 사람을 구하고 싶은 거였다. 파란 수염의 페데르는 모든 사람에게 최선의 결과가 나오기를 원했다. 하지만 가능할 리가 없었다. 게다가 이미 늦었다. 바닥에는 20명이 넘는 사람이 누워 있었다. 아담은 자신이 이 순간을 평생 잊지 못하리라는 사실을 깨달았다. 노바가 자신을 믿는 사람들을 죽음으로 몰아넣는 장면을 지켜보는 이 순간을.

"내 말이 무슨 뜻인지 보여 줄게요."

페데르가 말했다. 이 절체절명의 순간에 놀랍게도 페데르는 웃고 있었다.

"세쌍둥이가 노래를 부르는 장면을 찍었거든요."

여전히 웃으면서 페데르가 말했다. 그의 손이 뒷주머니를 향해 움직였다.

"아니스 돈 데미나의 노래인데요. 그 애들을 보면 분명히 이해하게……."

여자가 방아쇠를 당겼다. 강당 안에 별이 폭발하는 소리가 퍼져 나갔다.

페데르가 힘껏 당겼다 놓은 고무줄처럼 뒤로 튕겨져 나갔다.

페데르의 몸이 강하게 벽에 부딪혔다.

누군가가 엄청난 소리로 비명을 질렀다.

아마 아담이었다.

*

미나는 벌떡 일어났다. 자신을 깨운 소리가 무엇인지 정확히 알았다. 총소리였다. 바닥에서 몸을 일으키며 미나의 뇌가 노바가 남긴 쪽지의 현실을 서서히 인식하기 시작했다. 미나는 여전히 떨리는 다리 때문에 여러 번 의자에 부딪히며 교실 문을 향해 달렸다.

아래층. 노바는 아래층이라고 썼다. 미나의 어머니는 아래층에 있었다. 대강당에. 나티도 거기 있을까? 노바의 게임 방식은 너무나도 혼란스러워서 미나는 제대로 이해할 수가 없었다.

계단까지의 복도가 무한대로 늘어나 있는 것 같았다. 계단에 도착한 미나는 한 번에 여러 단을 뛰어 내려갔다. 중간쯤 내려왔을 때 넘어질 뻔했지만 간신히 난간을 잡고 지탱했다. 가슴 속에서 심장이 미친 듯이 뛰고 있었다. 미나는 침착하게 내려갈 수 있게 마음을 다잡았다.

강당으로 다가갈수록 닫힌 문 너머에서 비명과 말소리가 점점 더 크게 들렸다. 조심스럽게 문을 열어 내부 상황을 살폈다. 끔찍한 냄새가 났다. 세상에서 가장 큰 고양이 화장실에 온 것만 같았다. 아담이 손을 위로 들고 있는 사람들에게 권총을 겨누고 있었다. 다른 사람들은 바닥에 누워 있었다. 누워 있는 사람들은 대부분 움직이지 않았다. 고통에 겨워 몸을 비틀고 있는 사람들도 있었다. 에피쿠라 사람들이 무슨 일을 하고 있었건 간에 실패한 게 분명해 보였다. 자주색 코트를 입은 여자가 바닥에 앉아 손을 뒤로 돌리고 있었다. 아담이나 페데르로 보이는 누군가가 그 여자 손에 수갑을 채웠다.

멀리서 바닥에 있는 이네스가 보였다.

미나는 동료에게 총을 맞지 않도록 자신의 존재를 알렸다.

"아담! 미나야. 들어갈게."

천천히 권총을 빼면서 아담이 "들어와도 돼!"라고 소리칠 때까지 기다렸다. 문을 활짝 열고 강당으로 들어간 미나는 이네스를 향해 뛰었다. 어머니는 힘겹게 눈을 뜨려 하고 있었다. 그 옆에는 빈 종이컵이 있었다.

"도대체 무슨 짓을 한 거예요, 엄마! 나탈리는 어디 있어요?"

미나를 본 이네스가 고통스러울 정도로 천천히 딸에게 손을 뻗었다. 잠시 주저하던 미나는 그 손을 잡았다. 어머니의 손은 이상하면서도 익숙한 느낌이 들었다. 옛날에는 어머니가 미나의 손을 꼭 잡았다. 지금은 미나가 어머니의 손을 꼭 잡고 있었다. 미나가 조금이라도 힘을 주면 금방이라도 부서져 내릴 것처럼 메마르고 연약한 손이었다. 어머니에게 미친 듯이 화가 났다. 이럴 수는 없었다. 두 사람에게는 해야 할 말이 아주 많았다. 묻고 답해야 할 것들이 너무 많았다. 그러나 그 무엇보다도 중요한 질문이 하나 있었다. 미나는 어머니의 눈을 보면서 애원하듯 물었다.

"나탈리는, 엄마, 나탈리는 어디 있어요?"

"내가 그 사람을 속였어."

이네스가 헐떡거렸다.

"내가, 내가 그랬어. 노바에게 거짓말을 했어. 미안해. 이해가 안 됐어……. 끝나기 직전까지도, 그 사람이 뭘 하려는 건지 몰랐어. 다른 사람들이 무슨 일을 하는지도. 하지만 깨달은 뒤에는 내가 할 수 있는 일을 했어. 너를 위해서. 나탈리를 위해서. 그 사람은 나탈리를 죽이려고 했어. 너무 늦기 전에 그걸 알았고. 그래서 노바에게 나탈리를 데려가면 시간을 벌 수 있을 거라고 했어. 그 사람 일을 끝내려면 시간이 더 필요하니까. 지금 우리와 함께 떠나기에 노바는 너무나도 중요한 사람이니까. 그 사람은 자기밖에 모르니까 분명 그런 결정을……."

"그 애를 어디로 데려갔어요?"

이네스가 기침을 했다. 한 마디 한 마디를 힘겹게 내뱉었다. 미나는 어머니를 두고 가고 싶지 않았다. 그러나 나탈리를 생각하는 마음이 미나를 일으켜 세웠다. 이네스가 좀 더 세게 미나의 손에 매달렸다.

"미안해. 모두 다. 미안해."

이네스는 딸의 손을 놓았고, 눈을 감았다.

＊

빈센트의 전화가 울렸다. 미나다. 완벽한 타이밍이었다.

"노바의 문자가 무슨 뜻인지 알았어요."

그것이 빈센트의 첫마디였다.

"나탈리와 이네스는 다른 곳에 있어요."

"알아요."

미나가 소리쳤다.

"엄마가 나탈리가 여기 없다는 건 확인해 줬어요. 하지만 시간이 많지 않을 거 같아요. 애가 어디에 있는지 모르겠어요. 젠장, 정말 모르겠어요. 여기서 너무 많은 일이 있었어요. 독약을 마셨어요. 그리고 이네스는…… 세상에, 이네스가 …… 엄마가……."

무언가 잘못되었다. 아주 잘못된 것이 분명했다. 미나의 목소리는 도저히 견딜 수 없다는 듯이 작아졌다가 커지기를 반복했다. 수화기 너머로 아담의 고함 소리가 들렸지만, 무슨 일인지 물을 시간이 없었다. 먼저 나탈리부터 구해야 했다. 나머지는 모두 나중 일이다. 빈센트가 어떤 식으로든 쓸모 있는 존재가 되려면 그 모든 순서를 어기고 나탈리에게 집중해야 했다.

"어디 있는지 내가 알아요."

자동차를 주차한 곳으로 달려가면서 빈센트가 말했다.

"노바가 당신에게 보낸 문자에 적어 놨어요. 그 사람이 당신에게 자신을 찾으려면 당신이 움직여야 한댔죠? 기억해요? 그래서 움직여 봤어요. 노바가 계획한 기사의 여행을 모두 진행해 봤어요. 조금 시간은 걸렸지만, 이제는 확실하게 알았어요. 그 사람이 수학적으로 대칭인 패턴을 생각했다면, 체스판에서, 아, 미안해요, 지도에서 끝나는 칸은 하나뿐이에요. 거긴 레이메스홀메 섬과 롱홀멘 섬이 있어요. 하지만 레이메스홀메는 아닌 거 같아요. 노바의 극적인 성향을 생각해 보면 롱홀멘에 있는 옛 감옥에 있을 거예요. 지금은 호텔과 호스텔로 쓰는 건물이요."

자동차에 도착한 빈센트는 열쇠를 찾아 주머니를 뒤졌다.

"거긴 도시 끝이잖아요."

미나가 절망에 차 소리쳤다.

"거기까지 가려면 시간이 걸려요. 게다가 이네스가……."

"내가 가고 있어요."

열쇠를 찾아 자동차 문을 열면서 말했다.

"빈센트?"

"네?"

몸을 반쯤 자동차 안으로 집어넣으며 대답했다.

"빨리 달려요."

*

"내 딸이랑 노바가 롱홀멘에 있대. 거기로 가야 해."

이네스의 시신에서 떨어지면서 미나가 말했다. 아담이 조그

맣게 무슨 말인가를 했다. 거듭해서 말했지만 미나에게는 들리지 않았다. 나탈리에 대한 생각이 미나의 머리를 가득 메웠다.

"미나!"

아담이 다시 소리쳤다. 깜짝 놀라 돌아보았다.

"미나. 알아야 할 일이 있어."

점점 더 가까이 다가오는 사이렌 소리가 들렸다. 기동대가 오고 있는 것이다. 미나는 주변을 둘러보았다. 아담이 상황을 정리한 것 같았다. 굳이 남아서 동료들을 기다릴 필요가 없었다.

"딸이 노바와 함께 있다는 건 무슨 말이야? 아이가 있는지 몰랐는데."

"시간이 없어. 빨리 나탈리를 찾으러 가야 해."

미나가 강당 문으로 걸어가며 초조하게 말했다.

"미나!"

아담은 여전히 사람들에게 총을 겨누고 있었지만, 그들은 저항할 의지가 없는 것 같았다. 아담이 문 옆의 바닥을 고갯짓으로 가리켰다. 그쪽은 미처 못 봤다. 의자 뒤로 신발이 튀어나와 있었다. 처음엔 독약을 먹고 죽은 사이비 단체 회원인 줄 알았다. 그런데 눈에 익은 양말이었다. 그가 가장 좋아하는 바트 심슨 양말. 미나는 그 양말을 향해 몇 걸음 다가갔다.

싫었다.

보고 싶지 않았다.

알고 싶지 않았다.

하지만 확인해야 했다. 미나는 몇 걸음 더 걸어갔다. 막을 새도 없이 입 밖으로 비명이 터져 나왔다. 목구멍을 할퀴고 긁으며 상처를 내는 고통스러운 비명. 의자 뒤에 똑바로 누워 있는 사람은 페테르였다. 푸른 수염을 한 페테르가 눈을 둥그렇게 뜨고 있었다. 뺨에 나 있는 작고 빨간 동그라미가 옳지 않은 일이 벌어졌음을 말해 주었다. 뒤쪽 벽에는 붉은 원이 그려져 있었고, 페테르의 뒤통수에 생긴 커다란 구멍에서는 피가 거침없이 뿜어져 나오고 있었다.

"저 사람이 쐈어."

아담이 수갑을 차고 바닥에 앉아 있는 여자를 가리키며 말했다. 여자는 미나를 보지 않았다.

아담의 목소리는 무덤덤했다. 감정이 모두 빠져나가 버린 것 같았다.

이건 정말 과했다. 미나는 더 이상 죽음을 견딜 수 없었다. 눈물이 앞을 가렸다. 몸을 돌려 문을 향해 뛰기 시작했다. 페테르를 위해서는 해 줄 수 있는 게 아무것도 없었다. 하지만 나탈리는 구할 수 있었다. 구해야 했다.

*

빈센트는 롱홀멘으로 이어지는 쇠데르 멜라스트란드 거리를 따라 달렸다. 오른쪽으로 반짝이는 물결이 보였지만 풍경을 감상할 시간은 없었다. 지금만큼은 여름 휴가철인 뜨거운 월요일 오후라는 사실이 기뻤다. 도로는 텅 비어 있었다. 그는 미나가 부탁한 대로 최고 속도로 달렸다.

"빈센트."

자동차 핸즈프리 스피커에서 크리스테르의 목소리가 흘러나왔다. 아까 빈센트는 차에 타자마자 그에게 전화부터 걸었었다.

"자네 부탁대로 자세히 알아봤어. 거기 있는 호텔과 호스텔 예약 내역 모두. 한창 휴가철이니까, 거의 다 예약이 찼대."

빈센트는 롱홀멘으로 건너가는 작은 다리에 들어섰다. 그곳은 스톡홀름에서 가장 오래된 감옥 중 한 곳이 있던 섬이었다.

"그런데 어젯밤 그 호텔에 이상한 예약이 있었어. 121호. 투숙객이 세 시간만 있다 가겠다고 했대. 그게 누구일 거 같아?"

"노바요."

주차장에 차를 세우며 빈센트가 대답했다.

"감사합니다."

재빨리 주차를 하고 지금은 호텔로 쓰고 있는 감옥으로 달려갔다.

생각에 집중해야 했다. 그러나 무엇을 마주치게 될지는 생

255

각할 수 없었다. 감정에 휩쓸리도록 내버려 둘 수도 없었다. 방 호수의 대칭성이 마음에 들었다. 121. 시작한 대로 끝나는 수였다. 가운데 수가 양 끝 수의 두 배인 수였다. 정규 분포 곡선을 그릴 수 있는 수였다.

하지만 이 일에서 마음에 드는 것은 아무것도 없었다. 나탈리는 레베카와 동갑이다. 만약 제시간에 해내지 못한다면 …… 아니, 지금은 이런 질문을 할 때가 아니다. 집중해야 할 때였다.

노란 석조 건물을 올려다보았다. 이 감옥은 1880년에 완공됐다. 건축 기간은 6년이었다. 18 더하기 80은 98이다. 거기서 6을 빼면 92이다. 감옥의 역할이 끝난 것은 1972년이었다. 1972 빼기 1880도 92다.

음. 이상했다. 분명히 두 수 사이에 수학적인 관계가 존재할 텐데, 어떤 관계가 있는지는 생각나지 않았다. 우연히 대칭을 찾았는데, 그 둘이 대칭을 이루는 이유를 찾지 못할 때는 기분이 좋지 않았다. 어쨌든 92 더하기 92는 184다. 18 4. 4월 18일. 빈센트가 아는 대로라면 그건 데이비드 테넌트의 생일이었다. 데이비드 테넌트. 〈닥터 후〉에 나온 배우들 중 벤자민이 가장 좋아하는 배우였다.

호텔 로비로 들어가는 문을 열면서 빈센트는 마음의 눈 앞에 알파벳을 떠올렸다. D O C T O R W H O는 4, 15, 3, 20,

15, 18, 23, 8, 15이다. 이들 수의 합은…… 121.

정규 분포 곡선.

노바가 나탈리와 함께 기다리고 있는 방.

지체할 시간이 없었다.

호텔 프런트에서 방의 위치를 알려 주었다. 2층이었다. 왜인지는 모르겠지만 프런트에는 직원이 세 명 있었다. 삼각형을 이루는 세 변. 엄마의 토스트 샌드위치. 어째서 프런트에 두 명을 배치하지 않은 걸까?

2 곱하기 3은 6임을 상기하면서 2층으로 뛰어 올라가 쭉 늘어서 있는 감방들을 지났다. 6은 좋은 짝수였다.

121호실 앞에 멈춰 서고 나서야 빈센트는 자신에게 계획이 없음을 깨달았다. 하지만 시간이 없었다. 손잡이를 잡고 돌리자 문이 활짝 열렸다. 문은 잠겨 있지 않았다.

노바는 작은 방의 탁자 앞에 앉아 있었다. 유리컵에 병에 담긴 액체를 따르려는 중이었다.

"어서 와요, 빈센트."

노바가 웃으면서 병을 내려놓았다.

"포기할 뻔했어요."

"미안해요. 차가 막혀서."

빈센트는 재빨리 방을 둘러보았다. 위협이 될 만한 물건은 보이지 않았다. 곧 충격적인 일이 벌어질 거라는 징조는 어디에도 없었다. 빈센트 눈에 보이는 것은 나무랄 데 없는 우아한 파란색 바지 정장을 입고 있는 노바와 그 앞에 있는 탁자, 그 위에 놓인 병, 유리컵뿐이었다. 침대 반대편에는 10대 여자아이가 앉아 있었다. 저 애가 나탈리일 것이다. 나탈리는 흰색 티셔츠와 바지를 입고 있었다. 강압적으로 끌려온 것 같지는 않았다.

"안녕, 나탈리. 난 빈센트야. 차차 알게 되겠지만, 난 친구야. 너의……."

"어머니의 친구지."

노바가 빈센트 대신 말을 끝맺었다. 두 사람이 하는 대화를 듣자 나탈리는 자세를 바꾸었다. 팔짱을 끼고 몸을 웅크리더니 침대를 노려보았다.

"그럼…… 이제 뭘 하면 되죠?"

빈센트가 물었다.

"아주 간단해요. 나탈리를 위해서 나에게 자유를 주는 거죠. 나는 나탈리를 주고, 당신은 경찰이 나를 찾지 않게 하고."

"경찰이 이미 여길 포위하고 있을지도 모르죠."

빈센트의 말에 노바가 예의 그 아름다운 웃음을 보였다.

"제발, 빈센트. 그 사람들 학교 일 처리하느라 바쁜 거 다 알잖아요. 거기서 나오려면 한참 걸릴걸요. 그 사람들은 당신이나 나처럼 똑똑하지 않다는 거 알아요. 당신이 아니라면 그 누구도 내가 여기 있을 거라는 결론은 못 내렸어요. 분명 당신은 내가 여기 있다는 걸 알아내자마자 달려왔을 거예요. 그건 당신 혼자서 왔다는 뜻이죠."

빈센트는 비어 있는 의자에 앉았다. 노바 말이 맞다. 허세를 부리는 건 아무 소용이 없었다.

"나탈리, 이런 일을 겪게 해서 미안하다."

빈센트가 10대 소녀에게 말했다.

"너희 할머니가 무슨 일을 벌이는 건지 알지 못했어."

"이네스의 기여도를 부풀리지 말아요."

노바가 콧방귀를 뀌었다.

"이네스의 딸이 경찰이고, 그 여자한테 나탈리라는 딸이 있다는 사실을 알게 된 순간 이네스에게 손녀를 데리고 오라고 한 건 나니까. 혼자서 너무 많은 카드를 쥐고 있을 수는 없답니다."

"그게 무슨 말이에요?"

침대에 앉아 있던 나탈리가 말했다.

"할머니가……."

"너희 할머니는 내가 하라는 대로 한 거야. 이미 한 달 전부터 네가 조만간 쓸모가 있을 거라는 걸 알았거든. 이네스가 지하철에 나타난 게 정말 우연이라고 생각하는 건 아니지?"

나탈리는 이곳에서 사라져 버리고 싶은 것처럼 몸을 더욱 웅크렸다.

"그러니까, 나탈리와 바꾼 자유를 원한다는 거죠?"

빈센트가 말했다.

"당신이 여기서 나가자마자 내가 경찰에 전화할 거라는 걸 알 텐데요. 그리고 경찰은 결코 당신을 포기하지 않을 거예요."

"당신을 위해서라도 그들을 설득하는 게 좋을걸요. 일단 당신이 제대로 설득했다는 확신이 서야만 나탈리를 데리러 올 곳을 알려 줄 거예요. 나탈리를 다시 만날 수 있을지 없을지는 경찰의 결정에 달려 있겠죠."

"내가 그냥 나탈리를 데리고 나간 다음 당신을 경찰에 넘기지 않을 거라고 생각하는 이유가 뭐예요? 나를 어떻게 막으려고요?"

빈센트가 휴대폰을 꺼내면서 물었다.

"나는 못 막죠. 그런데 왜 내가 혼자일 거라고 생각해요? 장담하는데, 당신은 나탈리와 함께 여기서 나간다고 해도 절대 주차장까지는 못 갈 거예요."

노바가 조력자를 데리고 왔다는 말은 분명히 설득력이 있었다. 그러나 노바는 말을 하면서 계속 목을 만졌다. 몸을 자꾸 만지는 것은 심한 불안을 느낄 때 스트레스 호르몬이 분비되지 않으면 흔히 나타나는 증상이었다. 노바가 거짓말을 했을 가능성이 있을까? 결국 오늘 모든 일을 끝낸다는 결정은 급하게 내렸을 테고, 이렇게 다른 사람들과 떨어져 있게 된 상황은 원래 계획에는 없었을 것이다. 그런 노바가 자신을 보호할 경호원을 모을 시간이 있었을까?

빈센트는 창문을 내다보았다. 흰색 재킷을 입은 남자 셋이 주차장 밖에서 어슬렁거리고 있었다. 여름에 입기에는 너무 더운 재킷이었다. 관광객일 수도 있지만, 노바의 말이 진실이고 저들이 노바의 심복일 수도 있다. 어떤 추측이 맞는 건지 결정을 내릴 수가 없었다.

그러나 노바가 나탈리를 놓아줄 것이라고는 한 순간도 믿지 않았다. 이미 수많은 사람의 생명을 앗아간 노바가 단 한 명의 생명을 놓아줄 리 없었다. 나탈리가 에피쿠라에 도착한 순간부터 노바는 착실하게 나탈리의 무덤을 파고 있었을 것이다. 게다가 미나에게 노바는 위험하지 않을 거라고 말한 사람은 빈센트 자신이었다. 빈센트가 아니었다면 나탈리는 벌써 오래전에 부모의 품으로 돌아갔을 것이다. 그러니까 빈센트의 잘못이었다. 빈센트는 그 잘못을 되돌려야 했다. 다시 창문 밖을 흘끔 보았다. 남자들은 아직 있었다.

노바에게는 시간이 많지 않았고, 노바가 무의식적으로 스트레스를 받고 있음을 보여 주는 강한 신호를 내보내고 있는 것으로 보아 저 남자들이 노바의 심복일 가능성은 크지 않았다. 하지만 노바가 진실을 말하고 있을 가능성도 무시할 수는 없었다.

빈센트는 저 남자들이 노바의 경호원일 가능성은 30퍼센트라는 결론을 내렸다. 경호원이 아닐 가능성은 70퍼센트였다. 저들이 노바의 사람들이라면, 그들이 빈센트와 나탈리를 저지할 수 있는 가능성은 얼마나 될까? 호텔에는 출입구가 많았다. 두 사람은 저들이 주시하고 있지 않은 길로 도망쳐야 한다. 저들이 이미 늦었음을 알아챌 때까지 눈에 띄어서는 안 되니까. 그러한 경로로 탈출할 수 있는 확률은 고작 20퍼센트였다. 30의 20퍼센트는 6이다. 고용된 이들이 중량급이라면 탈출할 수 있는 확률은 6퍼센트이고, 애초에 경호원이 아니라면 70퍼센트다. 따라서 그와 나탈리가 노바를 제압한 뒤 이곳에서 빠져나갔을 때 호텔을 탈출할 수 있는 확률은 경호원의 유무에 상관없이 76퍼센트였다.

그러나 여전히 실패할 확률이 24퍼센트였다. 그런 확률이라면, 탈출 도중 두 사람 가운데 누군가가 목숨을 잃게 될 가능성은 100퍼센트에 가까웠다.

그런 위험을 감수할 수는 없었다.

"좋아요. 당신이 이겼어요."

빈센트는 휴대폰을 내려놓았다.

"그런데 아직도 우리가 이곳에 있는 이유를 이해 못 하겠어요. 나탈리를 그저 협박용 미끼로 사용할 생각이었다면, 그냥 아무도 모르는 곳에서 전화만 하면 되잖아요? 무엇 때문에 여기 와서 직접 위험을 감수하고 있는 거죠?"

"그건 아니죠."

노바가 얼굴을 찡그렸다.

"나의 해밀턴 경로는 여기서 끝나요. 이곳은 마지막 움직임이 끝나는 곳이니까, 난 여기로 와야 했어요. 당신도 알 거예요. 난 끝까지 경로를 따라가야 해요. 내가 닿는 다음 장소는 분명히 전혀 다른 경로로 움직일 시작점이 될 거예요. 그 길이 나를 어디로 데리고 갈지는 몰라요. 하지만 그 전에 먼저 이 경로를 끝내야 해요."

빈센트는 노바를 물끄러미 바라보았다. 그는 살인자가 자신만의 수학 규칙에 노예처럼 매달리고 있을 거라고 생각했었다. 그러나 노바는 단순히 자신의 규칙에 매달리기만 하는 것이 아니었다. 미쳐 있었다. 똑똑하지만, 동시에 미쳐 있었다. 불과 몇 초 뒤에 노바가 나탈리를 데리고 떠나 버릴지도 모른다. 몇 초 뒤면 미나의 딸을 영원히 놓칠 수도 있다. 계획을 생각해 낼 때까지 노바를 붙잡고 있어야 했다. 하지만 어떻게?

어떻게?

어떻게?

어떻게?

노바의 말에 뭔가가 있었다. 노바는 마지막까지 경로를 따라가야 한다고 했다. 마지막 움직임까지 가야 한다고 했다.

그거다.

그걸 이용해야 했다.

그녀가 빈센트보다 똑똑하다는 걸 과시할 기회를 주어야한다. 노바는 뼛속까지 철저한 나르시시스트였다. 당연히 거부하지 않을 것이다.

"당신 말처럼 여기가 당신의 마지막 칸이에요. 여기가 당신의 종착점이죠. 하지만 당신의 마지막 움직임이 협박이라니, 그건 너무…… 엉성하네요."

노바의 웃음이 눈까지 올라가려다 멈췄다.

"게임 이야기가 나와서 하는 말인데, 사실 당신이 나에게 보낸 수수께끼를 도무지 이해할 수가 없더라고요. 혹시 내가 수사에 참여하게 되면 내 관심을 다른 곳으로 돌리려고 보낸건가요? 심지어 2년 전에 벌써 루벤에게 신문 기사를 보내다니. 릴뤼를 납치하기까지 1년을 더 기다려야 하는 때에 그런걸 보낸 당신의 큰 그림에 찬사를 보내고 싶어요. 그런데 그수수께끼는 당신이 원했던 효과를 발휘하지 못했다고 해야겠네요. 유감스럽게도. 결국 내가 여기 왔으니까요. 안 그래요?"

이제 노바의 얼굴에서는 웃음기가 완전히 사라졌다.

"난 수수께끼도, 기사도 보내지 않았어요."

빈센트가 기대했던 대답은 아니었다. 노바가 거짓말하는 것일 수도 있지만, 그가 보기에 거짓말은 아닌 것 같았다. 그런 걸 속이기에는 자부심이 너무나도 대단한 사람이니까. 하지만 노바가 아니라면 누가 보낸 거지? 빈센트는 얼굴을 찡그렸다. 그러나 지금은 그걸 생각하고 있을 시간이 없었다. 그건 나중에 고민할 문제로 남겨 두어야 했다.

빈센트는 노바를 보고 웃으면서 탁자 위에 있는 병을 집어 들었다. 미나는 학교에서 사람들이 독약을 먹었다고 했다. 이 병에 든 액체도 같은 독약일 가능성이 컸다. 나탈리 몫으로 남겨 둔 독약.

시간이 됐다. 그가 할 수 있는 최선을 다해 노바의 정신을 압박했다. 이제 모든 것은 빈센트가 바라는 방식으로 노바가 반응해 그가 제시한 도전을 받아들일 것인가에 달렸다.

"지금까지 혼자서 체스를 했죠."

빈센트가 말했다.

"길의 끝에 도착했고요. 문자 그대로. 당신이 도시 전역에 걸쳐서 만들어 놓은 패턴은 믿을 수 없을 정도로 아름답더군요. 게다가 대칭, 그 대칭을 봤을 때는…… 음, 그건 정말 놀라웠어요. 이제 우린 마지막 칸에 와 있네요. 그러니 마지막 칸답게 게임을 해 봐야겠죠. 제대로 승패를 걸지 않는다면 체스를 두는 데에 의미가 없으니까요. 이번 판을 제대로 끝내지 못해 놓고 내일 새로운 경로를 시작하는 게 무슨 의미가 있겠어요? 이런 즉흥적인 협박 말고…… 우리 둘 다 잘할 수 있는 걸로요. 체크메이트를 불러 보죠. 유리컵이 더 있을까요?"

노바가 빈센트를 물끄러미 보았다. 그러더니 밝게 웃으며 루이뷔통 가방에서 유리컵 두 개와 병을 하나 꺼냈다.

"그 병은 독약이 아니길 바라죠."

빈센트가 말했다.

"그냥 주스예요."

노바가 고개를 끄덕이며 대답했다. 그녀는 두 번째 병을 첫 번째 병 옆에 놓았다. 두 병의 내용물은 같아 보였다. 하지만 하나는 치명적인 독약이고, 다른 하나는 그저 과일 농축액이다. 노바가 빈센트의 눈을 똑바로 보았다. 빈센트가 입을 열었다.

"내가 이기고 당신이 독약을 마신다면 나탈리는 내가 데려갈 거예요. 당신이 인생 마지막 순간에 할 일은 당신 심복들에게 우리를 내버려 두라고 말하는 거예요. 그래도 당신을 지금까지 괴롭혀 온 고통에서는 해방되겠죠. 당신이 이기고 내가 죽으면, 당신은 나탈리를 데리고 가서 계속 계획대로 해요. 아직 당신이 가지 못한 칸이 네 개 있다는 거 알아요. 아직 죽이지 못한 네 아이가 있다는 것도. 어떤 경우든 당신에게는 모두 이기는 게임이에요."

나탈리의 눈이 휘둥그레졌다.

"무슨 아이들이요?"

그리고 공포에 질려 노바를 쳐다보았다.

"이 아저씨가 무슨 말을 하는 거예요?"

노바는 나탈리를 무시하고 빈센트를 똑바로 쳐다보았다. 구스타브의 눈에 불꽃이 들어 있었다면, 노바의 눈에는 맹렬하게 폭발하는 화산이 있었다.

"이해가 안 돼요."

나탈리의 목소리에는 두려움이 가득했다.

"독약이라니, 그게 무슨 말이에요? 지금 나를 체스 말처럼 쓴다는 거예요? 난 이거 절대 안 할 거예요. 노바! 뭐라고 말 좀 해 봐요. 이 아저씨가 오해한 거라고 설명 좀 해 줘요. 노바는 누굴 해칠 사람이 아니잖아요!"

노바는 대답하지 않았다.

"아마도 노바가 생각한 대안은 네가 직접 게임에 참여하는 거였겠지."

빈센트가 말했다.

"병도 둘이 아니라 하나였을 테고. 노바는 여기서 나갈 때 너에게 독약을 먹였을 거야, 나탈리. 너를 두고 경찰을 상대로 협상을 벌일 생각은 없었어. 그냥 널 죽이고 사라지는 거지. 하지만 이건 이길 수 있는 가능성이 50퍼센트인 게임이

267

야. 잘못된다고 해도, 뭐, 너보다는 내가 당하는 게 낫지."

말을 이어 가며 빈센트는 노바에게 시선을 고정했다. 나탈리를 보고 있으면 자신이 해야 할 일을 해내지 못하게 될까봐 두려웠다. 이건 그의 잘못이었다. 제때 경고 신호를 발견하지 못했기 때문이었다. 그러니 나탈리를 위해 해야 했다. 나탈리는 미나를 너무나도 많이 떠오르게 했다. 빈센트는 나탈리를 위해서라면 자신이 무슨 일이든 할 수 있음을 알았다.

"미안해, 나탈리. 이걸로 모두 용서가 되지는 않는다는 거알아. 하지만 이게 내가 할 수 있는 최선이야."

빈센트는 독약이 든 병의 뚜껑을 돌려 열고 유리컵에 따랐다. 마지막 한 방울까지 다 떨어질 수 있게 컵의 가장자리에대고 병을 두드렸다. 독약 병을 내려놓고 다시 뚜껑을 돌려닫았다. 노바는 빈센트의 손에서 눈을 떼지 않았다. 빈센트는다음 병을 들어 유리컵에 따르기 시작했다.

"이번엔 주스 병인 거 맞죠?"

노바가 웃으며 물었다.

"그래야죠."

빈센트도 웃으면서 대답했다.

"그렇지 않으면 두 컵에 모두 독약을 따른 게 되잖아요. 바보같이."

노바의 얼굴에서 웃음이 사라졌다.

"나탈리. 노바와 내가 뒤돌아서 열까지 셀게. 그동안 네가 어떤 컵이 독약인지 알 수 없게 여러 번 섞어 줘."

"하고 싶지 않아요."

힘없는 목소리였다.

"나도 그래. 하지만 어쨌든 해야 해. 자, 하나……."

빈센트는 노바에게 탁자에서 떨어져 뒤로 돌라는 손짓을 하고 자신도 뒤로 돌았다. 큰 소리로 열을 세는 동안 유리컵을 옮기는 소리가 들렸다.

"……열."

빈센트와 노바가 동시에 뒤로 돌았다. 두 유리컵은 이전과 같은 자리에 있었다. 그리고 서로 완벽하게 똑같아 보였다.

"동시에 마시죠."

컵 하나를 집어 들면서 빈센트가 말했다.

*

노바도 빈센트와 같이 음료를 마셨다. 노바는 멘탈리스트를 유심히 바라보았다. 배 맛이 났다. 하지만 그건 아무 의미가 없는 특징이었다. 독약도 주스와 같은 맛이 났으니까.

노바는 식도를 따라 위로 내려가는 액체의 흐름을 느꼈다. 속이 메슥거리는지, 불타는 감각이 있는지, 목구멍이 수축하는지 느껴 보려 했다. 없었다. 그대로 시간이 멈춰 버린 것 같았다.

방금 액체를 들이켠 유리컵에 코를 대고 냄새를 맡았다. 배 냄새만 났다.

빈센트의 얼굴을 살폈다.

멘탈리스트는 그대로 굳어 있었다. 컵을 든 손은 공중에 떠 있는 채로, 동공이 천천히 확장되고 있었다.

서서히 내려가던 손이 탁자 위로 툭 떨어졌고, 탁자에 부딪힌 유리컵이 빈센트의 손에서 벗어나 길게 흘린 자국을 남기며 탁자 위를 굴러갔다.

빈센트의 시선은 여전히 노바를 향하고 있었지만 눈의 초점은 사라졌다. 그의 눈은 이 방이 아닌 다른 곳을 향해 있음이 분명했다.

그의 몸이 옆으로 기울어지기 시작했다. 상체가 천천히 쓰러지다가 의자에서 벗어나 밑으로 떨어졌다. 머리가 바닥에 세게 부딪혔다.

노바는 몇 초 더 기다렸다. 나탈리는 침대 위에 웅크리고 있었다. 무릎 사이에 머리를 집어넣고 몸을 앞뒤로 흔들었다. 최대한 빈센트를 보지 않으려고 몸부림치는 것 같았다.

이렇게 쉽게 끝나리라고는 생각하지 않았다. 그러나 자만은 몰락을 불러온다. 빈센트는 너무 자만했다.

노바가 일어나서 멘탈리스트가 누워 있는 곳으로 걸어갔다. 그의 눈은 반쯤 감겨 있었다. 갈비뼈가 빠르게 위아래로 움직이면서 얕은 숨을 쉬었다. 몇 초간 그 상태가 지속됐다. 그러다 완전히 멈췄다.

멘탈리스트 옆에 앉아 맥박을 쟀다.

느껴지지 않았다.

"체크메이트."

승리를 선언하고, 노바는 일어섰다. 정장을 손으로 문질러 폈다. 가방을 들고 나탈리를 쳐다보았다.

"가서 빈센트가 정말로 혼자 왔는지 보고 올게. 내려가도 되는지. 감히 어디 갈 생각은 하지 마. 도망가려고 했다가는 너도 빈센트가 마신 걸 마시게 될 거야."

노바는 아이가 겁을 먹고 자기 지시를 따르길 바랐다. 자신을 바라보는 나탈리의 얼굴에 떠오른 공포를 보니 효과가 있는 것 같았다.

방문을 열고 복도로 나갔다.

노바가 이겼다.

믿기지 않았지만, 정말로 이겼다. 마침내 그녀의 계획을 이어 갈 자유를 얻은 것이다. 물론 한동안 세상에서 사라져야 했고, 지금까지 이룩한 걸 생각하면 그건 비극이었다. 에피쿠라는 끝났다. 그러나 노바는 언제든 다시 예시카로 돌아갈 수 있었다.

한 손으로 벽을 짚었다. 숨이 찼다. 생각했던 것보다 훨씬 힘든 날이었다. 안전한 곳으로 갈 때까지 나탈리는 경찰을 막아 줄 유용한 인질이다. 그 다음에는…… 없애면 된다. 그러고 나서 한 1, 2년 기다리다가 다시 시작하면 된다. 아직 네 칸을 더 가야 했다.

욘이 옳았음을 입증하려면 네 아이가 더 필요했다.

다시 걸음을 옮기려는데 그만 자기 발에 걸려 넘어졌다. 왜 이러지? 누가 볼 수도 있으니 자연스럽게 행동해야 했다.

노바의 생각이 다시 네 아이에게로 돌아갔다. 경찰은 그 아이들이 왜 선택되었는지도, 왜 죽어야 했는지도 알아내지 못했다. 그러니 다음번에도 그녀를 막지 못할 것이다. 노바는 거칠 것이 없었다.

갑자기 숨이 쉬어지지 않았다. 정신이 몽롱해졌다. 이건 단순한 피로감이 아니었다.

노바는 고개를 돌려 열려 있는 121호실 안을 보았다. 빈센트는 여전히 꼼짝도 하지 않고 바닥에 누워 있었다.

안 돼!

빈센트가 독약을 따르던 모습을 떠올렸다. 한 유리컵에 먼저 독약을 따랐다. 그 다음에는…… 그런 멍청한 짓을 하다니. 정말 믿을 수가 없었다. 그는 농담처럼 말했지만, 사실은 진실을 말한 것이었다. 노바를 막을 수 있는 방법은 하나뿐이니 그 방법을 쓴 것이다.

그는 나탈리를 위해 자신을 희생했다.

그는 두 유리컵에 모두 독약을 넣었다.

목이 부풀어 올랐고, 노바는 서 있지 못하고 주저앉았다. 누군가 폐에 불을 지른 것 같아 목을 쥐어뜯었다. 노바가 틀렸다. 더는 고통스러운 삶에서 벗어나고 싶지 않았다. 살고 싶었다. 이 세상 모든 고통은 가치가 있었다. 그러나 한편으로는 지금 일어나고 있는 일을 받아들이고 싶은 마음도 있었다. 노바는 언제나 살아남는 사람이었다. 그러나 그 대가로 중요한 사람들이 죽어야 했다. 아버지는 어머니 대신 노바를 살린다는 선택을 했다. 그 때문에 노바는 부모님 없이 살아가게 됐다.

지금 이 상황은 어쩌면 공평한 것인지도 모른다.

하지만 여전히 계속 나아가고 싶었다.

계속 살아가고 싶었다.

죄책감과 함께. 고통과 함께.

복도에 누웠다. 바닥에 누워 있는 빈센트가 보였다. 별들이, 어쩌면 새로운 별일지도 모를 그녀의 별들이 눈앞에서 춤을 추며 노바의 산소가 떨어지고 있다고, 노바의 심장이 포기하려 한다고 말해 주었다. 노바는 빈센트를 향해 손을 뻗었다. 별들이 만들어 내는 심연을 건너 그에게 닿고 싶었다. 그에게도 인생은 고통이었는지 묻고 싶었다. 그 고통을 어떻게 견뎌 왔는지 묻고 싶었다. 이제는 자유로운지 묻고 싶었다.

하지만 이제 시간이 다 됐다.

*

"나탈리!"

미나는 낼 수 있는 가장 큰 소리로 이름을 부르며 계단을 뛰어 올라갔다. 2층에 다다랐을 때 그녀는 무언가에 걸려 넘어질 뻔했다. 복도에 노바가 누워 있었다.

"여기예요!"

어린 여자의 목소리가 들렸다.

나탈리였다. 이곳 어딘가에 나탈리가 있었다.

"기다려. 내가 갈게."

미나가 소리쳤다. 잠시 몸을 숙여 노바의 생명 징후를 살폈다. 더는 죽음을 견딜 수 없었다. 페데르가 죽었다. 이네스가 죽었다. 에피쿠라 사람들이 죽었다. 끔찍하고 무의미한 죽음이었다. 지난 한 시간 동안 앞으로 살면서 보게 되리라 생각했던 것보다 훨씬 많은 사람이 죽었다. 노바가 저지른 일 때문에 아무리 그녀가 미워도, 할 수만 있다면 살리고 싶었다.

그러나 노바는 이미 가망이 없어 보였다. 그리고 저기에 나탈리가 있었다.

율리아와 루벤이 바로 뒤따라오고 있었다. 아직 늦지 않았다면 두 사람이 구급차를 부를 것이다. 미나는 일어서서 열려 있는 호텔 방으로, 목소리가 들려왔던 방으로 뛰어갔다.

방에 미처 들어서기도 전에 누군가 바닥에 누워 있는 것이 보였다. 설마 나탈리인가?

미나는 방으로 뛰어 들어갔다. 침대 위에 웅크리고 있던 나탈리가 깜짝 놀랐다.

"당신?"

나탈리가 말했다.

"나, 당신 알아요."

미나는 고개를 끄덕였다. 2년 전 여름에 두 사람은 쿵스트레드고르덴 공원에서 함께 커피를 마셨었다. 그때 미나는 자신이 누구인지 말해 주지 않았다. 말하지 못했다. 그런데 나탈리가 그 만남을 기억하고 있는지는 몰랐다.

"그러니까, 당신이 내 엄마예요? 하나도 이해가 안 돼요."

그러나 미나는 더 이상 듣고 있지 않았다. 바닥에 누운 사람이 누구인지 알아보았다. 인정하고 싶지 않았다. 그 사람이 빈센트라는 사실을 받아들이기를 거부했다. 그녀의 빈센트. 미나가 세운 방어벽 안으로 들어온 사람. 미나가 유일하게 들어오는 걸 허락해 준 사람.

그는 미나가 어떻게 생각할지는 조금도 신경 쓰지 않는다는 듯 그곳에 누워 있었다.

"무슨 짓을 한 거예요?"

멘탈리스트를 보며 미나가 속삭였다.

"빈센트. 당신 무슨 짓을 한 거예요?"

그의 옆에 무릎을 꿇고 앉아 조금 전에 노바에게 그랬던 것처럼 생명 징후를 살폈다. 그러나 노바처럼 빈센트에게도 생명 징후는 없었다.

"구급차를 불렀어."

방으로 뛰어 들어오면서 율리아가 말했다.

"하지만 노바는 죽은 게 분명해. 그래서 우린……."

빈센트를 보는 순간 율리아는 입을 다물었다.

"젠장. 미나……."

"그러니까, 당신이 우리 엄마란 말이에요?"

나탈리가 다시 물었다.

미나는 대답을 할 수가 없었다. 방금 그녀는 딸을 되찾았다. 그러니 매우 기뻐해야 하는 게 당연했다. 그러나 바닥에서 일어섰을 때, 빈센트의 옆에서 일어섰을 때, 그 뒤로도 며칠이고, 몇 달이고, 몇 년이고 이어질, 그가 없는, 빈센트가 없는 그녀의 나머지 인생과 함께 일어섰을 때 이 세상에 남은 것은 슬픔밖에 없었다.

*

크리스테르는 진저리를 치며 컴퓨터 화면에 떠 있는 흰색과 검은색 네모 칸들을 바라보았다. 체스에 대한 관심은 완전히 사라졌다. 노바로 더 잘 알려진 욘 벤하겐의 딸 에시카가 체스에 대한 흥미를 완전히 파괴해 버렸다. 정말로 끔찍한 인간이었다. 그 여자 때문에 미나는 어머니를 잃었다. 하지만 빈센트 덕분에 딸은 찾을 수 있었다. 동료들이 어제 나탈리를 롱홀멘에서 곧바로 병원으로 데려간 뒤로 아직 소식을 듣지 못했다. 그는 나탈리가 무사하기를 바랐다. 며칠 전까지만 해도 미나에게 가족이 있다는 사실조차 몰랐던 걸 생각하면, 그 딸의 무사를 기원하는 건 조금 어처구니없는 상황이기는 했다.

크리스테르는 다시 컴퓨터 화면에 떠 있는 체스 판을 보았다. 잘하면 지난주에 하던 게임을 마무리할 수 있을 것이다. 그 다음에는 끝을 내는 거다.

그는 곧 굴욕을 맛보게 되리라는 걸 알았다. 어디로 움직이든지 간에, 한 번의 움직임으로 게임은 끝이 날 것이다. 결국은 오고야 말 그 끝을 최대한 늦추려고 노력했다. 그러나 이제는 끝을 내고 마무리를 하는 것이 좋을 것 같았다.

크리스테르는 플레이 가능한 게임 목록에서 가장 최근에 했던 게임을 눌러 화면에 띄웠다. 체스 판 위에는 말들이 그가 마지막으로 저장해 둔 그대로 놓여 있었다. 체스 말들의 배치 상태를 보면서 자신에게 계획이 있었는지, 있었다면 어떤 계획이 있었는지를 찾아보았다.

그러나 계획 같은 건 보이지 않았다.

그에게는 이길 가능성이 없었다.

고통을 줄이기 위해 몇 차례 무기력하게 말을 옮겼다. 체스 판의 왼쪽에는 말이 많이 남아 있지 않았다. 어쩌면 이 게임은 그가 하다 멈추기 전까지 다른 게임들보다 잘 진행되고 있었는지도 모른다. 남아 있는 나이트를 옮겼다. 갑자기 머릿속에서 빈센트의 목소리가, 지난 몇 주 동안 그가 마구 쏟아 내던 말들이 생각났다.

"기사."

"말."

"히포."

"HORSE."

"아라비아 순종 말."

"마이 리틀 포니."

"폰의 심리학."

"기사의 여행."

"투라가파다반다."

망할 체스. 컴퓨터가 자기 말을 옮겼고, 크리스테르가 다시 나이트를 옮겼다. 갑자기 체스 프로그램이 지금껏 한 번도 들어 보지 못한 소리를 냈다.

"화이트, 승!" 화면 위로 커다랗고 선명한 글자가 나타났다.

크리스테르가 화이트였다. 이럴 수가. 그가 이겼다. 그 오랜 시간이 걸리고서야.

잠시 그 느낌이 가라앉을 때까지 기다렸다. 프로그램을 닫고 컴퓨터에서 게임 파일을 찾아 모두 휴지통으로 끌고 갔다. 그런 다음 '휴지통 비우기'를 누르고, 앱이 영원히 사라지면서 나는 프로그램 삭제 효과음을 들었다.

*

"커피나 한잔하고 갈래?"

루벤은 엘리노르가 그런 말을 한 것이 혼을 낼 게 있다는 뜻인지, 아니면 두 사람에게 '진지하게 해야 할 대화가 있다고 할 때마다 내세우는 핑계인지를 파악하려고 머리를 굴렸다.

일주일 전에 아스트리드가 아이들 살해 사건을 논의하는 회의실에 들어갔다는 사실을 알게 된 후, 엘리노르의 입에서 나온 건 결코 따뜻한 칭찬의 한마디는 아니었다. 망할 빈센트. 물론 이제 더는 그 멘탈리스트에게 그런 마음이 들지 않았다. 롱홀멘에서의 일이 있었던 뒤로는 말이다.

하지만 이번에는 특별히 잘못한 일이 생각나지 않았다. 게다가 엘리노르도 화가 난 것 같지는 않았다. 엘리노르는 사실을 근거로 사람을 꼼짝 못 하게 하는 재주가 있었다. 커피 한 잔은 이제 더는 아스트리드를 보러 오지 말라는 이야기를 정중하게 전달하는 수단일지도 모른다.

루벤은 딸을 흘끔 쳐다보았다. 여전히 흰색 도복을 입고 있었다. 요즘 아스트리드는 집에서 거의 도복만 입는다고 했다.

"그래, 줘."

루벤은 조심스럽게 대답했다.

"번거롭게 하는 게 아니라면."

"아니에요, 루벤."

아스트리드가 다가와 루벤의 손을 잡았다.

"간식도 또 먹어도 돼요. 아무튼, 엄마한테 목 조르기를 보여 줄 거예요."

"또 먹는다고?"

엘리노르가 눈썹을 추켜세우며 말했다.

"운동 끝난 뒤에 아이스크림을 하나 먹은 것뿐이야."

루벤이 헛기침을 했다.

"두 개였던가?"

아스트리드를 데리러 갈 때면 페데르에 대해, 아네트와 세 쌍둥이에 대해, 미나의 딸을 위한 빈센트의 희생에 대해 되도록 생각하지 않고 그저 딸을 만난다는 사실에 기뻐하려고 노력했다. 그 모든 일이 일어난 지 고작 이틀밖에 되지 않았다. 아직 그 일들을 받아들이지도 못했다. 그러나 딸을 만날 때 아스트리드가 슬픈 아빠를 상대하게 하고 싶지는 않았다. 아마 그는 아스트리드가 자신에게 일종의 치료제가 되어 주기를 바라는 것인지도 모른다. 하지만 그 모든 것을 생각하지 않는 건 애초에 성공할 수 없는 시도였다. 많아도 너무 많았다. 그래서 아이스크림으로 가리려고 했다. 그건 효과가 있는 것 같았다.

루벤은 엘리노르를 따라 부엌으로 들어갔다. 아스트리드는 이미 앉아서 색연필로 그림을 그리고 있었다. 자기 엄마의 재능을 물려받은 것이 분명했다. 엘리노르는 식탁에 루벤 몫의 커피 잔을 놓았다.

"넌 주스 줄까?"

엘리노르가 일어나서 엄마를 붙잡으려고 최선을 다해 버둥거리고 있는 아스트리드에게 물었다.

"네, 사범님."

아스트리드는 엄마를 붙잡고 있던 손을 놓고 공손하게 절을 했다.

엘리노르가 웃었다. 루벤이 10년 넘게 듣지 못했던 소리였다. 그 소리를 듣고 나서야 루벤은 자신이 이 웃음소리를 너무나도 그리워했다는 걸 깨달았다.

"이런 말 한 번도 안 했는데."

엘리노르가 컵에 커피를 따르며 말했다.

"당신이 아스트리드에게 해 준 모든 일에 감사하고 있어. 처음에는 아스트리드가 당신을 어색해할 거라고 생각했어. 어쨌거나 당신은 모르는 사람이니까. 그런데 정반대였어. 정말로 당신이 아스트리드에게 이렇게 가까이 다가갈 수 있을지 몰랐어. 당신이 해내서 기뻐."

루벤은 웃었다. 약간 당혹스럽기도 했다. 왠지 엘리노르를 쳐다보기가 힘들었다. 아만다하고 1년이나 상담을 했는데도, 여전히 어떤 주제에 대해서는 편하게 대화할 수가 없었다. 그래서 커피를 마셨다. 진한 커피였다. 루벤이 기억하는, 엘리노르가 좋아하는 스타일의 커피였다.

"아스트리드하고 시간을 보내는 건 즐겁기만 하니까. 왜냐면, 우리는 좋아하는 게 완전히 똑같거든."

엘리노르는 오랫동안 루벤을 바라보았다. 그리고 고개를 끄덕였다.

"당신은 정말 최악의 남자친구였어."

엘리노르가 커다란 주전자에 주스를 섞느라 신이 난 딸을 흘끔 쳐다보면서 말했다.

"하지만 좋은 아빠야. 그걸 말해 주고 싶었어."

루벤은 그저 고개만 끄덕였다. 목소리가 이상하게 나올 것 같아 대답할 수가 없었다.

"당신에게 줄 게 있어."

엘리노르가 두툼한 앨범을 내밀었다.

"아스트리드 앨범이야. 태어났을 때부터 지금까지. 지난 10년 동안 어떻게 커 왔을지 궁금할 거 같아서."

루벤은 다시 고개를 끄덕였다. 지금까지는 대답을 하기가 힘들었는데, 이제는 아예 입을 열 수가 없었다. 두 눈 가득 눈물이 차올랐고, 목구멍에 커다란 덩어리가 얹혔다. 또 페데르가 생각났다. 갑자기 사라 생각도 떠올랐다. 루벤은 아이들 이야기를 할 때 사라의 목소리가 얼마나 따뜻했는지를 기억했다. 그리고 그 이유를 이해했다. 아스트리드를 볼 때마다 루벤은 같은 따뜻함을 느꼈다. 사라가 좋은 엄마라는 데에 루벤은 모든 것을 걸 수 있었다. 엘리노르처럼 사라도 훌륭한 엄마다. 그리고 사라의 남편은 정말로 멍청이다.

아스트리드가 커다란 주스 잔을 들고 와 루벤 옆에 앉았다. 그러고는 주스를 한껏 마시더니 끄윽 하고 트림을 했다.

"아스트리드!"

엘리노르가 크게 웃었다.

"루벤, 차 마실 때까지 있어요."

루벤의 딸이 말했다.

"그러니까, 아빠. 제발요."

루벤은 곁눈으로 살짝 엘리노르를 보았다. 그는 또다시 아무 대답도 하지 못했다.

*

회의실은 죽은 듯이 고요했다. 그 누구도 무슨 말을 해야 하는지 알지 못했다. 그 누구도 텅 빈 페데르의 의자를 바라볼 수가 없었다. 보세는 달랐다. 우울한 표정으로 페데르의 의자를 물끄러미 보고 있던 보세는 크리스테르의 무릎에 슬픈 듯이 머리를 올렸다. 페데르의 의자는 모두가 존재를 외면하는 회의실의 코끼리였다. 결국 루벤이 일어나 의자를 들고 구석으로 옮겼다. 모두 깜짝 놀랐다. 하지만 미나는 루벤의 행동이 분노 때문이 아님을 알았다. 그건 좌절감이었다. 미나도 무엇이든 부숴 버리고 싶었다.

이건 정말 너무나도 불공평했다.

그러나 바꿀 수 있는 것은 아무것도 없었다.

보세가 서글프게 끙끙댔고, 크리스테르가 토닥여 주었다. 미나는 벽에 걸린 스톡홀름 지도를 보았다. 빈센트가 체스 판을 그리고 그 위에 있는 경로를 따라 선을 그은 지도였다. 그 선은 죽음만을 가져왔다. 그것도 너무나 많은 죽음을.

율리아는 수사를 하면서 수집한 정보를 모아 놓은 화이트 보드 앞으로 걸어갔다. 아직 모든 것이 거기에 있었다. 사진과 글과 화살표와 그래프가 그대로 있었다.

"우린 잃어버린 동료를 애도하고 있어."

율리아가 낮은 목소리로 말했다.

"그는 우리의 친구였고, 이 방에서 우리가 만난 가장 훌륭한 동료였어. 아주 오랫동안 슬퍼하게 되겠지만, 잠시만 슬픔을 미뤄 두자. 지금은 페데르가 우리에게 바라는 걸 해야 하니까. 놓친 게 없는지 체크하고, 의심할 여지 없이 끝났음을 확실히 해야 해."

율리아의 목소리가 갈라졌다. 그녀는 헛기침을 했다.

미나의 목구멍은 밖으로 터져 나올 수 없는 흐느낌으로 가득 찼다. 나탈리를 보고, 아무 문제 없이 안전하다는 사실을 확인한 뒤 미나는 잠시 동안 딸이 무사함을 기뻐할 시간을 자신에게 허용해 주었다. 하지만 그건 아주 잠시의 유예일 뿐이었다.

지금은 엄청난 힘으로 몰려온 슬픔에 붙잡혀 버렸고, 도저히 어떻게 그 슬픔을 다스려야 하는지 알 수가 없었다. 남은 사람들이 어떻게 한 팀으로서 활동할 수 있을지도 알 수 없었다. 페데르의 기분 좋은 유머와 친절함, 에너지 드링크는 팀을 한데 묶어 주었었다. 그의 세쌍둥이 동영상을 다시 한번 볼 수 있다면 미나는 무엇이든 내줄 수 있었다.

그리고 빈센트가 있었다.

세상에, 빈센트가 거기에 있었다. 미나는 아직도 빈센트를 용서하지 않았다.

그녀는 옆자리에 앉아 있는 멘탈리스트를 바라보았다. 바닥에는 그의 목발이 놓여 있었다.

"우선 빈센트, 미나가 당신이 죽었다고 생각한 이유를 설명해 줘요."

율리아가 날카롭게 말했다. 빈센트는 사람들의 시선에 곤혹스러워하고 있었다. 자업자득이었다.

"어, 나는 잠시 동안 팔에 혈액이 흐르지 않게 할 수 있어요. 공연 때 하는 건데 그렇게 하면 맥박이 뛰지 않는 것처럼 보여요. 독약을 먹은 것처럼 노바를 속이려고 혈액을 멈췄어요. 내가 죽은 줄 알면 나탈리를 혼자 둘 것 같아서요. 하지만 정말 위험하죠. 추천하는 방법은 아니에요."

"잠시라고요? 미나가 갔을 때도 여전히 맥박이 뛰지 않았잖아요. 본인이 무슨 성경에 나오는 나사로라도 된다고 생각하세요?"

아담이 쏘아붙였다. 빈센트는 더욱 당황한 것 같았다. 미나를 향해 고개를 돌렸지만 미나와 눈이 마주치자마자 그는 황급히 눈을 피했다.

"큰 소리가 나기에 노바가 돌아오고 있는 줄 알았어요. 발에 고통이 너무 커서 제대로 생각할 수가 없었거든요. 그래서 다시 팔의 혈액을 멈춰서 맥박을 뛰지 않게 한 겁니다. 확실하게 하려고요."

"진짜 멍청이야."

미나가 중얼거렸다.

"발이 부러져도 싸. 누가 의자에서 떨어진다고 발이 부러지냐고."

빈센트를 발견했을 때, 미나는 끔찍하게 놀랐다. 갑자기 눈을 뜨고 자신에게 말을 거는 빈센트를 보았을 때는 소스라치게 놀랐다. 그때부터 미나는 빈센트와 한 마디도 주고받지 않았다. 죽은 줄 알았던 빈센트, 나탈리에게 생겼을지도 모를 일에 대한 공포, 페데르의 죽음. 이 모든 것이 한꺼번에 몰아쳐 정신을 차릴 수가 없었다. 미나가 원하는 것은 그저 안전한 아파트로 돌아가 침대 위에 태아처럼 웅크리고 누워 내면으로 기어들어 오려고 하는 모든 것을 차단하는 것뿐이었다.

빈센트가 조용히 말했다.

"미안해요. 나탈리를 위해서였어요. 그런데, 주차장에 있던 세 남자는 잡았나요? 노바의 심복이었어요?"

미나는 팔 위에 놓인 손을 느끼고 고개를 돌렸다. 빈센트의 파란 눈이 보였다. 결국은 용서하리라는 걸 알았다. 어쨌든 그는 살아 있으니까. 나탈리처럼.

"흰색 재킷을 입은 사람들이요? 그 사람들은 일본인 관광객이었어요."

"아직도 노바가 왜 이런 일을 벌인 건지 이해가 안 돼."

크리스테르가 말했다.

"동기가 뭐지? 어째서 우리를 돕는 척하는 수작을 부린 걸까? 경찰과 협력한다는 큰 위험을 감수하다니."

그는 눈물을 참으려는 듯 침을 꿀꺽 삼켰다.

"내가 답해도 될까요?"

율리아에게 허락을 구하며 빈센트가 말했다. 율리아가 고개를 끄덕였다. 빈센트는 화이트보드 앞으로 나갔고, 율리아는 자리에 앉았다.

"에피쿠라 생존자 몇 명을 만나 봤어요. 노바가 죽은 지금은 상당히 많은 얘기를 해 주더군요. 지금부터 하려는 설명이 미욱할지는 몰라도 조금쯤은 대답이 될 수 있을 거라고 생각해요. 알고 있듯이 노바는 어렸을 때 외상 후 스트레스 장애를 남길 만한 엄청난 사건을 겪었죠. 자동차 사고로 크게 부상을 입었고, 그날 밤 노바의 아버지는 아마도 세상을 떠났을 거예요. 우리는 그 반대로 추측하기도 했었지만요. 지울 수 없는 상처를 남긴 그 사건 뒤로 노바를 돌봐 준 건 할아버지였죠. 발차르 벤하겐. 그는 노바를 에피쿠로스의 가르침에 따라 길렀어요. 하지만 노바는 아버지가 살아 있을 때 아버지에게서 이미 많은 걸 배웠을 거예요. 그 모든 것이 한데 섞여 그녀의 삶에 지속적으로 존재한, 육체적 고통이 중앙 무대를 차지하는 왜곡된 에피쿠로스 철학이 탄생한 거예요. 노바는 자신의 고통에서 의미를 찾아야 했어요. 그 의미를 찾는 과정은 노바가 자신처럼 고통을 겪고 있는 사람들을 끌어모을 수 있게 해 주었죠. 고통의 의미를 찾아 헤매면서, 그 고통을 조금 더 쉽게 견딜 수 있게 해 주는 무언가를 찾는 사람들이요. 노바의 고통은 육체적이면서 정신적인 것이었단 걸 잊지 마세요. 두 가지 고통이 결합하면서 불행하고도 파괴적인 결과가 나온 거예요. 이성과 논리가 맹신과 절망으로 대치된 거죠."

빈센트는 그 끔찍한 일들을 이해하기 쉽게 하기 위해 일부러 억양과 단어를 골라서 사용했다. 마치 강의를 하는 것처럼 말하면서 감정은 일단 제쳐 두고 외부인의 관점으로 사건에 접근하도록 했다.

말을 하는 동안 모든 사람을 돌아가며 강렬하게 쳐다보는 빈센트를 보면서, 미나는 그가 의도적으로 사람들을 사건과 감정적으로 동떨어지게 만들고 있음을 알았다. 멘탈리스트는 그가 알고 있는 유일한 방법으로, 잠시만이라도 사람들이 슬픔을 조금 더 쉽게 대할 수 있도록 해 주고 있었다.

"하지만 아직도 노바가 수사에 참여한 이유를 모르겠어. 그래서 얻는 이득이 뭐였을까?"

크리스테르가 말했다.

"우리가 어디까지 알고 있는지 파악하면 자신이 통제하고 있다는 기분도 느낄 수 있고, 수사를 잘못된 방향으로 이끌 수 있으니까요."

빈센트가 대답했다.

"그리고 무엇보다도 노바를 특징짓는 가장 강력한 성향 때문이었을 거예요. 자아도취요. 자아도취가 있는 범죄자가 자신을 대상으로 하는 경찰 수사에 개입하려고 하는 건 드문 일이 아니에요. 그런 점에서 노바의 행동은 전혀 독특한 행동이 아니죠."

"에피쿠라 사람들 모두 자신들이 아이들에게 한 짓을 알고 있었을까요?"

이번엔 율리아가 물었다. 빈센트가 팔짱을 끼었다.

"아니, 아닐 거예요. 사이비 종교 내에서도 신도마다 알고 있는 정보의 양이 다른 건 흔한 일이에요. 마치 겹겹이 층이 진 양파와 같죠. 안쪽으로 들어갈수록 더 많은 정보를 갖게 되거든요. 사이언톨로지도 그런 방식으로 정보를 나눠요. 더 높은 곳으로 올라가 더 높은 수준의 지식을 얻으려면 그에 걸

맞은 대가를 치러야 해요. 에피쿠라에서는 노바에게 자신의 가치를 인정받아야 했죠. 자신도 충분히 고통받고 있음을 보여야 했어요."

"이네스는 알고 있었을까요?"

미나가 물었다. 그 질문은 그녀의 비밀을 수면 위로 끌어올렸다. 이제는 테이블에 모인 모두가 이네스와 나탈리와 미나의 관계를 알고 있었다. 미나는 누구든 먼저 그 이야기를 해 주길 기다렸다.

"내가 만나 본 사람들에 따르면, 그렇지 않은 것 같아요."

빈센트가 대답했다. 미나는 고개를 끄덕였지만, 확신이 들지는 않았다. 미나는 자신의 어머니가 어떤 사람인지, 에피쿠라에서 어떤 역할을 했는지 알지 못했다. 그저 죽기 직전에 자신은 노바가 무슨 일을 하는지 몰랐다고 한 말을 들었을 뿐이다. 미나는 그 말에 매달렸고, 어떻게든 그 말을 굳게 믿고 싶었다.

"노바는 아이들이 고통이 없는 새로운 삶을 살 수 있는 방법이라고 했어요."

빈센트가 말을 이었다.

"아이들은 언제나 궁극의 순수를 상징하고, 종교적 맥락에서 안내자로 여겨질 때가 많아요. 에피쿠라 내부의 핵심 인원들은 아이들을 고통에서 해방시켜 순수하고도 새로운 존재로 다시 태어나게 해 준다고 믿었어요. 아이들이 새로운 시대로, 에피쿠라의 가르침대로라면 그들 식의 '천년 왕국'으로 들어가는 거라고 믿었죠."

"말도 안 되는 헛소리."

루벤이 중얼거렸다.

"그런 주장이 신의 아들이 죽었다가 3일 만에 부활했다는 것을 수백만 명이 믿는 것보다 이상하다는 생각은 들지 않아. 모든 종교와 믿음에는 자신만의 신화가 있으니까."

아담이 말했다.

"노바는 아주 강력한 지도자였어요. 사람들에게 믿음을 주는. 추종자들이 무엇보다도 원하는 걸 주었죠. 고통에서 해방되는 것이요."

"하지만 왜 굳이 그 아이들이었을까요?"

율리아가 곰곰이 생각하며 말했다.

"그게 내가 아직도 이해가 안 되는 점이에요."

"내게도 그건 전혀 이해가 안 되는 문제예요. 나와 이야기를 나눈 사람들도 전혀 모르고 있었어요. 노바는 그들이 알아야 할 것만 말해 줬고, 그들은 명령에 따랐을 뿐이에요. 아이들은 무작위로 고른 걸 수도 있어요. 유괴하기 쉬운 아이들을 골랐을 수도 있고요. 그게 가장 가능성 있는 설명일 겁니다. 노바가 특정한 기준으로 아이들을 선택했다면 사람들에게 드러날 수밖에 없었을 거예요."

빈센트는 입을 다물고 다른 사람들을 보았다. 미나는 그의 시선을 쫓았다. 오늘은 와이셔츠가 아닌 티셔츠를 입은 아담. 아이들 이야기가 나오자마자 당장 폭발할 것처럼 얼굴색이 변한 루벤. 시무룩한 표정으로 보세의 귀 사이를 긁어 주고 있는 크리스테르. 출산 휴가를 끝내고 온 뒤로는 언제나 얼굴을 살짝 찡그리고 있는 율리아. 미나는 마지막으로 빈센트의 파란색 눈을 보았다. 피곤해 보였다. 너무나도 피곤해 보였다.

"한 가지 짚고 넘어가야 하는 건, 노바를 멈추지 못했다면 더 많은 가족이 불행해졌을 거라는 거예요."

빈센트가 말했다.

"노바는 끝을 내지 못했다는 것, 그건 분명해요. 빌마 외에도 여러분은 세 아이의 목숨을 구했어요. 그 아이들이 누구였는지는 끝내 알 수 없을 겁니다. 하지만 저기 어딘가에 이제는 위험에서 벗어난 아이들이 있어요."

아무도 대답하지 않았다. 빈센트는 기운을 불어넣어 주려고 한 말이겠지만, 그 말은 그 누구에게도 위로가 되지 않았다.

루벤이 일어나 구석에 놓았던 페데르의 의자를 다시 가지고 왔다. 원래 자리에 의자를 내려놓고 조심스럽게 테이블 밑으로 밀어 넣었다. 그리고 회의실에서 나갔다. 미나는 회의실을 떠나는 루벤의 아랫입술이 심하게 떨리는 걸 보았다.

루벤이 거칠게 문을 닫았고, 그 뒤로는 침묵이 흘렀다. 페데르의 텅 빈 의자만이 말을 하고 있었다.

*

아담은 앉아서 아파트 광고들을 살펴보고 있었다. 어머니 말이 맞았다. 더는 독신자로 살아갈 수 없었다. 더 나은 아파트를 찾고, 그곳을 공유할 사람을 찾아야 했다. 지금 생활하는 모습을 보면 그 누구도 아담을 진지하게 생각해 주지 않을 것이다.

어쩌면 요리 수업을 들어야 할지도 모른다. 데이트 상대에게 스파게티와 민스미트 소스를 대접할 수는 없으니까. 뭐, 그럴 수도 있겠지만…… 그랬다간 다음 데이트는 기약할 수 없을 것이다. 그의 관심사는 많지 않았다. 언제나 사적인 흥미보다는 일이 우선이었다. 하지만 이제 바뀔 때가 되었다.

온라인 광고가 아담의 눈앞을 지나갔다. 도시 중심부에 있는 원룸은 어떨까? 실제로는 방 두 개로 쓸 수 있는 공간이었다. 더 좋아 보이기는 했다. 그런데 그걸 혼자 힘으로 구매할 수 있을까?

의자에 등을 대고 한숨을 쉬었다. 어쩌면 지금 전혀 엉뚱한 방향으로 접근하고 있는 건지도 모른다. 아파트 광고를 검색

할 게 아니라 틴더 앱을 깔아야 하는 게 아닐까? 아니면 요리
교실에 등록하거나.

아담은 큰 소리로 웃으며 뛰어 노는 네 아이와 아이들을 쫓
아다니는 어머니를 떠올려 봤다. 그러자 싱긋 미소가 지어지
고 마음이 따뜻해졌다. 어머니는 행복할 것이다. 아이가 네
명은 안 될 수도 있다. 어머니는 세 명으로도 만족할 것이다.

방문을 두드리는 소리가 나더니 율리아가 문을 열고 고개
를 내밀었다.

"아, 율리아."

"안녕, 그냥…… 잘해 주었다고 말하려고 들렀어. 우리 팀
에 온 걸 환영해. 늘 이렇게 엄청난 일이 일어나는 건 아니야.
알겠지만."

"정말 그랬으면 좋겠네."

아담이 웃으며 대답했다.

탁자 위에 둔 휴대폰이 울리기 시작했다. 발신자가 표시되
지 않은 전화였다. 보통 아담은 모르는 사람이 전화를 걸면
받지 않았다.

"안 받을 거야?"

율리아가 물었다. 아담은 어깨를 으쓱하고 통화 버튼을 눌
러 대답했다. 갑자기 숨이 막혔다.

"곧 갈게."

전화를 끊었다.

"무슨 일 있어?"

"아, 어머니 전화야."

서둘러 방에서 나갔다. 멀어지는 아담의 등 뒤로 율리아가
무언가를 소리쳐 말했지만, 아담에게는 들리지 않았다.

*

크리스테르는 좀 더 괜찮은 셔츠를 택하지 않은 걸 후회했
다. 갈색과 베이지색 줄무늬가 들어간 인조 실크 옷을 고를
때 정확히 무슨 생각을 했던 걸까? 사실 양모 조끼를 입을까
했지만 이 더위에 선택할 수 있는 옷이 아니었고, 그렇게 내
키는 옷 또한 아니었다. 그와 동시에 외모 같은 피상적인 일
에 신경을 쓴다는 것이 죄를 짓는 것처럼 느껴지기도 했다.

목요일에 크리스테르는 아네트와 함께 세쌍둥이에게 이야
기를 했다. 정말 특별한 아이들이었다. 어른들이 해 주는 이
야기를 이해하기도 했고 못 하기도 했다. 그 아이들은 너무
어렸다. 그들에게 어른들의 말은 그저 말이었다. 아이들은 슬
퍼했다. 크리스테르와 아네트도 슬퍼했지만, 그것 역시 어른
들의 말일 뿐이었다. 오늘은 아닐 테고 내일도 아니겠지만 언
젠가 아이들은 제대로 깨닫게 될 것이다. 날이 지나고 또 지

나도 아빠가 집에 오지 않을 때. 그제야 비로소 아네트에게는 정말로 힘든 시간이 시작될 것이다.

그리고 인생은 계속될 것이다. 젠장.

크리스테르는 손수건을 꺼내 이마의 땀을 닦았다. 그와 동시에 보세가 멀리 있는 골든 레트리버 친구를 발견하고 즐겁게 짖기 시작했다.

"안 돼, 보세. 여기 있어."

리드 줄을 잡아당기면서 크리스테르가 말했다.

왠지 모든 게 실수 같아서 마음이 축 가라앉았다. 어째서 개를 데리고 왔을까? 라세가 바사 공원에서 만나자고 했을 때 크리스테르의 마음속에서는 보세에게 최적의 장소라는 생각이 떠올랐다. 하지만 보세를 식당 밖에 묶어 두는 것과 직접 접촉하게 하는 것은 완전히 다른 일이었다. 게다가 라세에게 개 알레르기가 있을지도 모른다.

젠장.

다시 손수건으로 이마를 닦았다.

조금 떨어진 곳에 두 사람이 만나기로 한 카페가 보였다. 미리 도착해서 라세가 왔을 때 마치 이 세상 모든 정의를 책임질 의무를 어깨에 짊어진 품위 있는 경찰처럼 앉아 있는 모습을 보이고 싶었다. 더블 에스프레소를 마시면서 사건 메모를 하거나 신문을 읽고 있을 생각이었다. 그가 가장 좋아하는 형사 해리 보슈처럼. 그러나 지금은 자신이 해리 보슈와 같은 행성에 사는 사람이 맞는 걸까라는 생각이 들었다.

착 가라앉는 감정이 위장을 벗어나 다리로 퍼져 갔다. 크리스테르는 멈춰 섰다. 카페를 보았다. 못 하겠다. 집으로 가야 한다. 지금 당장. 몸을 돌리려고 한 순간, 길게 울려 퍼지는 웃음소리가 들렸다. 두 사람이 어렸을 때보다 훨씬 깊어진 웃음소리. 옛날에도 그랬듯이, 지금도 크리스테르의 마음을 따뜻하게 해 주는 웃음소리였다.

"지금 늙은 개를 데리고 와서 날 유혹하려는 거야?"

돌아선 크리스테르를 보고 라세가 웃으며 말했다. 그러고는 쪼그려 앉아서 보세의 인사를 받았다.

"안녕, 친구. 그으으래, 반가워어, 친구. 그래, 그래, 알았어!"

라세가 보세의 털을 마구 헝클었고, 보세는 미친 듯이 꼬리를 흔들면서 입 밖으로 후두둑 침을 떨어뜨렸다.

"늙은 개로 유혹한다고?"

크리스테르가 말을 더듬었다.

"아니야, 나는, 어…… 나는 그런 생각은…… 아닌데…….''

도대체 라세가 어떻게 생각할까? 너무나도 한심했다. 마치 갑자기 바지가 흘러내린 걸 라세가 봐 버린 느낌이었다. 아니, 그건 너무나도 부적절한 비유였다. 노출된 것 같다. 그게 크리스테르가 생각해 내려고 했던 단어였다. 마치 노출된 것처럼 느껴졌다.

라세가 일어섰다.

"네가 정말 그런 의도였다면, 내가 본 중에 가장 어설픈 강아지 유혹법이었어."

라세는 씩 웃었다.

"덩치 큰 60대 남자와 벼룩에 물린 잡종 개 친구의 조합이라니."

크리스테르는 두 사람이 어렸을 때 보았던 그 웃음을 기억했다. 언제나 좋아했던 웃음이었다. 크리스테르도 웃어 주고 싶었다. 아주 어색한 웃음밖에는 나오지 않겠지만.

"맞아. 난 정말 너한테 화가 나."

라세가 말했다.

"아직 풀어야 할 문제가 있지. 그래도 둘 다 아주 좋아 보인다는 말은 해야겠다. 이제 커피 마시러 갈까?"

*

미나는 조용히 병실로 들어갔다. 미나의 딸이 1인실을 쓸 수 있게 된 건 단순히 운이 좋았기 때문은 아닐 것이다. 하지만 이번만은 나탈리의 아버지가 자신의 권력을 행사했다는 사실이 마음에 들었다.

미나의 딸은 평화롭게 자고 있었다. 눈에 띄는 상처는 없었지만 그들은 입원을 시켜서 제대로 검사해 보기를 원했다. 나탈리에게 다가가 머리를 쓰다듬고 싶은 충동을 꾹 눌러 참았다. 너무나 오랫동안 딸을 만져 보지 못했다. 이제는 제대로 만지는 방법을 잊어버린 것은 아닌지 두려웠다. 어머니들은 아이들을 어떻게 만지는 걸까?

미나는 조용히 의자를 가져와 침대 옆에 놓고 앉았다. 잠들어 있는 나탈리의 얼굴을 바라보고 있고 싶었다. 수년 동안 멀리서 지켜보기는 했지만, 가까이에서 보는 모습은 무엇 하나 신기한 감정을 불러일으키지 않는 것이 없었다. 너무 익숙하면서도 너무 낯설었다. 미나가 딸의 곁을 떠났을 때, 나탈리는 귀엽고 활발한 다섯 살 소녀였다. 그 오랜 시간이 지나면서 어렸을 때 보였던 특징과 행동 중 몇 가지는 사라져 버렸다. 하지만 그대로 남은 것도 있었다. 자고 있는 나탈리의 입술이 살짝 씰룩거렸다. 길고 짙은 속눈썹이 부채처럼 뺨에 얹혀 있었다.

나탈리는 아무리 보아도 질리지 않았다. 그러나 앞으로 펼쳐질 여정을 생각하면 부르르 몸이 떨렸다. 풀어야 할 일이 너무 많았다. 아주 많은 변명과 그때는 논리적이라고 생각했지만 지금은 그저 바보같이 느껴지는 이유가 커다란 죄의식을 감싸고 있었다.

나탈리의 눈꺼풀이 파르르 떨렸다. 나탈리가 아주 천천히 눈을 떴다. 잠시, 미나는 도망치고 싶다는 생각이 들었다. 이제 곧 듣게 될 질문에 답을 하지 않을 수 있도록 병실에서 뛰쳐나가고 싶었다.

"당신⋯⋯."

서서히 의식을 되찾아 가는 나탈리의 입에서 살짝 어눌한 목소리가 흘러나왔다.

잠에서 깨어나면서 나탈리의 눈은 점점 더 맑아졌다. 미나의 손은 나탈리의 손 바로 옆에 있었다. 맞닿아 있지는 않았지만 아주 가까웠다. 나탈리는 재빨리 손을 거두고 시선을 돌렸다. 그리고 병실 창문을 노려보았다.

"여기는 왜 온 거예요?"

차가운 목소리가 들렸다.

"괜찮은지 보려고 온 거야."

미나의 목소리가 떨렸다.

"괜찮아요. 그러니까 가도 돼요."

미나는 아무 말도 하지 않았지만, 움직이지도 않았다.

"알아. 내가 설명해야 할 게 아주 많다는 거."

마침내 입을 열었다.

"사과해야 할 것도. 하지만 최소한, 네가 들어는 줬으면 해."

"나랑 아빠는 당신 없이도 잘 살았어. 그러니까 당신은 필

301

요 없어요."

나탈리의 목소리는 반항적이고 차가웠다. 그러나 그 목소리에는 표면 밑에서 끓고 있는 감정을 드러내는 균열이 있었다.

'네가 잘 살았다는 거 알아. 네가 괜찮다는 것도 알아. 나는……
나는 그저 우리 둘 다 앞으로 나갈 수 있는 길을 찾고 싶은 거야."

"꺼지라고 했잖아요."

나탈리가 흐느끼기 시작했다. 더는 냉정한 모습을 유지하지 못했다.

"왜 말을 안 들어요. 나가요!"

미나가 일어섰다. 누군가 들어오는 소리가 들렸다. 뒤를 돌아보니 나탈리의 아버지가 보였다.

"시간이 필요할 거야."

놀랍게도 온화한 말투였다.

"모든 게 새로울 테니까. 우리가 모든 연락을 끊은 게 최선의 방법은 아니었다는 사실을 깨닫고 있어. 그런 계약만 하지 않았어도 이런 일은 일어나지 않았을 테니까. 퇴원하면 같이 저녁을 먹자. 거기서부터 시작하는 거야."

"저 사람이랑 절대로 저녁 같은 거 안 먹어!"

침대 위에서 나탈리가 부르짖었다.

미나는 울고 싶은 마음을 꾹 눌러 참았다. 나탈리의 아버지가 한 손을 미나의 어깨에 얹었다. 너무나 이상할 정도로 친숙하면서도 낯선 느낌이었다.

"다 괜찮아질 거야. 내가 연락할게. 지금은 가는 게 좋겠어. 그리고…… 미안해. 전화로 나탈리를 데리러 가라고 했을 때 연락 못 해서 미안해. 그게…… 문제가…… 있었어."

"알아. 기사 봤어."

미나가 고개를 끄덕였다. 나탈리의 아버지는 미나를 똑바로 보지 못하고 고개를 숙였다.

"내가 하는 일이…… 정말로, 나에게는 나탈리가 가장 중요해. 언제나. 당신이 그걸 알았으면 좋겠어. 하지만 망할 일이……."

미나는 고개를 끄덕였다. 그저 눈물이 쏟아지기 전에 밖으로 나가고 싶었다. 우는 모습을 이 남자에게 보이고 싶지 않았다. 그녀에게는 울 권리가 없었다. 이 남자는 미나 앞에서 부끄러워할 이유가 전혀 없었다. 살면서 언제나 다른 일을 우선한 건 그가 아니라 미나였으니까. 언제나 다른 선택을 한 건 미나였으니까.

병실을 나서다가 문턱에서 뒤를 돌아보았다. 나탈리가 아빠의 목을 세게 끌어안고 있었다.

복도에서 몇 발 떼는 순간 눈물이 쏟아져 나왔다.

*

"토르켈! 뭐야? 무슨 일이야?"

아스트리드 린드그렌 아동 병원에 도착해 안내 받은 작은 방으로 뛰어 들어가면서 율리아가 소리쳤다.

반대쪽 벽에 있는 의자에 앉아 있던 토르켈이 일어나 걸어 왔다. 그러고는 아내를 세게 끌어안았다. 숨을 쉬기 힘들 정도로 세게 안았다. 율리아는 남편을 밀어 내고 진찰대 위에서 검사를 받고 있는 하뤼를 보았다. 흰 가운을 입은 여자가 하뤼 위로 몸을 숙이고 있었다.

"하뤼!"

율리아는 그쪽으로 달려갔다. 커다란 파란 눈으로 엄마를 발견한 하뤼가 까르륵 웃었다. 안도감에 율리아는 다리가 풀릴 뻔했다.

"음, 이 어린 신사분이 집에서 한바탕 난리를 피웠나 봐요."

안심하라는 듯이 웃으며 의사가 말했다.

"입에 넣으면 안 되는 걸 넣었는데, 아빠의 대처가 빨랐고 구급차도 곧바로 왔네요. 아빠를 거의 심장 마비로 죽게 할 뻔한 걸 빼면 아기는 아무 문제 없는 거 같아요."

의사가 하뤼를 안아 올려 율리아에게 안겨 주었다. 율리아는 아들을 꼭 끌어안았다. 그러다 토르켈과 눈이 마주쳤다.

"고마워."

율리아의 말에 토르켈은 그저 고개만 끄덕였다. 남편의 눈에 눈물이 보였다. 그가 우는 건 처음 보았다. 하뤼가 태어났을 때도 토르켈은 울지 않았다. 잔뜩 흥분한 듀라셀 건전지 토끼처럼 기뻐서 펄쩍펄쩍 뛰었을 뿐이었다.

"집으로 데려가도 될까요?"

율리아가 물었다. 의사가 고개를 끄덕였다.

토르켈이 짐을 챙겨 율리아를 따라 나왔다. 율리아의 몸에 팔을 두르는 토르켈은 떨고 있었다.

"자기가 하뤼랑 뒤에 타. 내가 운전할게."

자동차로 가면서 율리아가 단호하게 말했다.

"그래."

토르켈은 순순히 받아들였다. 여전히 즐겁게 옹알이고 있는 하뤼를 카 시트에 앉히고, 율리아는 토르켈이 뒷좌석에서 안전띠를 매는 동안 운전석으로 갔다. 차를 출발시키려는데, 어깨를 짚는 토르켈의 손이 느껴졌다.

"잠깐만. 하고 싶은 말이 있어."

룸 미러로 토르켈의 눈을 바라보았다. 토르켈이 꿀꺽 침을 삼켰다.

"난 정말 멍청이였어."

"토르켈……."

율리아가 말을 하려고 했지만 토르켈이 막았다.

"아니, 이건 말해야겠어. 오늘처럼 두려웠던 적은 없었어.

하뤼가 죽는 줄 알았어, 율리아. 정말로 죽을 거라고 생각했어. 그런 생각을 하니까, 자기가 하는 일이 생각났어. 그 부모들이……."

토르켈의 목소리가 잦아들었다.

"아이를 잃고 그 사람들이 어떻게 살아갈지, 상상도 못 하겠더라. 자기가 매일 일하러 가는 건 그 사람들이 해답을 찾을 수 있게 도우려고 하는 거잖아. 더 많은 부모가 그런 일을 겪지 않도록 하려는 거잖아. 그런데 나는 집에서 멍청한 꼬맹이처럼 징징대고 있었어. 미안해. 부끄러워 죽겠어. 이제부터는 미스터 엄마가 될 거라고 약속할게. 이제 내 입에서 단 한 마디도 불평하는 말은 못 들을 거야."

토르켈은 손가락으로 입을 잠그는 척을 했다. 보이지 않는 열쇠를 꽂아 돌리고 열쇠를 멀리 던져 버리는 시늉까지 했다.

율리아는 몸을 뒤로 틀어 남편의 눈을 똑바로 보았다.

"맞아. 자긴 정말 완전히 멍청이였어. 하지만 나의 소중한 멍청이야. 당신은 하뤼가 원하는 최고의 아빠야. 잠시 자기가 조금 불행한 생각을 하고 있었던 것뿐이야……. 그래서, 내가 제안 하나 할게. 모든 걸 잊고 다시 시작하는 거야. 있잖아, 자기가 조금 쉴 수 있게 3주 휴가를 받으려고 해. 복귀한 지 얼마 안 된 건 알지만, 우리 아버지도 내가 좀 쉬어야 한다는 데 이의를 제기하지는 않을 거야. 그러니까, 내일은 회사에 가. 골프를 치러 가든가. 뭐든 하고 싶은 걸 해. 내가 하뤼를 볼게."

"골프 싫어하는 거 알면서."

토르켈이 웃었다.

"일은 내가 없어도 잘만 굴러가는데 뭐. 그냥 나 자신한테
나는 없어서는 안 될 사람이라고 확신시키고 싶었던 것뿐이
야. 하지만 자기가 휴가를 받는 건 좋아. 둘이 같이 있으면 되
잖아. 번갈아 밤을 새우고 번갈아 기저귀를 가는 거지. 둘이
함께 집에서. 그러다가 자기가 출근하면 내가 다시 맡아서 돌
보고. 어때, 좋겠지?"

율리아는 웃으면서 자동차를 출발시켰다. 룸 미러로 남편
을 바라보았다.

"그래, 정말 좋을 것 같아."

율리아가 대답했다.

                                        *

미나는 롤람스호브 공원 주위를 돌면서 생각을 정리해 보
려고 애썼다. 전남편의 말은 물론 옳았다. 나탈리에게 시간을
주어야 했다. 운 좋게도 시간이야말로 미나에게 남아도는 것
이었다. 미나의 생각은 빈센트에게로 흘러갔다. 미나에게는
아이가 하나뿐이지만 그에게는 셋이나 있다. 그도 아이들과

힘들 때가 있을까? 그렇겠지. 아이들 인생에 적극적으로 함께하는 부모라면 겪을 수밖에 없는 일이겠지.

빈센트.

지난번과 달리 미나와 빈센트는 경찰서에서 마지막 회의를 마친 뒤에도 작별은 하지 않았다. 심지어 잘 가라는 인사도 하지 않았다. 그저 모호하게 "나중에 봐요"라고 말했을 뿐이다. 문제는 어디서 보자는 말은 하지 않았다는 것이다. 물론 두 사람은 페데르의 장례식에서 만날 테지만, 사실 그건 중요하지 않았다. 다른 건 몰라도 이번엔 두 사람이 20개월이나 만나지 못하는 일은 만들지 않을 생각이었다. 결국 나탈리 때문에 그의 다리가 부러졌으니까. 나탈리의 생명을 구한 건 말할 것도 없고.

그 정도면 빈센트는 충분히 사과를 한 것인지도 모른다.

휴대폰을 꺼냈다가 빈센트에게 전화를 걸 뻔했다. 빨간 배경에 흰색 불꽃 아이콘이 미나를 막지 않았다면 틴더 앱이었다.

앱을 보니 자신이 무슨 일을 했었는지 생각났다. 미나는 정말로 그 일을 했다. 다른 사람들이 하는 방식대로, 그들의 규칙을 따른 것이다. 그 규칙이 정해 준 대로 그곳 회원과 만났다. 그리고 무난한 데이트를 했다. 평범한 대부분의 사람들처럼 행동한 것이다. 웃어야 할 때 웃었다. 그녀가 남들처럼 될 수 없다고 믿는 사람들에게 아니라는 걸 보여 주었다.

그리고 다시는 그런 일은 하지 않을 것이다.

미나는 앱이 제거될 때까지 화면을 꾹 눌렀다. 그리고 물가를 따라 걷기 시작했다.

이곳에는 빈센트와 함께 왔었다. 한 번은 겨울에, 또 한 번은 불과 몇 주 전에. 그가 없는 공원은 왠지 맥이 빠졌다. 그가 있었다면 다리들을 공원 위로 높이 솟게 세운 심리학적 이유나 둑과 자전거 전용 도로 위치 사이의 수학적 관계를 설명해 주었을 텐데.

손가락으로 머리카락을 쓸어내렸다. 벙커에서 탈출하고 나서 머리카락을 잘라 버리고 싶은 마음을 꾹 눌러 참았다. 빈센트의 발이 부러진 것으로 영광의 상처는 충분했다.

아주 잠깐이었지만 영원처럼 느껴졌던 그때, 미나는 빈센트가 정말로 죽은 줄만 알았다. 그 때문에 아직은 그를 용서할 수가 없었다. 미나가 복수를 한다고 마음먹은 이상 빈센트는 그저 당할 수밖에 없을 것이다. 죽은 척한 것도, 쿵스트레드고르덴 공원에서 분수 물로 자리를 닦았다느니 하며 농담을 한 것도 복수의 대상이었다. 빈센트가 가장 방심하고 있을 때 복수를 해 줄 것이다. 미리 목록을 작성해 두고, 복수하기 가장 좋은 시기에.

주머니에 손을 넣었다. 플라스틱 조각이 만져졌다. 젠장. 그에게 줘야 하는 걸 잊어버렸다. 미나는 플라스틱 물체를 주머니에서 꺼내 들고 바라보았다. 밀다의 도움을 받아 미나는 빈센트가 파트부르 공원에서 뽑아 온 풀잎 두 장을 아크릴에 넣어 굳혔다. 플라스틱 블록에 밝은 녹색 풀잎과 짙은 녹색 풀잎이 나란히 놓인 채 밀봉되었다. 마치 레고 조각처럼 보였다.

원래는 선물로 줄 생각이었다. 두 사람이 헤쳐 나온 사건을 기억하게 할 기념품으로 주려고 했다. 하지만 주는 걸 잊어버리는 것이 차라리 나을지도 모른다. 어쩌면 그에게는 너무나도 소름 끼치는 물건일 수도 있다. 미나는 그런 판단을 하는 데 애를 먹을 때가 있었다. 그러나 이 풀잎들은 그저 살인을 생각나게 하는 촉진제 그 이상이었다.

이 풀잎들은 그녀였다.

그리고 빈센트였다.

그것들은 빛과 어둠이 모두 있어야만 존재할 수 있었다. 나란히 자리 잡은 두 풀잎은 미나와 빈센트를 나타내는 것 같았다.

플라스틱 블록을 다시 주머니에 넣고 선글라스를 고쳐 썼다. 공원은 사람으로 가득 차 있었지만 그 누구도 미나에게 신경 쓰지 않았다. 그건 다행이었다. 이제 막 그녀의 얼굴이 붉어지기 시작했을 것이기에.

*

빈센트는 목발을 짚고 탄토룬덴 공원을 가로지르는 길을 깡충깡충 뛰어갔다. 이곳을 걸었던 따뜻한 날을 기억했다. 그때는 미나와 함께였다. 아주 오래전에 말이다. 이 여름이 끝나기 전에 그때와 같은 순간을 재현해야겠다고 마음먹었다. 물론 미나가 원한다면 말이다. 왠지 빈센트는 아직도 미나에게 미움받고 있는 것 같았다.

하지만 그건 문제가 되지 않았다. 보상해 줄 시간이 있을 것이다.

빈센트는 노바와 있던 호텔 방에서 컵을 잘못 고를 뻔했다는 사실을 아무에게도 말하지 않았다. 유리컵 속임수는 그가 두 잔 모두에 독약을 부었을지도 모른다는 생각을 노바의 머리에 심어 주려고 일부러 한 것이었다. 노바가 두 잔 모두에 독약을 부었다는 그의 말을 실제로는 믿지 않았다고 해도, 그 생각이 뇌에 남으면 빈센트가 죽은 체했을 때 속아 넘어갈 가능성이 커지기 때문이다.

독약 병으로 유리컵 가장자리를 톡톡 두드린 행위는 유리컵에 아주 미세한 홈을 만들기 위한 것으로, 마술사가 자주 쓰는 기술이다. 그곳에 무언가 있을 거라고 생각지 못한 사람에게는 보이지 않지만, 마술사 자신은 분간할 수 있는 흔적을 남기는 것이다. 한꺼번에 여러 사람이 참여하는, 산 사람과 죽은 사람의 혼령을 연결하는 강령회를 여는 영매들도 가끔 사용하는 오래된 기술이다. 먼저 모든 참가자에게 종이에 사적인 질문을 적게 한다. 질문한 사람이 누군지 알 수 없도록 모두 똑같이 생긴 종이에 질문을 적는다. 종이를 걷을 때 영매의 조수가 몰래 손톱으로 종이 가장자리에 작은 홈을 만든다. 홈의 위치에 따라 영매는 그 질문을 한 사람이 누구인지 파악한다. 그리고 마치 영혼이 그 질문을 한 사람에게 영매를 이끌어 준 것처럼 꾸밀 수 있다.

그러나 유리컵에는 홈이 생기지 않았다. 조금 더 세게 두드려야 했던 거다. 그래서 나탈리가 컵을 섞은 뒤에는 빈센트로서도 독약이 든 잔을 알아볼 방법이 없었다.

그래서 도박을 했다.

그리고 도박은 성공했다. 발은 희생해야 했지만. 경찰서에서 마지막 회의를 한 뒤 수사 팀은 빈센트와 미나가 겪은 충격을 치료할 수 있도록 상담사를 만나 보라고 했다. 그러나 두 사람 모두 거절했다. 빈센트가 대화할 필요가 있는 경찰은 미나뿐이었다.

미나에게 연락하지 않는, 지난번과 같은 실수는 하지 않을 것이다. 생각해 보면 그건 정말 바보 같은 행동이었다. 그런 식으로 물러나 버리다니……. 그저 마리아가 이제는 빈센트에게도 친구들이 있다는 사실을 이해하기만 하면 되는 거였다. 만약 그걸 이해 못 한다면 두 사람이 또 몇 차례 상담을 받으러 가면 된다. 미나는 이제 그의 내면에 살고 있었다. 그의 가장 깊은 자아 속에 살고 있었다. 어쩌다 보니 그렇게 되어 버렸다. 완전한 빈센트가 되려면 미나가 필요했다. 가끔 그에게는 미나만이 실제로 존재하는 유일한 사람일 때도 있었다. 물론 그런 말을 소리 내어 하지는 않을 것이다. 완전히 미친 것처럼 보이고 싶지는 않으니까.

사실 지금 당장 미나에게 전화해서 함께 산책하자고 할 수도 있다. 안 될 이유는 없었다. 여름은 영원히 지속되는 게 아니니까. 당연히 미나에게 전화를 걸 생각이었다. 그 전에 먼저 처리해야 할 전화가 한 통 있을 뿐이었다.

목발을 짚고 껑충거리면서도 전화 통화를 할 수 있도록 무선 이어폰을 귀에 꽂았다. 그리고 연락처에서 전화번호를 찾아 눌렀다.

"안녕, 나야."

쇼라이프 프로덕션의 움베르토가 전화를 받자 빈센트가 말했다.

"빈센트! 반가워!"

움베르토가 유쾌하게 소리쳤다.

"왜 이렇게 연락이 없었어. 내일 보야르 요새로 떠날 준비는 다 됐지?"

다행히 영상 통화가 아니어서 움베르토는 웃고 있는 빈센트를 볼 수는 없었다.

"그래서 전화한 거야."

그는 최대한 속상한 티를 내면서 말했다.

"미안하지만 나쁜 소식을 전하게 됐네. 다리가 부러졌어.
적어도 일주일 이상은 목발을 짚고 다녀야 해. 그래서 요새
죄수의 비행은 찍을 수가 없어."

움베르토는 한동안 아무 말이 없었다.

"근데, 빈센트? 마지막 소식은 못 들었나 보네. 발이 부러진
건 전혀 문제가 없어. 자네 정말 지독하게 운이 좋다는 거 알
아? 제대로 걷지 못하는 건 하나도 문제가 되지 않는다니까.
촬영 팀에서 자네를 온갖 꾸물이들이 기어 다니는 감옥에 넣
기로 했어. 알지? 다리가 여덟 개인 녀석들과 온갖 재미난 것
들로 가득 찬 그 좁은 통로 말이야. 그러니까 당신은 다리를
전혀 쓸 필요가 없어. 그냥 꿈틀거리면서 팔만 일하도록 내버
려 두면 돼. 기생충 얘기 같은 거 하면서 말이야."

빈센트는 깜짝 놀라 숨을 골랐다. 움베르토는 '지독하게 운
이 좋다'라는 표현을 언제 쓰는 게 맞는지 재고해 볼 필요가
있었다. 움베르토가 방금 묘사한 것이야말로 빈센트가 절대
로 하고 싶지 않은 일이었다. 절대로. 반드시. 빈센트가 발 두
개를 모두 부러뜨린다면 촬영 팀이 빈센트를 놓아줄까? 아니
면 두 발을 모두 잘라 내는 게 나을까? 그게 더 합리적인 해결

책처럼 느껴졌다.

"아무튼, 녹음 기사의 조수랑 얘기했거든."

움베르토가 덧붙였다.

"자네가 쇼에 출연한다는 말을 듣더니 너무 좋아하더라고. 이름이 안나인가, 그럴 거야. 두 사람이 만난 적이 있다고 하던데? 빈센트가 자길 알 거라고. 아, 맞아. 이건 조금 미친 거 같긴 한데, 그 사람이 등에다가 자네 타투를 새겼다는 소문도 있더라. 그 사람이 자네를 돌봐 줄 거야."

빈센트는 눈을 감고 목발에 기댔다. 유쾌한 텔레비전 쇼 진행자가 요란하게 빈센트를 소개하는 동안 기회를 잡으라고 소리치는 스토커 안나의 고함을 들으며 몸에 딱 붙는 운동복을 입고 무대로 올라가는 자신을 그려 보았다.

그 모습을 보면 미나는 죽어라고 웃어 댈 것이다.

*

프레드리크 발테르손은 유뢰 섬에 있는 작은 여름 별장 앞 자갈길에 차를 세웠다. 이미 주차돼 있는 차량의 수로 보아 자신과 요세핀이 가장 늦게 도착한 것 같았다. 두 사람은 풀밭을 걸어 갈색 목조 건물로 향했다. 온갖 꽃이 만개한 정원에는 사과나무 두 그루 사이에 해먹까지 걸려 있었다. 스웨덴의 여름에 이만큼 좋은 날은 있을 수 없을 것이다. 하지만 프레드리크는 날씨를 전혀 감상할 수 없었다. 경찰이 오시안의 납치범을 알아냈고, 그 사람은 자살했다는 소식을 전한 지 며칠이 지났다.

그 뒤로 그와 요세핀은 전화가 오기만을 기다렸다.

그리고 지금 여기에 오게 된 것이다.

마우로 메예르가 별장에서 나오더니 풀밭을 지나 두 사람에게 다가왔다. 두 남자는 악수를 나누었다.

"모두 와 있어."

마우로의 목소리는 착 가라앉아 있었다.

"들어가서 시작하자."

프레드리크와 요세핀은 마우로를 따라 안으로 들어갔다. 현관 앞에는 신발이 가득했고, 프레드리크도 자연스럽게 신발을 벗었다. 이런 상황에서도 습관을 따르다니, 우스웠다.

그들은 거실에 들어섰고, 모두를 알아보는 데는 몇 초쯤 시간이 걸렸다. 모두 상당히 나이가 들어 있었다. 세월은 그들을 모두 다르게 대우했다. 마우로처럼 시간이 활짝 피게 해준 사람도 있었다. 40대는 그에게 어울리는 나이 같았다. 그러나 로비스 칼손에게 세월은 이제 곧 죽음이 임박한다는 사실을 알리는 무거운 짐처럼 보였다.

프레드리크는 조용히 소파에 앉아 있는 옌스와 아나 요

세프손에게 인사했다. 후고와 카린도 와 있었고, 그 옆에는 헨뤼와 토비아스도 있었다. 옌스와 야니나처럼 그들의 아이들은 아직 살아 있었다. 그들이 있는 곳의 분위기는 마우로와 함께 서 있는 그와 요세핀, 그리고 로비스가 있는 곳과는 확실히 달랐다.

프레드리크와 요세핀은 식탁에 앉았다. 마우로가 커피와 번을 가지고 왔지만, 두 사람은 손대지 않았다.

"더 센 걸 준비할까 생각하긴 했는데."

프레드리크의 시선을 쫓던 마우로가 말했다.

"너희 모두 운전해야 하니까."

마우로는 헛기침을 하고 말을 이었다.

"이제 시작할게. 사랑하는 벤델라를 뺀 모두가 왔으니까. 알고 있겠지만, 그 애는 봄에 스스로 삶을 마감했어. 우리 모두 그 애가 텍스테르를 함께 데려간 거라고 생각했었지. 같은 시기에 사라졌으니까. 그런데 며칠 전에 플래시백 포럼 사이트에 토마스 욘스마르크의 아들을 스톡홀름 공원에서 찾았다는 글이 올라왔어. 그러니까 텍스테르를 죽인 건 노바…… 예시카인 거 같아."

옌스와 야니나는 서로를 쳐다보았다.

요세핀은 번 위의 설탕 덩어리를 뜯어내고 있었다. 프레드리크는 그녀가 자신이 뭘 하고 있는지도 의식하지 못하고 있을 거라 생각했다.

"토마스가 아는 게 있을까?"

헨뤼가 물었다. 헨뤼와 토비아스에게는 알폰스라는 아들이 있다. 알폰스는 한 번도 만난 적이 없지만, 앞으로도 절대 만나고 싶지 않았다. 오시안과 달리 알폰스는 아직 살아 있다. 그런 생각을 하다니 부끄러웠지만, 두 아이의 운명을 바꿀 수 있다면 기꺼이 그럴 것이다. 한 생명을 위한 다른 한 생명. 예시카가 한 것처럼. 아니, 스스로 부르던 이름인 노바가 한 것처럼.

"아니, 토마스는 몰랐을 거야. 나도 예뉘에게 아무 말도 안 했으니까. 그 사람이 나한테 살인자라는 누명을 씌우려고 했을 땐 상황이 정말 심각했지만, 그때도 입을 다물었어. 지금도 마찬가지고. 세실리아도 몰라. 내가 그때 유죄 판결을 받았다고 해도, 억울하지는 않았을 거야."

"그렇게 생각하지 마."

요세핀이 마우로의 팔에 손을 얹으며 말했다.

"오래전 일이야. 사고였고. 우린 무슨 짓을 했는지도 몰랐어. 애들이었잖아. 고자질이나 하는 바보 같은 애들."

"사고가 아니었어."

마우로가 씁쓸하게 말했다.

"거짓말을 한 건 우리였잖아. 욘은 그런 일을 한 적이 없었어. 무고했어. 우리가 욘과 다른 사람들 이야기를 제멋대로

지어낸 거야. 그런데 우리가 왜 그런 일을 한 건지, 그 이유도 기억이 안 나. 그냥 재미로? 그 사람이 듣기 싫은 소리를 해서 복수해 주려고? 그들이 이상한 사람들이라는 소문을 들어서? 무엇보다 치명적이었던 건 우리 부모님들이 우리가 한 거짓말을 믿었다는 거야. 그게 모든 걸 엉망으로 만들었어. 재앙으로 만든 거라고. 결코 그런 일을…… 우린 그런 의도가 아니었어……. 누구도 부모님들이 그런 일을 하리라고는……."

마우로는 입을 다물었다.

아무도 말을 하지 않았다. 그들 위로 죄의식이 무겁게 내려앉았다.

"요르겐에게도 말하지 않았어."

마침내 로비스가 입을 열었다. 잔뜩 쉰 거친 목소리였다.

"요르겐은 빌리암 살해 혐의로 할 교도소에 있어. 아마 거기서 평생을 썩을 거야. 그 나쁜 놈이 한 일이 아니라고 해도."

다시 침묵이 내려앉았다. 대부분은 바닥만 내려다보고 있었다.

한때 그들은 서로를 위해서라면 불길도 뚫고 갈 수 있었다. 그러나 인생은 그들의 생각처럼 흘러가지 않았다. 누군가는 서로의 연인이 되었고, 여전히 함께였다. 누군가는 엄청난 경력을 쌓았다. 아주 조용한 삶을 살아온 사람들도 있었다. 인생이 정말로 험하게 흘러간 건 로비스뿐이었다. 아니, 벤델라도……. 가엾은 벤델라. 벤델라의 삶이 그렇게 비극으로 끝나리라는 건 그 누구도 몰랐다.

그들은 절대로 연락하지 말자고 맹세했었다. 심지어 지난여름에 요세핀이 프레드리크에게 릴뤼 메예르라는 여자아이가 시신으로 발견됐다는 신문 기사를 보여 주었을 때도 프레드리크는 마우로에게 연락하지 않았다.

"말로 표현할 수 없는 끔찍한 일이 일어났어."

마우로가 입을 열었다.

"하지만 이제 끝났어. 예시카가 죽었으니까. 나는 우리가 서로에게 한 약속이 여전히 효력이 있는지 확인하고 싶어. 모두 그 어떤 말도 하지 않을 거야? 혹시 마음을 바꾼 사람이 있을까? 경찰에게 우리의 과거를 털어놓고 싶은 사람 있어? 아니면, 언론에라도?"

모인 사람 모두 단호하게 고개를 저었다.

"좋아."

마우로가 말했다.

"그럼 결정 난 거네. 누구든 다른 사람에게 연락할 때는 조심해야 해. 왓츠앱만 사용하고, 본명은 쓰지 말고. 예전에 약속한 것처럼 아예 모든 연락을 끊는 게 가장 좋아. 이건 우리가 함께 짊어져야 할 일이야. 침묵 속에서. 아직 부모님이 살아 계신 사람들은 그분들이 아무것도 알지 못하게 해야 해.

우리의 죄책감을 스스로 짊어지는 것만으로도 벅차니까. 그분들이 이 죄책감을 같이 짊어질 필요는 없어. 우리가 거짓말을 하지 않았다면 그런 일은 절대 일어나지 않았을 거야. 그게 내 생각이야. 잠자는 개는 그냥 자게 내버려 두는 거."

모두 고개를 끄덕였다. 그리고 자리에서 일어나, 작별 인사 없이 떠났다.

*

저녁이었다. 가족들은 대부분 잠잘 준비를 하고 있었지만 빈센트는 마음이 붕 떠서 잠이 올 것 같지 않았다. 예상치도 못한 여름 폭풍이 몰아쳐 바깥에서는 나무들이 세찬 바람을 맞고 있었다. 나무들은 도망이라도 치고 싶은 것처럼 기둥이 요란하게 삐걱댔고, 나뭇잎은 바스락거렸다.

빈센트는 서재에 앉아 이미 여러 번 읽은 신문 기사를 바라보았다.

비극으로 끝난 마술!
크비빌레의 한 농장에서 즐거운 마술이
끔찍한 현실로 돌변했다.

기사 제목을 몇 번이나 읽었는지 이제는 기억도 나지 않았다.

일주일 전에 책장에서 꺼내 온 뒤로 빈센트는 이 신문 기사를 다시 책장에 돌려 놓을 수가 없었다. 거듭 읽으면서 마구 질문을 퍼붓던 기자를 기억해 내려고 노력했다. 하지만 가물가물했다. 너무나도 오래전 일이었다. 게다가 그때는 빈센트가 정신이…… 없었다.

그는 친절한 경찰과 짜증을 내던 여인을 기억했지만, 어떤 것이 진짜 기억이고 어떤 것이 어린애가 텔레비전에서 본 것, 책에서 읽은 것, 현실에서 경험한 것을 짜깁기한 상상인지 구별하기 어려웠다. 당연히 진실은 그 사이 어딘가에 있을 것이다. 그는 자신의 기억 중 극히 일부만이 실제로 일어났던 사실과 일치한다는 것을 알고 있었다. 그리고 신문 기사 속에서 슬픈 눈으로 자신을 쳐다보고 있는 일곱 살짜리 소년의 눈은 그가 최선을 다해 걸러 낸 기억이었다.

그러나 책상 위에 놓여 있는 세 수수께끼는 분명한 메시지를 담고 있었다. 누군가가 빈센트가 어렸을 때 겪었던 일을 다시 생각해 내기를 바라는 것이다. 그 사람이 누구인지는 몰라도 예인이나 노바는 아니었다. 빈센트는 노바가 보낸 것이라고 생각했었다. 그를 혼란스럽게 만들어 수사 방향을 흐트러뜨리거나, 아니면 자아도취적인 노바의 성향으로 보아 일부러 중요한 단서를 던져 주려는 의도라고 생각했다. 스스로를 높게 평가하는 사람들이 그들의 재능을 이해할 만큼 똑똑한 사람과 자신의 직관을 공유하고 싶어 하는 일은 드물지 않았다.

하지만 전혀 아니었다. 그에게 수수께끼를 보낸 사람은 노바가 아니었다. 루벤에게 신문 기사를 보낸 사람도 노바가 아니었다.

누군가가 빈센트와 불쾌한 게임을 하고 있는데도, 빈센트는 그가 누구인지 짐작조차 하지 못하고 있었다.

"뭐 해?"

문 앞에서 마리아가 말했다.

"당신이 거실에 틀어 놓은 음악은 예전에 꺼졌어. 컴포트 모듈*? 무슨 밴드 이름이 그래?"

마리아는 걱정스러운 표정을 짓고 있었다.

"기분이 별로야?"

빈센트는 대답하지 않았다. 자신도 그 답을 알 수 없었기 때문이었다. 반사적으로 책상 위에 있는 신문 기사를 가렸다. 어린아이 같은 행동이었지만, 그 기사가 불러올지도 모를 질문들을 생각하면 가만히 있을 수가 없었다. 빈센트의 예상대로 마리아는 신문을 먼저 보고, 고개를 들어 빈센트를 보았

---

* 자동차의 에어컨, 창문, 선루프 등을 제어하는 전자 장치

다. 하지만 그녀는 아무 말도 하지 않는 것을 선택했다.

"진짜 피곤해 보인다. 이리 와. 잠들 수 있게 도와줄게. 내일 보야르 요새에 가야 하잖아. 쉬어야지. 여긴 내가 정리할 테니까, 같이 가자."

마리아는 책상 위에 늘어서 있는, 테이프로 이어 붙인 수수께끼를 차례로 들어 포갰다. 다행히 퍼즐의 글귀에는 그다지 신경 쓰는 것 같지 않았다.

"이건 어디에 두면 돼?"

책상 조명등 밑에서 수수께끼들을 흔들면서 마리아가 물었다. 빈센트는 눈을 비볐다. 마리아의 말이 맞는지도 모른다. 홀로 앉아 생각에 잠겨 있을 필요는 없었다. 빈센트는 마리아의 자연스러운 배려가 고마웠다. 그리고 자신이 그런 배려를 그리워하고 있었다는 걸 깨달았다.

그때 책상 위로 글자가 아른거렸다. 조명 불빛 아래에서 글자가 생겼다가 사라지기를 반복하며 춤을 추고 있었다. 눈을 너무 세게 문질러서 헛것이 보이는 걸까? 아니다. 그 글자들은 분명히 진짜였다. 멀리서 부러지는 소리가 들렸다. 어딘가에서 나뭇가지가 바람에 부러진 것 같았다.

"잠깐만."

빈센트는 마리아의 손에게 퍼즐 조각을 다시 가져왔다. 마리아는 어깨를 으쓱했다.

"난 할 만큼 했어. 너무 오래 앉아 있음 안 돼. 당신 정말 안 좋아 보여."

마리아는 겹쳐진 수수께끼를 유심히 보고 있는 빈센트를 두고 서재에서 나갔다.

구멍이 답이었다.

테이프로 이어 붙인 세 수수께끼 퍼즐에는 테트리스 같은 조각 사이사이에 아무렇게나 구멍이 나 있었다. 너무 크고 불규칙해서 어떤 의미가 있다고는 볼 수 없는 구멍들이었다. 이 구멍들은 수수께끼마다 거의 비슷한 위치에 나 있었지만, 제각각 모양이 달랐다. 이 구멍들을 겹치니 새롭고도 선명한 윤곽을 가진 구멍이 되었다.

그 윤곽은 글자였다.

구멍들이 글자를 형성한 것이다.

신문 기사를 치우고 마리아가 했던 것처럼 조명등 밑에서 세 퍼즐을 포개 잡았다. 구멍을 통과한 빛은 선명한 하나의 단어를 만들었다.

유죄

내면에 있는 그림자가 속삭이기 시작했다. 그의 눈은 눈물로 가득 찼다. 앞을 보려고 눈을 꼭 감았다 떴다.

불공평했다. 그는 할 수 있는 모든 일을 했다. 그런데 어째서 자유로워질 수 없는 거지? 다시 눈을 감았다 떴다. 신문 기사에 실린 사진으로 눈길이 갔다. 한때는 그였던 소년의 사진으로.

눈물 때문에 초점을 잃은 시야에 갑자기 다른 글자들보다 선명하게 사진 위에 그어진 선들이 들어왔다. 손등으로 눈물을 닦고 다시 사진을 들여다보았다. 누군가 사진 위에 펜으로 그림을 그려 놓았다. 어린 빈센트는 할 일이 없을 때 이런 행동을 했었다. 심지어 어른이 된 뒤에도 생각을 할 때면 신문에 있는 사람 사진이나 사물 사진의 윤곽을 따라 자주 선을 그었다. 그 선은 언제나 수염으로 끝이 났다.

지금까지 기사를 보면서도 빈센트는 사진에 끄적거려진 낙서에 대해서는 조금도 생각하지 않았었다. 희미하게 바래서 거의 보이지 않는 잉크 때문에 선은 사진 배경에 보이는 마술 상자의 윤곽처럼 보일 뿐이었다.

마술 상자. 빈센트의 어머니가…… 아니, 그런 생각은 하지 말아야 한다. 지금은 사진에 집중해야 한다. 내면의 그림자는 크기도 강도도 커져만 갔다.

사진에 그어진 선은 세 개였다. 한 선은 마술 상자의 가장 위쪽 가장자리를 따라 그렸다. 이 선은 마술 상자의 옆 선을 따라 그린 선과 만났다. 세 번째 선은 두 선을 연결했다.

지금 보고 있는 게 무엇인지 알아챘다.

그건 알파벳 A였다. 알파를 뜻하는 A, 시작을 뜻하는 A였다.

빈센트는 세 번째 수수께끼와 함께 온 카드를 들고 읽었다.

그리고 비난할 사람은 당신이라는 거 기억해. 당신은 다른
경로를 택할 수도 있었어. 하지만 그러지 않았지.

그래서 우리가 당신의 오메가에 닿은 거야.

당신 종말의 시작에.

빈센트는 시작이 무엇인지 찾으면 수수께끼를 만든 사람
의 의도를 좀 더 쉽게 파악할 수 있을 거라고 생각했다. 그것
이 무엇이건 간에 끝을 낼 수 있을 거라고 생각했다. 그리고
지금, 빈센트는 시작을 찾았다. 수수께끼를 만든 사람은 2년
전 루벤에게 그 기사를 보내면서 빈센트에게 시작이 언제였
는지 알렸지만, 빈센트는 제대로 보지 않았었다. 빈센트가 일
곱 살이던, 어머니가 죽었던 그때가 시작이었다. 그가 아무것
도 느낄 수 없도록 짝수를 세고 복잡한 패턴을 찾아내는 빈센
트 발데르가 되었을 때, 그 그림자가 빈센트의 내면으로 들어
왔을 때가 시작이었다.

그것이 그의 알파였다.

그는 앞으로 나아갔고 자신의 인생을 살았다고 생각했지
만, 수수께끼의 메시지는 분명했다. 그는 그 무엇도 뒤에 남
기고 가도록 허락받지 못했다. 모든 것이 그곳에, 크비빌레의

농장에 있었다. 이제 그것이 그를 움켜잡으려 하고 있었다.

그래서 우리가 당신의 오메가에 닿은 거야.

당신 종말의 시작에.

거친 소리를 내며 집 전체를 휘감은 바람이 안으로 들어오려는 듯 창문이 요란하게 흔들렸다. 빈센트는 책임을 져야 했다. 어머니의 죽음 이후 40년이 흘렀다. 그리고 그는 이제야 벌을 받게 되었다. 벌을 주는 사람이 누구인지는 몰랐다. 벌을 받아야 하는 때도 알 수 없었다. 그가 아는 것은 곧 벌을 받게 되리라는 것뿐이었다. 내면의 그림자가 너무나도 격렬하게 포효하고 있었다. 빈센트는 그 소리를 듣지 않으려고 귀를 막았다.

*

1996년 소룬다 말 농장

예시카는 꿈을 꾸고 있었다. 어떤 꿈이었는지 정확히 기억하지는 못했지만, 좋은 꿈이었다. 예시카는 큰 아이들과 있었다. 그래서 꿈인 걸 알 수 있었다. 큰 아이들은 그들과 멀리 떨어진 곳에 있는 것만 허락해 주었다. 그 애들은 예시카가 너무 작다고 생각했다. 너무 이상하다고 생각했다. 예시카가 그 애들에 비해 아주 작은 건 아니었지만 그래도 작다고 하는 건 이해했다. 하지만 이상하다고 하는 건 이해할 수 없었다. 예시카의 가족에게 이상한 점은 없었다. 엄청난 대가족이었고, 그 많은 사람이 서로 어떤 관계인지는 알 수 없었지만 그래도 이상한 가족은 아니었다. 예시카는 그중 엄마와 아빠가 누구인지는 알았다. 자신의 엄마와 아빠니까. 그 외에 다른 사람들은 모두 그냥…… 가족이었다.

침대 위에서 몸을 뒤척이면서 얼굴을 베개에 묻었다. 다시 꿈속으로 돌아가고 싶었다. 아무도 자신을 놀리지 않는 꿈으로 돌아가고 싶었다. 외스모에 있는 학교에 가도 뒤에서 소곤거리는 사람이 없던 때로 돌아가고 싶었다. 큰 아이들은 그저 시샘하고 있는 거라는 걸 예시카도 알았다. 아빠는 그 애들이 더는 농장에 오지 못하게 했다. 그 애들은 철이 들어야 하고, 예의를 먼저 배워야 한다고 했다. 다른 사람을 험담하지 않게 되면 다시 말을 보러 와도 좋다고 했다.

아빠가 그런 말을 하는 건 자주 있는 일이 아니었다. 그는 언제나 친절했다. 이 우주에 있는 그 누구보다도 친절했다. 엄마도 친절하기는 했지만, 엄하기도 했다. 아빠는 특별했다. 가끔은 아빠에게 예시카가 아빠를 사랑한다는 사실을 알려주고 싶어도, 말로는 그 마음을 다 전할 수 없음을 깨달았다. 아빠는 예시카를 달까지 갔다가 오는 만큼 사랑한다고 했다.

하지만 달은 너무 가까웠다. 예시카는 아빠를 너무나도 사랑해서, 눈에 보이는 것을 가지고 그 사랑을 묘사하는 것이 불가능했다.

이상한 냄새가 났다. 덮고 있던 이불을 치우고 침대에서 내려갔다. 여름이라 맨발이었다. 오늘 밤은 여름치고도 너무 더웠다. 왠지 목소리가 들리는 것 같았다. 불안해하는 목소리. 어른들의 목소리가. 예시카는 지금 꿈을 꾸고 있는 건지 현실인 건지 알 수 없었다.

문을 열고 조용히 밖으로 나왔다. 냄새가 점점 더 심해졌다. 코가 너무 따갑고 기침이 마구 나왔다. 손으로 입을 막고 살금살금 계단을 내려갔다. 계단에서 삐걱거리는 소리가 나지 않도록 최대한 얌전히 발을 디뎠다. 엄마는 예시카가 밤에 깨어 있는 걸 싫어했다.

밑으로 내려오자 눈앞에 불길이 보였다. 너무 강한 냄새에 두 눈 가득 눈물이 고였다. 복도가 불타오르고 문은 열려 있었다. 혹시 누가 들어왔었나?

열린 문 사이로 마구간이 보였다. 그곳도 불에 타고 있었다. 말이 울부짖는 소리가 희미하게 들렸다.

그 순간 앞뒤 잴 새도 없이 불을 뚫고 밖으로 나왔다. 불길이 예시카를 향해 손을 뻗었지만 붙잡지는 못했다. 맹렬히 뛰는 가슴을 부여안고 예시카는 뜰을 지나 마구간을 향해 뛰어

갔다.

마구간으로 가까이 갈수록 스타가 부르짖는 소리가 선명
하게 들려왔다. 회색 점박이 무늬와 분홍색 주둥이를 가진 작
고 하얀 조랑말 스타는 예시카가 가장 좋아하는 말이었다. 예
시카는 스타를 사랑했다. 어쩌면 아빠보다 더 사랑하는지도
모른다. 예시카는 스타가 태어나는 모습을 보았다. 스타가 비
틀거리면서 첫 걸음을 떼는 모습도 보았다. 병에 젖을 담아
직접 먹여 주기도 했다. 아빠는 스타가 예시카의 첫 번째 말
이라고 했다.

하늘에 있는 자매 별들에게 도와달라고 소리치는 것처럼
스타는 점점 더 크게 비명을 질렀다. 다른 말들의 울부짖음이
스타의 비명과 뒤섞였다. 그러나 문이 닫혀 있었다. 밖으로
나올 수가 없었다. 이제는 수 미터에 달하는 불길이 마구간의
바깥벽을 핥으며 밤하늘을 향해 솟구쳐 오르고 있었다.

마구간 문에는 빗장이 걸려 있었다. 펑펑 눈물을 쏟으며 예
시카는 빗장을 풀려고 했다. 스타가 내지르는 공포에 질린 울
음소리는 점점 커져 갔지만 빗장은 너무 높고, 너무 무거웠
다. 아무리 애를 써도 빗장은 꿈쩍도 하지 않았다.

엄청난 속도로 다가오는 불의 열기가 느껴졌다. 하지만 상
관없었다. 중요한 건 스타뿐이었다. 무력함과 두려움에 하늘
을 향해 울부짖었다. 지금까지 한 번도 기도해 본 적 없는 것

처럼 기도했다. 그러나 빗장은 꿈쩍도 하지 않았다.

그때 누군가가 예시카를 강하게 문에서 떼어 냈다.

"놔, 놔, 놓으란 말이야."

그 팔에서 풀려나려고 발버둥 치며 팔을 휘저었다. 그러나 팔은 강하게 예시카를 잡고 놓아주지 않았다.

"그만…… 그만…… 이미 늦었어. 구할 수 없어."

아빠가 예시카의 귀에 대고 말했다. 그리고 강한 팔로 예시카를 꼭 안았다. 예시카는 흐느껴 울었고, 비명을 지르면서 아빠의 가슴을 주먹으로 때렸다. 아빠는 예시카를 꼭 안고만 있었다. 예시카가 고개를 들었다. 뒤쪽에서 불길이 내뿜는 열기가 등을 뚫고 들어올 것 같았다.

"엄마는?"

예시카는 그제야 본관 건물을 돌아보았다. 더 이상 현관에서만 타오르던 작은 불길이 아니었다. 이제는 건물 전체가 화염에 싸여 있었다. 여름 밤하늘 위로 불길이 내지르는 소리가 아우성쳤다.

"너무 늦었어."

아빠가 말했다.

"빨리 깨지 못했어. 빠져나온 건 우리 둘뿐이야."

아빠는 예시카의 머리카락에 얼굴을 묻었다. 그러고는 예시카를 안아 들고 뜰을 달리기 시작했다. 예시카의 몸에서 모든 기운이 빠졌다. 스스로 자유를 찾을 힘마저 잃어버렸다. 모두 사라져 버렸다. 아빠의 품만이 예시카가 가진 전부였다.

"아마 사고였을 거야. 일부러 그런 건 아니야. 휘발유를 뿌린 건 그냥 협박하려고 그런 거야. 그런데 너무 화가 난 바람에. 그 사람들 애들이 뭐라고 했다는데…… 무슨 말인지 모르겠어. 하지만 분명히 사고였을 거야……."

예시카는 아빠 자신도 본인이 하는 말을 믿지 못한다는 걸 알았다.

아빠는 예시카를 조심스럽게 조수석에 앉혔지만, 안전띠는 매 주지 않았다. 그저 재빨리 문을 닫고 운전석으로 가서 시동을 걸었다.

길가 어두운 곳에 사람들의 윤곽이 보였다. 불길에 사람들 얼굴이 번뜩였지만, 몇 명이나 그곳에 있는지는 알 수 없었다. 그들은 자동차가 지나가는 동안 그림자 안으로 물러나 꼼짝도 하지 않고 서 있었다.

자동차는 자갈길을 달렸고, 아주 짧은 순간 헤드라이트 불빛이 사람들 얼굴을 비췄다. 예시카는 대낮처럼 선명하게 그 사람들의 얼굴을 보았다. 그들은 자신들이 만들어 낸 지옥을 보면서 매혹된 듯이 입을 떡 벌리고 있었다. 예시카는 그 사람들이 누군지 알았다. 승마 수업을 듣는 아이들을 데려다주고 데리고 갈 때 본 적이 있는 사람들이었다.

갑자기 모든 것을 깨달았다. 지금 하늘 높이 솟구치고 있는 불을 지른 것은 이 순간 자동차 뒤 유리창으로 보이는 저 어른들이었다. 그러나 예시카는 학교에서 그녀의 가족에 관해 은밀하게 소문이 퍼져 있다는 걸 알았다. 심술과 거짓말로 그 소문을 낸 아이들이야말로 이 불을 지른 진짜 범인이라는 걸 알았다. 그리고 그 아이들의 이름도. 프레드리크. 로비스. 요세핀. 마우로. 벤델라. 헨뤼. 카린. 토비아스. 후고. 옌스. 야니나.

"맹세해."

조용히 속삭였다.

예시카는 마구간에서 불에 타고 있는 스타를 생각했다.

그리고 엄마를 생각했다.

예시카의 뱃속도 불타올랐다.

"언젠가 너희한테서 가장 아름다운 걸 가져갈 거야. 반드시 그럴 거라고 맹세해."

이를 갈며 말했다. 그러자 다시 기운이 났다. 그리고 진정이 됐다. 모든 것이 괜찮아질 것이다.

예시카에게는 목표가 생겼다.

어둠 속을 움직이는 것은 앞쪽에 아주 작은 점 같은 빛을 하나 두고 터널을 통과해 가는 것과 비슷했다. 하지만 예시카는 두렵지 않았다. 아빠와 함께 있으니까. 모든 게 괜찮아질 테니까.

자동차가 빠르게 달렸다. 이렇게 빠르게 달린 적이 없었다. 창문을 내렸다. 얼굴로 불어오는 바람을 맞으며 눈을 감았다. 따뜻한 그 바람은 자동차가 달려가는 동안 예시카의 피부를 부드럽게 어루만졌다. 아직도 뒤에서 불소리가 들려오는 것만 같았다. 이제 곧 다리였다. 예시카는 그 다리가, 다리 밑에서 맹렬하게 솟구쳐 오르는 물이 좋았다. 가끔 아빠는 다리 한가운데 차를 세우고 예시카가 물을 구경하게 해 주었다.

예시카는 물이 하고 싶은 대로 하는 방식을 좋아했다. 물은 갈 수 있는 곳으로 가고, 언제나 최선의 경로를 택하면서 자유롭게 살았다. 불도 그렇듯이. 하지만 전혀 달랐다. 물은 생명을 주었다. 예시카는 이번에도 아빠가 다리에서 잠시 멈추었으면 했다. 스타의 비명 소리를 물소리로 잠재우고 싶었다. 그러나 아빠는 속도를 줄이지 않았다. 오히려 점점 더 빨리 달렸다. 어느 순간 두 사람은 더 이상 다리 위가 아닌 허공을 달리고 있었다. 물소리가 예시카의 귀를 가득 채웠다. 하지만 소용없었다. 여전히 스타의 비명 소리가 들렸다.

예시카는 알았다. 그 소리가 결코 멈추지 않으리란 것을.

감사의 말

전에도 했던 말이지만, 이 말은 다시 언급할 가치가 있다. 혼자의 힘으로 책을 쓰는 것은 불가능하다는 것 말이다. 작가가 두 명인 경우에도 마찬가지다. 우리 두 사람은 어려운 고비를 넘기고 이 책을 계속 쓸 수 있게 도와준 많은 분의 도움에 빚을 지고 있다.

우선 책의 내용과 주제를 진행하는 데 도움을 주신 분들이 있다.

경찰청 스톡홀름 관할의 범죄 현장 조사관 셸다 스타그는 사후에 시신에게 일어나는 일들과 그런 시신을 부검하는 방법을(정말 너무나도 자세하게) 끊임없이 설명해 주었다. 예를 들면 풀밭에 묻힌 시신에 관한 내용처럼. 미생물학 전문가이기도 한 셸다는 말에서 사람으로 옮겨 갈 수 있는 세균에 관해 우리가 했던 실수도 바로잡아 주었다. 미생물학은 생각했던 것보다 훨씬 더 복잡한 분야였다.

(셸다 스타그는 사후에 시신에게 일어나는 일을 탐구하는 인스타그램 @liket_efter_doden을 운영하는 세 명의 두뇌 가운데 한 명이기도 하다. 우리처럼 이 주제에 매혹된 분들은 팔로우하시길!)

또한 경찰의 범죄자 협상 전문가분들께 귀중한 도움을 받았다. 그분들은 새로운 등장인물 아담을 면밀하게 검토해 주고, 아담이 극심한 압력을 받는 상황에서 어떤 행동을 하게 될지 명확하게 알려 주었다. 또한 우리 경찰관들이 범죄 현장을 급습할 때 해야 하는 적절한 행동도 알려 주었다. 아담에게는 그만의 단점이 있지만, 우리는 실제 세상에서 활약하는 협상가들과 그들의 놀라운 기술에 진심으로 감탄했다. 그분들의 직업 특성상 모두 익명으로 감사할 수밖에 없지만, 그분들이 너무나도 느슨한 줄 위에서 아슬아슬하게 외줄 타기를 해야 한다는 사실을 모두 알아주었으면 좋겠다.

적절한 교도소 방문 절차를 묻는 이메일을 본인이 예상했던 것보다 훨씬 더 많이 받아야 했을 할 교도소의 망누스 스벤손 경감님은 엄청난 인내심으로 우리에게 답장해 주었다. 사소한 일이라고 생각할 수도 있지만 우리는 세세한 상황까지 알아야 했다. 그 일은 결코 사소한 작업이 아니었다.

엘린 딘네츠는 우리 둘을 합친 것보다 더 큰 수학적 두뇌를 가지고 있다. 우리가 직접 했을 때는 전두엽에 커다란 매듭이 생겨났던 철자 바꾸기 같은 여러 문제를 해결할 수 있도록 우리를 부드럽게 이끌어 주었다.

벽화와 호텔 객실처럼 우리가 알아야 할 모든 정보를 찾는 비밀스러운 이메일과 전화에 사심 없이 응답해 준 모든 분에게 감사의 인사를 드린다. 다른 방식으로 정보와 영감을 준

분들 역시 감사드린다.

언제나 그렇듯이 우리는 현실을 마음대로 자유롭게 묘사했다. 경찰 업무에 관한 세부 내용들이 그렇고(우리가 아는 한 전당포 주인들은 '장물 보석'을 사들이지 않는다), 소설 속 주요 장소들도 만들어 냈다(이 세상에는 바켄스 어린이집도, 에피쿠라 합숙 훈련 센터도 없다). 이런 장치들이 이야기를 더욱 풍요롭게 해 주었기를 바란다.

하지만 이런 내용들을 가지고 실제로 책을 만들어 내려면 지금까지 말씀드린 전문가분들보다 훨씬 더 많은 분의 도움을 받아야 했다. 이제부터 말씀드릴 분들이 없었다면《컬트》는 그저 아주 긴 워드 문서에 지나지 않았을 것이다.

먼저 지칠 줄 모르는 열정을 소유한 출판사 보크피라게트 포럼 분들에게 감사드린다. 너무나도 많은 분이 이 책을 위해 일해 주셨지만, 그중에서도 두 분은 정말 최고였다. 우리는 출판인 에바 외스트베리에게 이번 책은 지난번 책보다 길지 않을 것이라고 진지하게 약속했었다. 하지만 그건 거짓말이었다. 에바, 미안해요. 편집자 셰르스틴 외딘은 백만 개가 넘는 글자와 쉼표가 모두 있어야 할 자리에 제대로 있는지를 확인해 주었고, 책 속 수많은 묘사에 대해 온갖 방법으로 진위를 확인해 주었다. 정말로 두 분에게는 너무나도 큰 고마움을 느끼며, 다시 말하지만, 미안합니다!

우리 두 사람의 독특한 뇌를 완벽하고도 정확하게 해석해 스웨덴판 책의 표지에 구현해 준 우리의 천재 디자이너 마르셀 반딕손에게 찬사를 보낸다. 그의 작업은 우리 책을 인쇄의 역사에서 가장 멋진 작품으로 만들어 주었다.

요아킴 한손, 안나 프랑클, 싱네 룬드그렌를 비롯한 노르딘 에이전시의 모든 분, 릴리 아세파, 파울리나 봉에를 비롯한 아세파 커뮤니케이션의 모든 직원분은 전 세계에서 놀라운 일이 벌어지게 해 주었다. 여러분의 노력은 언제나 할 말을 잊게 한다. 머나먼 일본에서, 네팔의 히말라야 고지대의 호스텔에서 그 나라 언어로 번역된 빈센트와 미나의 이야기를 발견한다면 그건 모두 이 슈퍼스타들 덕분이다.

그러나 무엇보다도 가장 고마운 분은 여러분, 이 책을 선택해 주어 우리와 함께, 빈센트와 미나와 함께 여행을 하기로 결정해 준 독자들이다. 모든 이야기는 읽고 즐겨 주는 사람이 있어야만 존재할 수 있다. 빈센트와 미나에게 생명을 불어넣어 주어 감사드린다. 여러분이 두 사람의 든든한 친구가 되어 다음 모험도 함께해 주시기를 희망해 본다.

카밀라의 감사의 말

나의 삶에 가까이 있어 주는 사람들이 없었다면 이 책은 쓸 수 없었을 것이다. 그들의 지원과 격려, 사랑이 있었기에 이 긴 책을 써 나갈 수 있었다. 나의 남편 시몬, 나의 아이들 빌레, 메야, 샬리, 폴리. 진심으로 감사한다. 내가 일상을 살면서 작업을 할 수 있게 도와준 나의 지원 팀 마틸다, 노르만, 나타사 마릭, 요한 홀트만 그리고 친구들 모두에게 감사의 인사를 전한다. 너희가 없었다면 난 어떻게 되었을까? 말은 안 해도 늘 잊지 않고 있다. 너희 모두 나에게 너희가 어떤 의미인지 꼭 알아주길 바란다.

헨리크의 감사의 말

전 세계적으로 전염병이 유행하던 시기에 책을 쓰는 건 독특한 경험이었다. 《컬트》는 우리 가족이 생각했던 것보다 더 많은 시간을 함께 보내야 했던 기간에 탄생했다. 따라서 내가 자는 동안 나를 암살하고 싶은 충동을 꾹 눌러 참는 위대한 업적을 이룩한 린다와 세바스티안, 네모, 밀로에게는 메달을 주어야 한다. 늘 격려해 주고 지지해 준 모든 친구에게 고맙다. 마지막으로 좋은 위스키와 나쁜 칵테일을 마시며 오랫동안 토론해 준 멘탈리스트이자 친구인 안토니 헤아스에게 특히 감사의 인사를 보낸다.

옮긴이 김소정

생물학을 전공했고 과학과 역사를 좋아한다. 독서 모임과 번역 공부를 꾸준히 하고 있고, 오랫동안 번역을 하고 싶다는 바람이 있다. 옮긴 책으로는 《아주 사적인 은하수》, 《우리를 방정식에 넣는다면》, 《허즈번드 시크릿》, 《사라진 지구를 걷다》 등이 있다.

컬트 3

초판 1쇄 2024년 12월 11일

지은이 카밀라 레크베리, 헨리크 펙세우스
옮긴이 김소정

책임편집 이정
표지디자인 정나영

펴낸이 차보현
펴낸곳 어느날갑자기
출판등록 2017년 8월 31일 제2021-000322호
블로그 https://blog.naver.com/dayonepress
인스타그램 https://www.instagram.com/oneday_press
유튜브 '책략가들' https://www.youtube.com/@dayonepress

컬트 3 ⓒ 카밀라 레크베리, 헨리크 펙세우스, 2024
ISBN 979-11-7335-012-2 04850
　　　979-11-7335-009-2 04850 (전 3권)